桜乙女と黒侯爵

桜色の未来の約束

清家未森

23175

角川ビーンズ文庫

目次

一《いち》乗《じょう》寺《じ》有《あり》紗《さ》
16歳。好奇心旺盛な貧乏お嬢さま。「主の指輪」のせいで京四郎と主従関係になる。現在は京四郎の謎の仕事の助手を務める
烏丸《からすま》京《きょう》四《し》郎《ろう》
25歳。陰気で口が悪い烏丸侯爵の養子。「僕の指輪」の呪いにより、有紗を傷つけると身体に痛みを伴う痣が刻まれてしまう

桜乙女と黒侯爵《さくらおとめとくろこうしゃく》

桜色の未来の約束

六条《ろくじょう》馨《かおる》

27歳。有紗の叔父で新聞記者。京四郎とは大学の同期。朔によって、現在行方不明になっている

飛鳥井《あすかい》勇馬《ゆうま》

松小路家の書生で、気遣い上手な好青年。長らく死んだと思われていた有紗の実の兄

烏丸《からすま》朔《はじめ》

烏丸侯爵の実の息子。犯罪人として警察に追われている。有紗を狙っているようだが…？

伏見《ふしみ》由高《よしたか》

東京警視庁刑事部の警部。何かと京四郎につきまとい、有紗にちょっかいをかけてくる

一乗寺《いちじょうじ》玲弥《れいや》

有紗の弟で一乗寺家の長男。品行方正な中学生。有紗と下の弟二人を大事に思っている

一乗寺《いちじょうじ》小夜子《さよこ》

はかなげで優しい有紗の母親。六条財閥のお嬢さまだったが、有紗の父親と駆け落ちした

一乗寺《いちじょうじ》孝介《こうすけ》

ずっと行方不明となっている有紗の父親。桜の書を持って消えたとされている

醍醐《だいご》万里子《まりこ》

大日本新報社で働く女性新聞記者。ライバル社で働く馨とは、スクープ記事を争う関係

本文イラスト／ねぎしきょうこ

序　夜桜の追憶《ついおく》

外へ出ると、夜空に皓々《こうこう》と月が輝《かがや》いていた。

ここへ来た時には霧雨《きりさめ》に覆《おお》われていた景色が、月光にくっきり浮《う》かび上がっている。思いのほか長居をしてしまったらしい。

白い月を一瞥《いちべつ》し、京四郎《きょうしろう》は帽子《ぼうし》を目深《まぶか》にかぶり直した。

ここへ出入りしていることはなるべく知られたくない。周囲の住人にも、この家の住人にも。そのため、離《はな》れたところに車を停《と》めてから徒歩で訪《おとず》れるのが決まりになっていた。

門を出て濡《ぬ》れた路面を歩くと、自身の影《かげ》が長く引いてついてくる。それがわずらわしくて、つい目をそらした。

明るい月はあまり好きではない。遠い夜の禍々《まがまが》しい光景がよみがえるからだ。

胸騒《むなさわ》ぎがして有紗《ありさ》を捜《さが》したこと。発見した彼女が気絶していたこと。惨劇《さんげき》に気づいた時の衝《しょう》撃《げき》。犯人たちの気配に怯《ひる》み、有紗を抱《だ》きしめて身を潜《ひそ》めていたこと。このままでは命がないと感じ、決死の思いで脱出《だっしゅつ》したこと。

そして――逃《に》げ込んだ山の中で、目を覚ました有紗に暗示をかけて記憶を消したこと。

あの夜の月も、憎《にく》らしいほど明るかった。

意識を失った有紗を背負い、里に続く山道を駆《か》けた。その間ずっと自分たちを照らす月が厭《いと》わしかった。こんなに明るくては敵に見つかるかもしれない。そんなに照らすな。頼《たの》むから消えてくれ、と。

あれ以来、月などまともに眺《なが》めた覚えがない。

沈《しず》みかけた心地《ここち》をやりすごそうと歩を速めた時、背後で若い女の声がした。

「あの……、もし、お客さま！」

京四郎は足を止め、一瞬《いっしゅん》置いて振《ふ》り向いた。娘《むすめ》が一人こちらへ駆けてくるのを見て、咄嗟《とっさ》に帽子のつばを引き下げる。

有紗だ。認めた瞬間、あらためて驚愕《きょうがく》がこみ上げた。

これまでも必要にかられて一乗寺邸《いちじょうじてい》へ来ることはあったが、姿を見せないようにしてきた。もちろん言葉を交《か》わしたこともない。

だからよもや、帰途《きと》を追ってくるとは完全に予想外だった。

「ああ……、よかった、追いつけて。お呼び止めして申し訳ございません」

ひそかに動揺《どうよう》する京四郎をよそに、有紗はこちらが足を止めたのを見ると嬉《うれ》しそうに笑《え》みをみせた。

「お忘れ物をなさったようでしたので、追ってまいりました。こちらはお客さまの傘《かさ》では？」

息を切らしてやってきた彼女は、確かに覚えのあるものを手にしている。行きには降っていた雨が止《や》んでいたために忘れてしまったらしい。

帰るところを目撃《もくげき》されたか。傘の件も含《ふく》めて迂闊《うかつ》だった。とはいえわざわざ届けにくるのも非常識ではないか？　夜も遅《おそ》い時間だというのに孝介《こうすけ》と小夜子《さよこ》が行かせるはずはないから、おそらく無断で出てきたのだろう。その点については厳しく注意するべきだが、しかし面識のない相手に言われても不審《ふしん》に思うかもしれない。印象に残る行動は慎《つつし》みたいところだが――。

「違《ちが》いましたか？」

どう反応するべきか迷ったせいで無言になっているのを妙《みょう》に思ったらしい。首をかしげて見つめてきたので、仕方なく手を差し出す。

「……わざわざすまない」

ぼそりとした返答とそらし気味の顔は気にならないようで、有紗は「いいえ、とんでもない」と明るく言って傍《かたわ》らを見上げた。

「立派でしょう、この桜。皆《みな》さん、よく見とれていらっしゃいます」

見れば、道ばたに大きな桜の木があった。まさに満開といった頃《ころ》で、花びらが風に舞《ま》うのが月光に映《は》えている。

これに見とれて歩をゆるめていたせいで追いつけたのだと思ったらしい。見とれるどころか存在すら今気づいたくらいだったが、訂正《ていせい》する気にもならなかったので黙《だま》っていた。

「夜桜もきれいなんですね。暗くなってからは見たことがなかったので、知りませんでした」

心底感心したように彼女が言うので、京四郎もなんとなく桜を見上げる。

夜空に浮かぶ青白い花影。少し離れたところにある瓦斯灯《がす》が、月の光とともにほどよく照らしている。清冽《せいれつ》で神秘的とさえ思える、絶妙な存在感。

花見をありがたがる者の気がしれないと思っていたが、今だけは、花に見とれるという感覚がわかる気がした。

しばしそうして夜桜を眺めていると、ふいに脳裏《のうり》を別の景色がよぎった。

『おにいちゃん。お外はまだあかるいわよ。野原にいって、あそびたいわ』

幼い有紗がそう言って、手を引いて見上げてきたこと。

そういえば、二人で夜に出かけたことが何度かあった。

春は菫《すみれ》や蓮華草《れんげそう》の花園《はなぞの》。夏は青い麦畑。秋は薄《すすき》の野原。

面倒《めんどう》くさいと思いながらも二人でこっそり抜《ぬ》け出すのはそれなりに面白《おもしろ》く、有紗と同じくらい楽しんだものだった。

(忘れていた……そんなこともあったな)

どれも月の明るい晩だった。嫌《いや》な印象しかないと思っていたが、大切な思い出もあったのだ。

「今夜は月が明るくてよかったわ。月の光って、植物をもっと美しく見せてくれるでしょう。いつもは家の庭しか見られないので、もったいなくて。出かけたくてもできませんし」

京四郎ははたと我《われ》に返る。つい思い出に浸《ひた》っていたようだ。

隣《となり》を見ると、有紗がしみじみとしたふうに桜を見上げていた。もしやそれが目当てで追ってきたのではとちらりと思ったが、口から出たのは違う質問だった。

「明るい月は好きか」

彼女にとって、あの悪夢のような夜に見た月が悪い思い出になっていなければいいのだが。そう思いながら。

独り言に返事があって驚いたのか、有紗がはっとこちらを見る。しかしすぐにはにかむような顔をした。

「はい、好きです。子どもの頃によく見に連れて行ってもらったんです。お外は明るいから夜じゃないいんだって屁理屈《へりくつ》を言って。たぶん、暗いのに明るいのが不思議で、何があるか見たかったのでしょうけど」

京四郎は小さく笑みをこぼす。確かによくそんなことを言われたものだった。

だが懐《なつ》かしい気分になったのは一瞬だった。忘れているはずの記憶を覚えているらしき彼女に、ぎくりとして現実に引き戻《もど》される。

他《ほか》の思い出と混同しているだけか？　もし、そうでないのなら――。

思わず彼女を見つめてしまうと、有紗のほうも見つめ返してきた。

――ざぁっ、と風が吹《ふ》いた。

薄紅《うすべに》の花吹雪《はなふぶき》が、二人の間を舞いながら散っていく。

思わずのように目をつぶった有紗が、ふと瞬《まばた》いた。何かに気づいたかのように不思議そうな表情になる。

「あの、失礼ですが……、もしかして、以前お会いしたことがありましたか？」

こちらの顔を見て、記憶を探《さぐ》っているのがわかった。先ほどまでより心なしか親しみの増したまなざし。

京四郎はしばし絶句したが、迷う余地はなかった。

顔を見たせいで、あるいは言葉を交わしたせいで、刺激《しげき》されてしまったのだ。完全に自分の不始末としかいいようがない。

彼女を守るためなら何でもすると決めたくせに、思いがけない邂逅《かいこう》に動揺しつつも受け入れてしまった甘さ。本当に距離《きょり》をとろうと思ったなら、花見などせず傘だけ受け取って去るべきだったのに。

深く息をつく。期待と好奇《こうき》心《しん》の混じった顔で待っている有紗に、京四郎は答えを返した。

「いや。一度もないよ」

記憶を再び封《ふう》じるべく、彼女の目元を手で覆いながら。

(あの時も、ひどいことをしたな)

朦朧《もうろう》とする意識の中、有紗との思い出が途切《とぎ》れ途切れによみがえってくる。これはいわゆる今際《いまわ》の際《きわ》の走馬灯《そうまとう》というやつだろうか。

地面に転がって雨に打たれていると、自分が夢を見ているのか現実にいるのかわからなくなってきた。

取りすがって呼びかけている有紗に応《こた》えてやりたいのに、体が言うことをきかない。

(死んでもいいと思っていたのに。君を守るためなら)

恨《うら》まれてもいい。どんな危険に遭《あ》ってもいい。有紗が無事で、幸せになるのなら。

それだけを信条に生きてきた。そしていつかすべての問題が排除《はいじょ》された時、彼女に会えるのをずっと待っていた。運命の悪戯《いたずら》か、別の形で再会することになってしまったが、身を尽《つ》くすという誓《ちか》いを違《たが》えるつもりはなかった。

(だがそれは今じゃない。まだ、今は――)

何も解決していないのに、有紗を置いていなくなるわけにはいかない。心残りが多すぎる。

顔を見たい。手を握《にぎ》り返して、涙《なみだ》をぬぐってやりたい。大丈夫《だいじょうぶ》だと抱《だ》きしめてやりたい。

そして、不幸に巻き込んだことを詫《わ》びたい。

もう二度と一人にしない。二度と置いて行ったりしない。彼女に伝えた言葉を反芻《はんすう》しながら、腕《うで》を動かそうと力を込める。

(君の幸せを見届けるまで、離《はな》れるわけにはいかないんだ)

あの夜から、それだけが自分の生きる理由なのだから。

第一幕　乙女《おとめ》、軍へ行く

降りしきる雨が、暗く夜を支配している。

凍《こご》えそうな冷たさが全身を包んでいたが、それは濡《ぬ》れそぼっているせいだけではなかった。

「京四郎さん！　目を開けてください！」

地面に倒《たお》れたまま動かない京四郎を、有紗は必死で揺《ゆ》さぶっていた。

彼の兄であり彼が長年追い続けていたという烏丸朔《からすまはじめ》に襲《おそ》われたのは、新聞社にいた有紗を京四郎が迎《むか》えにきた直後のこと。この路地裏まで逃《に》げてきたものの、深手を負っていたらしい京四郎は力尽《ちからつ》きたのか昏倒《こんとう》してしまった。朔の起こした爆発《ばくはつ》のせいだ。同じく巻き込まれたにもかかわらず大して怪我《けが》をしていない自分に、有紗は歯噛《はが》みしたい思いだった。

（わたしを庇《かば》ってくださったんだわ。そのせいで、こんな……。わたしのせいで……！）

青白い横顔。固く閉じられた瞼《まぶた》。額からこめかみへと伝う血の跡《あと》。

すべてが悪夢のようで信じられず、しかし肌《はだ》をたたく雨粒《あまつぶ》は確かに現実だと告げていて――どうしたらいいかわからずに涙がにじんでくる。

（脈はある……けど、弱い……。早く手当てをしないと取り返しがつかなくなる！）

有紗は目元をぬぐい、落ち着こうと息をつく。

（わたし一人じゃ、とてもじゃないけど動かせないわ。とにかく助けを呼びにいかなくちゃ。京四郎さんを置いていくのは嫌だけど……）

今は躊躇《ためら》っている暇《ひま》はない。彼の命がかかっているのだ。

爆発の時の衝撃《しょうげき》でしばらく気を失っていたから、ここへ来るまでのことを何も覚えていなかった。ただ、野次馬や警察の声であろう喧噪《けんそう》が遠くに聞こえているところからして、それほど離れた場所へは来ていないようだ。

耳を澄《す》まし、通りの方角に見当をつけると、そっと京四郎の手を放して立ち上がった。

「ごめんなさい。すぐに戻ってきますから」

置いていきたくないという迷いを無理やり振《ふ》り切って、踵《きびす》を返す。

わずかな街灯が差し込むだけの路地裏。水たまりに足をとられそうになりながら駆《か》け出したが――いくらも行かないうちに、立ち止まった。

行く手に、人影《ひとかげ》があった。

薄暗《うすくら》がりにぼんやりと浮《う》き上がった、長く影を引くようないでたち。

「ここにいたか」

黒ずくめのその男を見て、有紗は凍《こお》りつく。

（嘘《うそ》……）

帽子《ぼうし》の下からじっと暗い目を向けているのは、烏丸朔だった。

京四郎に撃《う》たれたのをこの目で見ているし、何より爆発時に近くにいたのだから、彼も少なからず負傷しているはずだ。それにこの騒《さわ》ぎでかなり野次馬が来ているだろうから、人目を避《さ》けて撤退《てったい》したとばかり思っていた。

それなのに、逃げるどころか場に留《とど》まり、こちらを捜《さが》していたのか。自身の負傷も人目につくことも厭《いと》わずに。

その執念《しゅうねん》ともいえる行動に、ぞっと総毛立った。

一歩、また一歩、朔が近づいてくる。靴《くつ》が水たまりを弾《はじ》く音が路地裏に響《ひび》いた。

「一人なら丁度いい。共に来い」

棒立ちになっていた有紗は、はっと我《われ》に返る。

(わたしが一人でいると思ってる?)

暗がりが味方して、京四郎が少し先に倒れているのは見えなかったようだ。

ならばこのままどうにか切り抜《ぬ》けなければ。京四郎に手を出させるわけにはいかない。

有紗は唇《くちびる》を引き結び、顔を上げた。足が震《ふる》えていたが、必死に踏《ふ》ん張って堪《こら》える。

「……来いって、どこへです? わたしを連れて行って、何をさせるつもりですか?」

発言したのに驚《おどろ》いたのかどうか、彼が足を止めた。

「さっき言ってましたけど、アリスというのは一体何です? 人の名前ですか? それとも何かの作戦名? アリスの復活というのが成されたら、一体何がどうなるんです? あなたがたの目的は何なんですか?」

矢継《やつ》ぎ早の問いにも朔は無言のままだった。仕留めた獲物《えもの》を検分しているかのような冷酷《れいこく》なまなざしに竦《すく》みそうになりながら、有紗は懸命《けんめい》に考えをめぐらせた。

有紗と指輪が必要なこと。人造魔術《まじゅつ》を使って何か起こすのであろうこと。彼がこれまでしてきた数々の反国家行為《こうい》。断片《だんぺん》を組み合わせただけでも、不気味な想像が容易《たやす》く浮かぶ。

(この人に絶対に捕《つか》まっちゃだめ。とにかく逃げて——助けを呼んでこないと！)

狭《せま》い路地に、前方には朔。後方には倒れた京四郎。後ろに逃げれば朔に京四郎が見つかってしまう。朔の隙《すき》を衝《つ》いて前へ走るしか道はないのだ。

懐《ふところ》の薬袋《くすりぶくろ》に意識を向ける。これをどうにか使ってなんとしても逃げなければ。

その一心で、じりじりと爪先《つまさき》を移動させた瞬間《しゅんかん》——。

「！」

あっと思う間もなく、距離を詰《つ》められていた。

弾かれたように駆け出そうとしたが、時すでに遅《おそ》く、手をつかまれてしまった。

「無体な扱《あつか》いをしてほしいのか？」

乾《かわ》いた声が落ちてきただけで、動けなくなる。

まるで魔力《まりょく》のこもったかのような声に、有紗は震えながら見上げるしかなかった。

これ以上抵抗《ていこう》のそぶりを見せたらどうなるのだろう。容赦《ようしゃ》なく痛めつけられるか、それとも自分の知らない魔術とやらで大人しくさせられるのか。そして——。

(このまま連れて行かれる……？　わたし、一体何をさせられるの？)

呑《の》み込まれそうな暗い瞳《ひとみ》。怯《おび》える娘《むすめ》をどんな思いで眺《なが》めているのか、感情が読み取れない。

ふいに、その表情が動いた。

彼が身じろいだと同時に、路地に銃声《じゅうせい》が響いた。

有紗は悲鳴をあげてかがみ込んだが、おそるおそる振り返ってみた。

朔の頬《ほお》に線のような傷が走ったのと、彼の視線の先を見やり、目を瞠《みは》る。

「――京四郎さん⁉」

濡れて張り付いた髪《かみ》を払《はら》いもせず、京四郎が片手で銃を構えて立っていたのだ。

「有紗を放せ」

かすれた声で言った彼を、朔はじっと見ていた。相変わらずの無感情な目で。

「……まともに撃っていれば仕留められただろうに、おまえは外した。立っているのがやっとなのだろう。その状態で勝てると思うか」

有紗は息を呑んで京四郎を見つめた。

蒼白《そうはく》な顔色からしても、確かめるまでもなく重傷なのだとわかる。ついさっきまで意識がなかったくらいなのだから。

「いいから放せ」

にらみつける京四郎は、息があがって苦しそうにしている。それでも絶対に引かないという頑《かたく》なほどの意志が伝わってきた。

朔の目に、冷ややかな色が浮かぶ。

「死に損《ぞこ》ないが。引っ込んでいろ」

いきなり手を強く引かれ、ふいを衝かれて有紗はよろけた。足がもつれてうずくまってしまったが、それも構わず引っ張られ、連れて行かれそうになる。

立て続けに三発、銃声が奔《はし》った。

はっとして振り向くと、京四郎が地面に膝《ひざ》をついている。

朦朧《もうろう》としているのが離《はな》れていてもわかった。それでも彼は銃を構えようとする。

「だめです！　これ以上無理したら……っ」

京四郎は有紗の声が聞こえていないかのように、ただ朔を見据《みす》えて引き金を引いた。

「京四郎さん……っ！」

――カチッ、と小さな音がした。

銃声はなく、雨音だけが落ちている。弾切《たまぎ》れだと気づいて青ざめた有紗をよそに、京四郎は構えていた銃を投げ捨てて懐に手を入れた。

別の銃を取り出したのを見て、朔がわずかに眉《まゆ》をひそめる。

「まだやるつもりか」

起きあがっているのもやっとだろうに、引くつもりはまるでないようだ。

どうしてこんなに死に物ぐるいになるのだろう。いつも冷静な彼とはかけ離れた行動に、それまでとは違《ちが》った怖《こわ》さが湧《わ》き上がる。どう見てもこの場で彼に分があるとは思えないのに、このまま引かなかったらどうなるのか――。

朔に捕まるのは嫌《いや》だが、京四郎に何かあるほうがもっと嫌だ。

「京四郎さん、本当にもうやめてください！　お願いですから！」

有紗の必死の叫《さけ》びにも、銃を構えたまま京四郎は動かなかった。

「——悪いがその命令は聞けないな。お嬢様《じょうさま》」

思いがけずはっきりした声で応《こた》え、彼はこちらに目を向ける。

「一人でいなくなるな」

そのまなざしに、射貫《いぬ》かれたような感覚が走った。

（……どうして、そこまで……）

一体何が彼をこんなにも突き動かしているのだろう。普通《ふつう》の人なら起き上がることすらできない状態のはずなのに。

朔が銃を取り出し、無言のまま構える。なんの躊躇《ちゅうちょ》もなく彼が引き金に指をかけるのを見て有紗は息を呑んだ。

「だめっ！」

どこにそんな力が残っていたのかわからない。気づけば、つかまれていた腕《うで》を夢中で振りほどき、京四郎に向かって飛び出していた。

庇《かば》うように彼に抱《だ》きついたのと、銃声が鳴り響いたのは、ほぼ同時だった。

すべてが嫌にゆっくりとして見えて——雨音すら感じない静寂《せいじゃく》が落ちる。

「…………」

痛みも、冷たさも感じない。ただ触《ふ》れている相手を守ろうと強く抱きしめる。

背中に回された手に、力がこもったように感じた時――。

「――動くな！」

突如《とつじょ》怒声《せい》が響きわたり、有紗はびくりと顔をあげた。

闇《やみ》をぬって駆《か》け込んできたのは軍服の男たちだった。十数人はいるだろうか。

一瞥《いちべつ》した朔が、すばやく身を翻《ひるがえ》した。振《ふ》り向きざま銃を向け、容赦なく発砲《はっぽう》しながら路地の奥へと消えていく。それを軍人たちがものすごい勢いで追っていった。

怒号と足音が瞬《また》く間に遠ざかり、呆然《ぼうぜん》としていた有紗は、ぺたんと地面に座り込んだ。

（助かったの……？）

先刻の銃声は彼らの放ったものだったのだ。京四郎も朔もまだ発砲していなかったことによ
うやく気づいて力が抜けてしまった。

別の方向からあらたに軍服の男たちが駆けてくる。こちらを見て何やら叫んでいたが、もう反応する気力もない。

彼らが敵なのか味方なのか。ぐったりとした京四郎を支えながら、懸命に目を凝《こ》らして見つめるしかなかった。

そびえ立つ煉瓦《れんが》造りの建物は、真夜中だというのに煌々《こうこう》と明かりがついていた。見上げるほど高い塀《へい》に囲まれ、二重の門には装備を調《ととの》えた軍人たちが大勢目を光らせている。帝国《ていこく》陸軍西方支部。総本部に次ぐ規模を誇《ほこ》る、陸軍の最重要拠点《きょてん》である。

救出部隊によってここへ連れられた有紗は、到着《とうちゃく》するなり京四郎と離されることになった。彼は早急に怪我《けが》の手当てをする必要があったからだ。

『ご無事で何よりでした。鳥羽《とば》大佐《たいさ》がお待ちですので、令嬢はこちらへ』

にこりともせず迎《むか》えた若い将校は、有紗が何か言うよりも早く部下に命じてさっさと京四郎を医務室へ運ばせてしまったため、こちらは慌《あわ》てて頭を下げて見送るしかなかった。

（よかった。今はとにかく京四郎さんの手当てが一番だもの）

曲がりなりにも陸軍の基地なのだから、優秀《ゆうしゅう》な医者はいくらでもいるだろう。その点では安心だった。本当は付き添《そ》いたかったが、自分がいても何もできないと思い、我慢《がまん》した。

有紗は有紗で、やることがあるのだという。そのためにまずは濡《ぬ》れた着物を着替《きが》え、身なりを整えることを勧《すす》められた。さすがに風呂《ふろ》を使えとまでは言われなかったが、おかげでいくらかさっぱりした心地《ここち》で臨《のぞ》めそうだ。

（軍の人が会いたいのは『桜川《さくらがわ》の娘』なんでしょうけど。こっちだってできるものなら会っていろいろ聞いてみたかったんだもの。望むところだわ）

情報が入って助けにきたのだと、現場にいた軍人は言っていた。情報の具体的な内容や、提供者のことまでは教えてもらえなかったが、どうやら京四郎絡《がら》みのようだった。

有紗を呼んだのは鳥羽大佐という人物らしい。彼に会えば、知りたいことがわかるのだろうか。人造魔術《まじゅつ》についても何かつかめるだろうか。

長椅子《ながいす》に腰掛《こしか》け、膝に置いた両手をじっと見つめて考えていると、扉《とびら》が開いた。

入ってきたのは先ほど案内してくれた将校と、口髭《くちひげ》を生やした壮年《そうねん》の男だった。

一目で身分が高い人物だと感じられたが、有紗を見た彼は、胸元《むなもと》の勲章《くんしょう》に似合わぬ穏《おだ》やかな笑《え》みを浮《う》かべた。

「桜川有紗嬢だね。お会いできて光栄だ。どうぞそのままで」

意外なほどの美声でそう言った彼は、軍人というよりは学者然とした雰囲気《ふんいき》があった。彫《ほ》りの深い、整った容貌《ようぼう》で、身のこなしも上品だ。それでいて確かな威厳《いげん》を感じる。

「陸軍暁星《ぎょうせい》近衛部隊の鳥羽だ。貴女《あなた》の祖父君と父上には大変お世話になった。烏丸京四郎から話は聞いていたが、こうしてお会いするのは初めてだね」

親しげな目を向けられ、緊張《きんちょう》しながらお辞儀《じぎ》をした有紗は戸惑《とまど》って視線を返した。

「京四郎さん……いえ、烏丸さまが、わたしのことを？」

「貴女の周辺に異変はないか、不審《ふしん》人物はいないかと、逐一《ちくいち》報告させていた。彼は貴女の護衛を務めていたのでね。今は私の直接の配下ではないが、その職務だけは続行させている」

そういえば京四郎はもともと軍属だったのだ。今は軍を離れ、とある機関に属しているが、仕事の内容は似たようなものだと聞いたことがある。

渋《しぶ》いながらも優《やさ》しげに微笑《ほほえ》んだ彼を、思わず見つめてしまう。

（上官を殴《なぐ》ってクビになったとか仰《おっしゃ》ってたけど……、もしかして、この方のこと？）

見た限りでは、両者の間にそんな物騒《ぶっそう》な空気が生まれそうな感じはしない。

有紗のひそかな疑問をよそに、向かいに腰《こし》を下ろした鳥羽大佐は表情をあらためた。

「さて。早速《さっそく》だが本題に入らせてもらおう。烏丸朔と遭遇《そうぐう》し、取り逃《に》がした一件は報告を受けている。それについて事の次第《しだい》を貴女からも聞きたいと思ってここへ呼んだのだ」

有紗も顔を引き締《し》める。一連の件の中心にいる自覚はあった。朔を追っている軍と情報を共有できるのならそれに越《こ》したことはない。

「はい。わたしの知っていることは、すべてお話しします」

有紗は、朔と初めて遭遇した時までさかのぼって、なるべく細かく話をした。

帝都《ていと》ホテルの空中庭園で、彼とは知らずに出会っていたこと。銀座《ぎんざ》の街中で連れ去られそうになったこと。桜川という姓《せい》と桜の書のことをその時初めて知ったこと。桜川博士の孫娘《まごむすめ》の記事が新聞に載《の》り、家に帰れず転々と逃げ回ったこと。知人を頼《たよ》って新聞社に世話になったが、迎えにきた京四郎とともに朔に襲《おそ》われたこと――。

自分の体験や見聞きしたことが、もしかしたら役に立つかもしれない。その思いも大きかったが、これらを話すことでどうしても確かめておきたいことがあったのだ。

「烏丸朔は、わたしを狙《ねら》っています。アリスを復活させるというのが目的のようです」

黙《だま》って聞いていた鳥羽大佐の表情が、動いた。

「アリスの、復活……？」

「具体的にはわかりません。訊《たず》ねましたが答えはありませんでしたので。でも、軍の皆様《みなさま》ならご存じなのではないでしょうか」

「……」

「お見受けしたところ、アリスという名にお心当たりがおありのように思います。一体何が起ころうとしているのでしょう？　それを教えていただきたくて、ここへまいりました」

ただ呼ばれたから、連れてこられたから来たわけではない。自分にも目的があったのだと、強く思いをこめて言った。

怖《こわ》くて不安で、隠《かく》れ回っていた日々。たくさん泣いたし、いつになく気弱だった。あの頃《ころ》にはなかった怒《いか》りが芽生えたのは、先ほどの京四郎の姿を見たせいかもしれない。

彼に守られているのも、何も知らずに隠れているのも、京四郎を傷つける敵に屈《くっ》するのも、もう嫌《いや》だ。

軍の幹部が相手だろうが、追及《ついきゅう》でも交渉《こうしょう》でもやってやる。桜川の娘《むすめ》だと彼らが扱《あつか》っているかぎり、自分には知る権利があるはずだ。

「教えられないと仰るのなら、その理由を教えてください。国家の機密に関《かか》わることだから言えないのか、それとも、わたしが相手だから言えないのか」

黙っている鳥羽大佐をまっすぐ見つめ、有紗は続けた。

「わたしが小娘だから言うに及《およ》ばないと思っていらっしゃるのか――、もしくは、あなたがた軍部がわたしの味方ではないから教えられないのか。お聞かせ願えますか？」

室内の空気が、ぴりっ、と引き締まったように感じた。

大佐は表情を消し、案内の将校は有紗を睨《にら》みつけている。緊張感《きんちょうかん》で体が竦《すく》みそうだ。

「……なるほど。しっかりしたお嬢《じょう》さんだな。話に聞いていた以上だ」

物怖《ものお》じしない態度をどう思ったのか、大佐が苦笑《くしょう》めいた顔になる。

有紗は座ったまま頭を下げた。娘らしくないと呆《あき》れられたのかもしれないが、構わなかった。

ふっと息をつき、大佐はおもむろに壁《かべ》にかかった帝国旗へ目をやった。

「今の内閣の大臣の名を、貴女は全部知っているかね？　お嬢さん」

「……？　内閣、ですか？　はい、それは……」

「結構。ここだけの話だが、貴女の頭の中に浮かんだお歴々のうち、半数以上が桜川博士の研究に関わっていた」

有紗は思わず帝国旗を見上げた。

「当時はまだ若い政治家であったり、学者や軍人や財閥《ざいばつ》出の出資者であったりと、出自はばらばらだったがね。皆が桜川博士を尊敬していた同志だ。あの方のためならば命も惜《お》しまないと誓《ちか》える。むろん私もだ」

視線を戻《もど》し、大佐はこちらを見据《みす》えた。

「かのお歴々が結成し、支援《しえん》し、そして私が率いている部隊がここだ。恩人たる桜川先生の孫娘である貴女の、敵であるはずがない。それは断言しよう」

確固たる信念を感じさせる目だった。博士への尊崇《そんすう》の念と、魔術に対する深い思い。それを踏《ふ》みにじろうとしている者たちへの圧倒的《あっとう》な怒り。いろんなものが垣間見《かいまみ》える。

少なくともその発言には嘘《うそ》はないと感じた。彼らは味方だと確信してよさそうだ。

有紗は「承知しました」と丁寧《ていねい》に一礼し、それから言葉を探した。

「もう一つ、伺《うかが》いたいことがあります。桜の書というのはいわゆる魔術書だと理解していますが、もし軍部の手元にあれば、軍のために使用されるのでしょうか？」

「軍部が独占《どくせん》するということはありえんよ。あくまでも国の発展のために存在するものだ」

不躾《ぶしつけ》だと咎《とが》めることもなく、鳥羽大佐が答える。動揺《どうよう》のないその顔を見つめ、有紗は思い切って自分の思いを口にした。

「桜川の家族は、桜の書をめぐる争いのために命を落としたと聞いています。育ての父の行方《ゆくえ》もわかっていませんし、叔父《おじ》も巻き込まれてしまいました。すべては祖父の――桜川博士の開発した人造魔術のせいだとしたら……この世にあってはいけないもののように思います」

それまで柔和《にゅうわ》だった大佐の目が、すっと鋭《するど》くなった。表情は変わらないが、それが余計にひやりとしたものを感じさせた。

「では、すべて壊《こわ》してなかったことにするかね？　帝国《ていこく》の発展も、そのために身命を捧《ささ》げてきた者たちの思いも」

先ほどの緊張感とはまた違《ちが》う、圧力のような感覚といったらいいだろうか。だが怒《いか》りを買ったのとは違う気がした。試《ため》されているように思え、有紗はぐっと拳《こぶし》を握《にぎ》りしめて見つめ返した。

「いいえ。祖父や父や、たくさんの方々が命をかけて作り、守ってきたものです。なくしてしまうわけにはいかないとも思っています」

「……」

「閣下、お願いがございます。もしわたしが、魔術《まじゅつ》に関する相応の知識を身につけることができたら、桜の書と指輪の管理を任せていただけないでしょうか」

控《ひか》えていた将校が目をむいた。鳥羽大佐《たいさ》の表情は変わらないが、探《さぐ》っているような気配を感じた。ここまできたら言うべきだと思い、有紗は続けた。

「出過ぎたことを申していると承知しています。わたしよりもよほどふさわしい知識や経験をお持ちの方がたくさんいらっしゃるのもわかっています。でも、そうしなければいけない気がするのです。今のままでは、奪《うば》い合いは終わらないと思うのです」

桜の書は国の発展に欠かせないもの。それが変わらないのであれば、どこかで決着をつけなければならない。このままずっと反政府組織に狙われ、奪われるのを恐《おそ》れるだけではだめだ。

「貴女がそれを変えると？　この世になければいいと思っていたのではないのか？」

じっと見据えられ、覚悟《かくご》を決めてうなずく。

「守っていきます。それが桜川の娘としての責任だと思いますから。知識も力も持たない自分に何ができるのかは、まだわかりませんが……。でも、その思いだけは持っていようと決めました」

桜川博士がどれほど慕《した》われ、どれだけの影響《えいきょう》を与《あた》えてきたのか。そんな人の孫なのだから、名を汚《けが》すようなことをしないよう自覚を持たねばならない。自然とそう思えたほどに、鳥羽大佐の一連の言葉には重みがあった。〝桜川の娘〟という漠然《ばくぜん》としていた立場が、少し形を成したように感じたのだ。

しばしの沈黙《ちんもく》の後、大佐が静かに口を開いた。

「前提として、指輪も桜の書も桜川博士の遺産だ。つまり貴女《あなた》には受け継《つ》ぐ権利がある。しかし同時に国の発展に関わるものなのだ。よって貴女の申し出をすぐに受け入れるわけにはいかない。私の一存で決められることではないのでね」

内閣の半数以上が絡《から》んでいるという話からして、そう簡単なことでないのは当然承知していた。やはりだめかと有紗は肩《かた》を落としたが、意外にも大佐は微笑して続けた。

「その任にふさわしい存在かどうか、我らに認めさせてみたまえ。ひとまずはそこからだ」

有紗は驚《おどろ》き、顔をあげた。そんな前向きな言葉をもらえるとは思わなかったのだ。

嬉《うれ》しさで頬《ほお》が上気したが、すぐに気を引き締める。

(相応の知識というのがどれくらいのものかはわからないけど、でも、やるしかない。お祖父《じい》さまやお父さまの代わりに、わたしが守っていかないといけないんだから……)

顔も覚えていない祖父や父、そして母。彼らが有紗を敵から守り、生かしてくれたのだろうか。それを思うと、自分のこれからの役割や使命が示されたような気がしていた。

「はい。精一杯《せいいっぱい》努力します——!」

管理する者としてふさわしいと認められるにはどうすればいいか。大佐の笑《え》みにお辞儀《じぎ》を返しながら、有紗は懸命《けんめい》に思いをめぐらせた。

第二幕　乙女《おとめ》に伸《の》びる魔手《ましゅ》

田園をぬうようにして広がる住宅街。その一角にある建物の前に男が数人散らばっている。シャツにズボンというどこにでもある服装だったが、屈強《くっきょう》な体格やあたりに目をやる鋭いまなざしからはただ者でない空気がただよっていた。

とても薬種屋の従業員や一般《いっぱん》の客には見えない。あれでうまく化けたつもりなのか、それとも最初から化けるつもりなどないのか。

（まったく、へたくそな変装だこと。帝国陸軍が聞いて呆れるわね）

件《くだん》の薬種屋、そしてその背後に建つ一乗寺家の家屋を遠目からうかがいながら、女記者の醍《だい》醐《ご》は内心毒づいた。

そのへたくそな連中を突破《とっぱ》しないことには訪問することも敵《かな》わないのだ。今の状況《じょうきょう》を考えると簡単には通してくれないであろうことも予想がつく。どうしたものかと観察しながら策をめぐらせ、ゆうに小一時間は経《た》とうかとしているところだった。

（有紗さんのご家族を護衛するよう命令が出ているらしいのは頼《たの》もしいけれど。それにしても今は邪魔《じゃま》でしかないわ）

一刻も早く彼女の家族に面会したいのに。苛立《いらだ》ちは募《つの》るばかりだ。

あの夜――烏丸家の御曹司《おんぞうし》が勤務先に現れ、有紗を連れ出していった夜から、二人と連絡《れんらく》が取れなくなってしまった。

近くで爆発騒《ばくはつさわ》ぎがあったこと、加えて飛鳥井《あすかい》も姿を見せなくなったこともあり、もしや巻き込まれたのではと案じていたのだが、烏丸侯爵邸《こうしゃくてい》に問い合わせても門前払《もんぜんばら》いをくらうばかり。ならばと有紗の実家を訪ねてきたのである。家族なら事情を知っているのではと思ってのことだった。

(無事でいるようならそれでいいのよ。ただ確かめたいだけなのに……このままじゃ私の気が済まないじゃない)

有紗を勤務先の新聞社に連れて行ったのは自分だ。彼女の志願があったとはいえ、もし事件に巻き込まれていたとしたら責任を感じずにはいられない。

彼女の叔父である六条馨《ろくじょうかおる》の行方を突《つ》き止めるため、あの時の自分はいろいろと躍起《やっき》になっていた。有紗の面倒《めんどう》をろくに見てもやれなかったことを今さらながら後悔《こうかい》している。

叔父が真っ黒な穴に呑《の》まれたと聞いた時の、彼女の青ざめた顔。ショックを受けて泣きそうになっていたのを思い出し、醍醐はじっと視線を落とす。

(……困ったことになっているのなら、また私が助けてあげる。六条さんのことも、捜《さが》し出して連れていってあげるわ)

今の自分を奮い立たせているのは、幼気《いたいけ》な女学生に対する大人としての矜持《きょうじ》と、記者としての意地だ。謎《なぞ》に飛び込んだせいで窮地《きゅうち》に陥《おちい》っているであろう同業者への強い仲間意識もある。

(そのためには、今は有紗さんの無事だけでも確認《かくにん》しておかないと——、え？　何？)

決意もあらたに顔をあげた醍醐は、一乗寺邸《てい》の門前を見て眉《まゆ》をひそめた。

変装中の軍人が二人、声を荒《あら》らげて話している。「帰れ！」という叫《さけ》び声がして、相手の胸《むな》ぐらを押しやったのが見えた。

(喧嘩《けんか》？　任務中に何を……いえ違う、一方は野次馬？　さっきまではいなかったはず……)

よくよく見れば、押しやられたほうは軍人ではないようだ。彼らと違い、よれよれだが背広を着込んでいる。同じくよれているが、なかなか洒落《しゃれ》た帽子《ぼうし》もかぶっていた。

「ああ!?　帰れとはなんだ！　ここは俺の親戚《しんせき》の家だぞ！　おまえらこそ帰れってんだ！」

威勢《いせい》のいい声で男が怒鳴《どな》り返す。

こんな時に揉《も》め事とはついていない、と顔をしかめかけた醍醐は、思わず目をむいた。

ずいぶんと聞き覚えのある声だと思ったら——。

「なっ……、六条さん!?」

隠《かく》れていたことも忘れて叫んでしまうと、彼が振《ふ》り向いた。

驚いた顔でこちらを見たのはまぎれもなく、行方不明中の六条馨その人だった。

「おっ。醍醐君か、いいところに来た」

「ちょっ……、あなた、どうしてこんなところに」

駆《か》け寄った醍醐に、馨はしかめ面《つら》で軍人のほうを顎《あご》でしゃくってみせる。

「なんなんだよこいつら。人んちの前でおっかない顔でうろうろしやがって」

「なんなんだよはあなたよ！　一体今までどこに行っていたのよ！」

大変だったんだから、と目をつりあげて迫《せま》ると、彼は真顔になった。

「心配かけてすまん。あとで死ぬほど謝るから、今は姉さんに会うのを優先させてくれ」

「……何があったの？」

初めて見るような表情に気づき、少し頭が冷える。彼の腕《うで》を引いて門前を離《はな》れつつ訊《たず》ねると、彼は軍人のほうを一瞥《いちべつ》し、声を落とした。

「暗闇《くらやみ》で、孝介さんに会ったんだ」

「孝介さん……って？」

怖《こわ》いくらいに真剣《しんけん》な顔で、彼は見つめてきた。

「ずっと行方《ゆくえ》不明だった——姉の旦那《だんな》で、有紗たちの父親だよ」


それから、有紗は西方支部に用意された一室で生活することになった。

部屋は簡素ながら清潔で居心地《いごこち》のいいものだったし、食事や入浴、年頃《としごろ》の女子の身だしなみに関することなどは充分《じゅうぶん》なほどの待遇《たいぐう》で不便は感じなかった。

ただし、やはりというべきか、安全面から外出は一切《いっさい》禁じられてしまった。

（いろいろ調べたいことがあったんだけど、今は仕方ないわね。でも、基地に閉じこもりきりになったからって諦《あきら》めるわけにはいかない。ここにいてもできることはあるわ）

鳥羽大佐《たいさ》との対面の終わり、有紗は彼に思い切って申し出てみた。

『こちらは人造魔術《まじゅつ》の研究や管理をなさっているところだとお見受けしました。相応の資料などがあると思うのですが、わたしにそれを閲覧《えつらん》する許可をいただけないでしょうか？』

大佐はさすがに驚いた顔になり、案内の将校は盛大《せいだい》に頰を引きつらせていた。

『ここにあるのはすべて国家の機密に値《あたい》するものばかりなのだが？』

『承知のうえでお願いしております。とにかくわたしはものを知りません。早く桜の書にふさわしい人間になりたいのです』

無謀《むぼう》な申し出の自覚はあったので、しおらしく下手から言うと、意外にも大佐は拒否《きょひ》しなかった。

『よかろう。どれだけ自分のものにできるか、期待して見守らせてもらうとしよう』

どこまで本気なのかと覚悟《かくご》を試《ため》しているのか。それともたかが小娘《こむすめ》に核心《かくしん》に迫れはしまいと思っているのか。本心はわからなかったが、なんでも構わなかった。

烏丸朔《たくら》の企みを止めたい。そして、彼が人造魔術を狙《ねら》うせいで犠牲《ぎせい》になってしまった人たちを助けたい。だがそのためにはあまりにも魔術に関する知識がなさすぎる。

けれど今は幸いなことに、魔術研究の最前線ともいえる陸軍の施設《しせつ》にいる。これを活用しない手はない。

鳥羽大佐によると、朔の言う〝アリスの復活〟についてははっきりとしたことはわからないのだという。ただ言えるのは、桜川博士の研究仲間にそれと同名の人物がいたらしい。

もしそれが件《くだん》のアリスであるとしたら。その人物が鍵《かぎ》を握《にぎ》っているということだろうか？

おそらく異国の人名だろう。魔術というのは西洋から入ってきたものだから、その時に研究する人々も一緒《いっしょ》にやってきたのかもしれない。

(それも含《ふく》めて、きっと解明してみせる。いつまでも京四郎さんに守ってもらってばかりじゃいられないもの！)

というわけで、許可をもらってからというもの、一日中勉強に励《はげ》むのが日課になったのであった。


【資料室】というそっけない札のかかったその部屋は、どれも『極秘《ごくひ》』と赤い印が押された書物や書類が収められ、扉《とびら》の前にも室内にも監視《かんし》の軍人が目を光らせている。

そんな物々しい場所で机いっぱいに資料を広げ、有紗は今日も朝から勉強しまくっていた。

(ああ……。また違《ちが》う数式が出てきたわ。というかこの記号、一体なんて読むのかしら)

しばらく辞書をめくり、資料もいくつも調べたが、同じものは見当たらない。ため息をつきつつ、小さな字を読むための虫眼鏡《むしめがね》を傍《かたわ》らに置いた。

ここ数日で勉強してわかったのは、人造魔術というのは科学と似たものだということだった。

生み出すための術式には数式や化学式のようなものが並び、そこにさまざまな植物や鉱石、あるいは化学物質の名らしきものがずらりと連ねてある。らしきもの、とあやふやなのは、それがほとんど日本語ではないからだ。女学校で英語と仏蘭西《ふらんす》語と独逸《どいつ》語の基礎《きそ》を軽く習っただけの有紗には、辞書を見ながらでも読むのになかなか骨が折れた。

(だいたい、女学校じゃ化学や生物の授業なんてほとんどなかったものね。数学だってそんなに難しいことはしなかったし)

瞼《まぶた》を指でほぐしながら内心ぼやいていると、ふと懐《なつ》かしい人たちのことが思い出された。

(女学校といえば……外の世界では、みんなどうしているかしら)

外部との接触《せっしょく》を禁じられているため、ここへ来てからは誰《だれ》にも連絡《れんらく》をしていない。逃亡《とうぼう》中に世話になった松小路《まつのこうじ》家の緋早子《ひさこ》と蒼生子《たみこ》。女記者の醍醐。女学校の上級生で朔の元許嫁《いいなずけ》だった菫子《すみれこ》。みんなに無事であることを知らせ、朔や三日月党について知っていることはないか聞いてみたかったが、諸々《もろもろ》のことを考えるととてもできなかった。

(これ以上、誰も巻き込めない。人造魔術のせいで不幸になる人を作りたくない。わたしにはその責任がある)

何も知らずに育ったけれど、生き残った意味、守られてきた意味があるとすれば、それしかないと思うのだ。

祖父や父、母、多くの人たちが命をかけて作り出し、国の発展のため受け継《つ》いできたもの。彼らもけっして負の遺産にはしたくないはずだ。自分はその思いを受け継ぎたい。

(そのためにも、とにかく今は知識をつけなくちゃ。まずはそこからだわ)

頭を切り替《か》えようと、有紗は立ち上がると背後の書庫へ向かった。

資料室の中の一角ではあるが、おびただしい関係図書が収められた書架《しょか》は十数にものぼり、小さな図書室といっても過言ではない。

目当ての本を探していると、同じく資料を探していたらしい二人組の軍人と行き合った。

有紗が桜川の娘であること、資料室の利用許可が出ていることを知っているようで、さっと敬礼してくれる。有紗も丁寧《ていねい》に一礼して彼らの横を通り過ぎ、反対側の書架へ向かったが、

「――あれが例の令嬢《れいじょう》ですか？　魔術研究を始めたとか聞きましたが」

ぼそぼそとした声が耳に入り、足を止めた。

そっと見てみると、今し方すれ違った二人が書架の向こう側にいる。死角にいるから聞こえないと思っているらしい。

「素質のほうはどうだかな。一乗寺孝介の養い子なら、いろいろ教わっていたかもしれんが」

「一乗寺は桜川博士の弟子《でし》のようなものだったのでしょう？　かなり優秀《ゆうしゅう》だったのでは？」

「優秀だろうが何だろうが関係ないさ。今のやつは桜の書を持って逃《に》げた疑いで追われている。軍にとってはそれ以上でもそれ以下でもない」

つい聞き耳をたてていた有紗は、思わず口を押さえた。こんなところで父の名が出てくるなんて。

「やはり上は、敵方に寝返《ねがえ》ったとの認識なのですか」

「むしろもとからあちら側だったのかもしれん。どちらにしろ裏切り者に変わりはないさ」

有紗は、ぎゅっと拳《こぶし》を握りしめる。そんなふうに思われているのかとショックで震《ふる》えそうになるのを懸命《けんめい》に堪《こら》えた。

（違うわ。わたしを守って育ててくれたのに、今さら敵に回るはずがない。今わたしが無事なことが、お父さまは敵じゃないという一番の証拠《しょうこ》よ。お兄さまだってそう言ってくれた……）

父が敵方にいるのではという不安をこぼした時、力強い彼の言葉に励まされたものだった。

その飛鳥井とも連絡が途絶《とだ》えたままだ。行方が心配なのと、捜《さが》したくてもできないことへの焦《あせ》りとで、また胸が苦しくなってくる。

誰かに相談しようにもこの基地に知り合いはいない。唯一信頼《ゆいいつしんらい》できる京四郎は、怪我《けが》の後遺《こうい》症《しょう》からかまだ目を覚まさない――。

（だめよ、弱気になったら。お父さまもお兄さまもきっと無事よ。京四郎さんだってじきに目が覚めるわ。大丈夫《だいじょうぶ》！）

懸命に自分に言い聞かせる。見知らぬ場所に独りぼっちという心細さを吹《ふ》き飛ばしたくて、二人組に言い返そうかと書架の向こうを窺《うかが》った時だった。

ふいに書架の間から別の軍人が顔を出した。最初に案内をしてくれた久我《くが》という将校だ。

初日は気づかなかったが彼とは初対面ではなかった。四ノ宮男爵邸《しのみやだんしゃくてい》の事件の折に言葉を交《か》わしているのだ。その縁《えん》というわけではないだろうが取り次ぎ役をしてくれている。

「ここにいたか。君に客だ」

突然《とつぜん》のことに有紗は目を丸くして彼を見る。二人組の話し声もいつのまにか消えていた。

「客……？　わたしにですか？」

言い方からして外部から来たのだろうが、有紗がここにいることは誰も知らないはずだ。

心なしか苦々しげに久我がうなずく。

「一乗寺小夜子なるご婦人だそうだ」

「――ええっ⁉」

想像もしなかった名に、有紗は驚《おどろ》きのあまり仰《の》け反った。


一乗寺の母が軍の基地を訪ねてきた。

夫である孝介が軍ににらまれていることからも、お嬢様育ちのおっとりした性格からも、それはまったく予想外のことだった。

関係者である母が、ただ心配だからという理由で面会にくるとは思えない。何かあったのではと有紗は飛ぶ勢いで自分の部屋まで駆《か》け戻《もど》った。

「お母さま！」

扉を開け放つと、奥の椅子《いす》に腰《こし》掛《か》けていた小夜子がこちらを見た。有紗は肩《かた》で息をしながら彼女に駆け寄る。

「どうかなさったの⁉　こんなところに一人でくるなんて、危ないわ。一体どうして」

軍人二人に両側を挟《はさ》まれ所在なげにしていた小夜子が、安堵《あんど》した顔になって立ち上がった。

「あなたがここにいるって教えてくださった方がいらしたのよ。それで、お着替《きが》えとか身の回りのものを持っていこうと思って」

「お母さまはそんなこと気になさらなくていいのよ！　お身体《からだ》が弱いんだから、もし何かあったらどうするの」

「でもね、女の子が一人で男所帯にいるなんて大変だわ。入り用のものもいろいろあるでしょうし。退屈《たいくつ》じゃないかと思って、お部屋にあった少女小説も持ってきたのよ」

「お母さまったら……」

まさか本当にただ面会に来ただけかと、力が抜《ぬ》けそうになる。

父が軍に追われている今、母にも厳しい目が向けられているはずだ。ひょっとしたら尋問《じんもん》を受けることになったかもしれないと思うと、汗《あせ》が噴《ふ》き出してきた。

「……また『お母さま』と呼んでくれるのね」

声が少し揺《ゆ》れたのに気づき、有紗は顔をあげる。

小夜子の瞳《ひとみ》が潤《うる》んでいた。なんと言っていいのか迷うような、何か言ってもいいのか躊躇《ためら》っているような。儚《はかな》げな表情に、はっと胸を衝《つ》かれる。

突然の再会に動揺《どうよう》してしまったが、思えば、顔を合わせたのは実の親子ではないとわかったあの時以来だ。見送る彼女に視線もやらず、言葉も交《か》わさず別れたきり——。

歳《とし》が近すぎる弟の玲弥《れいや》。両親や六条家の人たちに似ている彼と、まったく似ていない自分。薄々《うすうす》感じながらも考えないようにしていた。察しがついていたのに、実際にそうだと言われると足元が崩《くず》れるようだった。

それでも、事実を隠《かく》していた両親を恨《うら》めしくは思わなかった。言わなければ。あの時言えなかったこと、そしてずっと思っていたことを。

「実の親子じゃないと聞いて悲しかったけど……。でも、育ててくれたのがお母さまなのは間《ま》違《ちが》いないもの。わたしの気持ちは前と変わらないわ」

出産後に体調を崩した実母に代わり、小夜子は赤子だった玲弥と一緒《いっしょ》に有紗を育ててくれたという。記憶《きおく》はないけれど、彼女の温《ぬく》もりに包まれてきたのは確かなのだ。

小夜子の瞳は涙《なみだ》がこぼれんばかりになっていた。きゅっと手を握《にぎ》られ、こらえきれず有紗も目を潤ませた。

特殊《とくしゅ》な家に生まれ、悲惨《ひさん》な事件によって家族を亡《な》くした子を、どんな思いで育ててくれたのだろう。敵に知られまいと必死に守りながらも、いつだって最大の愛情を注いでくれた。きっといろんな葛藤《かっとう》があったろうに。

「……ありがとう。有紗ちゃん」

つぶやくように言うと、小夜子は目元をぬぐって笑《え》みをみせた。

「みんなからお手紙を預かってきているのよ。有紗ちゃんのこと、とても心配しているわ」

「まあ、みんなから？」

三人の弟のうち、唯人《ゆいと》と凜之介《りんのすけ》とはあの時以来会っていない。胸がいっぱいになりながらいそいそと封書《ふうしょ》を受け取ったが、ふと首をかしげた。

裏面に差出人である弟たちの名前が書かれた手紙は、なぜか封がされていなかった。いや、糊付《のりづ》けをした跡《あと》はあるが、封筒《ふうとう》の天辺《てっぺん》が刃物《はもの》で切られているのだ。

どういうことかと瞬《まばた》く有紗に、小夜子が遠慮《えんりょ》がちに言った。

「やっぱり、こういうところですものね。外から持ち込まれるものには注意を払《はら》っていらっしゃるんでしょう」

その言葉でようやく理解する。自分宛《あ》ての手紙を先に開封された。つまり――。

「検閲《けんえつ》されたということ？　どうして……」

「あなたに害のあるものだったらいけないと言われて、持ち物を検査された時にお手紙も見られてしまって。そんなもの持ち込むはずがないでしょうにね。でも、仕方がないわね。厳しく制限されているということは、それだけあなたが守られているということですもの」

「ちょっと待って。持ち物検査ですって？　そんな、どうしてお母さまが？」

小夜子は困ったように口をつぐんだ。その表情を見たら察せずにはいられなかった。

桜の書を持って消えた父、孝介。その妻である小夜子は、関係者として警戒《けいかい》されているのだ。もしかしたら彼女自身が有紗に危害を加えにきたのではと疑われているのかもしれない。そして小夜子本人もそう思われていることを感じているから、何も言えずにいる――。

お嬢様育ちの母がそんな扱《あつか》いを受けて、どれほど怖《こわ》い思いをしただろう。わざわざ会いに来てくれたのにと思うと、かっと頭に血がのぼった。

有紗は勢いよく振《ふ》り向くと、軍人たちに食ってかかった。

「なぜこんな対応をなさるんですか⁉　父のことは関係ないでしょう？」

「有紗ちゃん、いいのよ」

「よくないわ！　お母さまは何も悪くないのに」

「いいの。おやめなさい」

握りしめていた拳を、そっと手で包まれた。

「有紗ちゃんにこうしてまた会えただけで、わたくしは本当に嬉《うれ》しいの。どんなに悲しい思いをしているかと毎日眠《ねむ》れなかったのですもの。ここへ通してもらえただけでありがたいと心から思っているのよ」

「お母さま……」

「だからね、こんなことで怒《おこ》らないでちょうだい。お父さまのことは、それはそれ。こちらの方々にしてみれば当然の処遇《しょぐう》だと思うの。さっきも言ったけれど、それだけあなたを厳しく守ってくださっているということよ。わたくしは感謝しているわ」

穏《おだ》やかな語り口に、少しずつ頭が冷えていく。

母の言うことも一理ある。すべては自分を守るためなのだ。これで怒ってはいけない。

――かさり、とした感触《かんしょく》が掌《てのひら》の中に滑《すべ》り込んだ。

有紗は思わず、母に握られたままの自身の手を見た。

（なに？　これ……紙みたいだけど……）

さりげなく小夜子へ目を向ける。彼女の表情に変わったところはなかったが、じっと見つめめている瞳に、ぴんとくるものがあった。

(手紙ね？　検閲されたくないことが書いてあるんだわ！)

おそらくは、こんな手段をとってまでも伝えたい出来事が起こったのに違いない。

となれば絶対に見張りの軍人に悟《さと》られるわけにはいかない。きゅっと手の中にそれを握り込
きゅっと手の中にそれを握り込み、有紗も何食わぬ顔で会話を続けることにした。

「そうね、お母さまの仰《おっしゃ》るとおりだわ。でもそんなに泣かないでちょうだい。こっちが心配になってしまうわ。みんな元気で変わりなくいるんでしょう？」

意図が伝わったらしく、小夜子が手を放し、目頭《めがしら》を押さえつつうなずく。

「ええ。もちろん元気……ああそうだわ、そういえば馨さんが帰ってきたのよ」

「まあ、そうなの。――――ええっ!?」

作り笑顔で話を続けかけた有紗は、目をむいて叫《さけ》んだ。

何かのついでのようにのんびり言われ、一瞬《いっしゅん》聞き流しそうになってしまった。

「それ本当!?　いつなの、どこにいたのっ!?」

馨が行方《ゆくえ》不明であることは小夜子も承知のはずだし、帰ってきたとなればそれこそ涙涙で報告してきそうなものなのに、顎《あご》に指を当てた彼女はほんわかと微笑《ほほえ》んでいる。

「もちろん本当のお話よ。何日前だったかしら……ほら、あの女記者さん。醍醐さんという方とね、突然一緒《とつぜんいっしょ》にうちへやってきて。家の前でばったり出くわしたとか言っていたけれど、あれってやっぱり、そういうことなのかしらねえ。醍醐さんと愛の逃避行《とうひこう》をしていたのじゃない

かしら。有紗ちゃん、どう思う？」

「お母さま、駆け落ち談義は今はいいの。叔父《おじ》さまと話したの？　なんて言っていたの？」

馨は朔が生み出した【闇《やみ》】に呑《の》まれたのだ。そこから生還《せいかん》してきた。一人ではできないはずなのに、一体どうやって戻れたのだろう？

「なんでも、静岡のほうにいたそうよ。それで帰ってくるのに時間がかかったのですって」

「静岡？　って、あの、富士山《ふじさん》のある？」

「ええ、そうみたい」

「……どうしてそんなところに⁉」

馨が消えたのは東京のど真ん中だ。あっさりうなずかれ、ますます意味がわからなくなる。

「さあ、詳《くわ》しくは知らないのよ。馨さん自身もよくわかっていないみたい」

「わかっていないって、お母さま――」

あまりの呑気《のんき》ぶりに呆《あき》れ半分に追及《ついきゅう》しようとしたが、はたと口をつぐむ。

失踪《しっそう》して久しい実弟《じってい》の帰還《きかん》だというのに、さほど感動していない母。明らかに不自然だ。

何か重大なことを知っていて、わざとこの場では隠している。いや、この場だから、だろう。

それならここは調子を合わせて乗り切るしかない。すばやくそう考え、有紗は大げさにため息をついてみせた。

「もう、信じられないわ。どれだけ心配したと思っているのよ。ご機嫌《きげん》とりに来たって許してあげないんだから」

「そう言わないの。有紗ちゃんにとても会いたがっていたのよ」

「それは、わたしだって会いたいわ。でも無理よ。ここから出られないんだもの」

わざと当てつけるように軍人たちのほうをちらりと見やる。母が会話に出すくらいだから、彼らも馨のことを把握《はあく》しているだろう。特に驚《おどろ》いた様子はなく淡々《たんたん》とした表情だった。

(早く読みたい……一体何があったっていうの?)

母との久々の会話は嬉しかったが、気になって仕方がない。それを顔に出さないよう、有紗は多大なる努力で作り笑顔をし続けた。


名残惜《なごりお》しいながらも母との面会が終わり、見送りから戻《もど》ってくると、有紗は扉《とびら》を閉めるなり握《にぎ》っていた拳《こぶし》を開いた。

誰《だれ》にも悟られまいと力を入れすぎていたせいで掌が汗《あせ》ばんでいる。そこに紙切れがあるのを見て、急いで開いてみた。

〈孝介さんに会った〉

最初に目に飛び込んできたのはその一文だった。

（お父さまに……!?）

有紗は息を呑み、続きに目を走らせる。

〈詳しいことはわからないが、かなり前からあの暗闇《くらやみ》にいたみたいだ。

俺を逃《に》がし、孝介さんはそこに残った。

残る理由があるのか、出られないのかはわからない。

伝言がある。母屋《おもや》の一番奥の部屋の宝箱を見ろ、だそうだ〉

何度も文面を繰《く》り返して読み、有紗はごくりと唾《つば》を飲み込んだ。

（お父さまは【闇】の中にいた……。かなり前からということは、囚《とら》われて出られなかったのかしら。いなくなってからもう何ヶ月も経《た》つけれど、ずっとそこにいたということ？）

馨が呑まれた【闇】は烏丸朔が生み出したものだ。父も同じように捕《つか》まっていたのだろうか？

混乱しつつも、さらに手紙を見つめて考える。

気になるのは最後の伝言だ。

母屋の一番奥はほとんど物置になっている部屋だった。薬種屋という商売柄《しょうばいがら》、物が多いため、店に入りきらない材料や器具などを保管するのに母屋の数部屋を使っている。一応は整理整頓《せいとん》をしているが、掃除《そうじ》以外ではあまり近寄ることはない。

ただ、家の一番奥という秘密めいた場所が好奇心《こうきしん》を刺激《しげき》するのか、下の弟たちが遊び場所にしていることは知っていた。

（この宝箱って、たぶん唯ちゃんの宝箱のことよね。拾ってきた変な形の石とか木の枝とか、そんなものばっかり入っていた覚えがあるけど……）

いつだったか掃除のついでに開けてみたら、失礼ながら、がらくたとしか思えないものが無造作に入れられていた。それでも唯人にとっては大事なものらしく、捨ててはだめだと重々しく宣言されたためそのままにしていた。

宝箱を見ろ、ということは、そこに何かあるということか。唯人の持ち物の中に貴重な何かがある？　それとも、誰も気づかないうちに父が何かを隠《かく》していた？

（隠す……って。まさか）

難しい顔で考え込んでいた有紗は、その可能性に気づいて息を呑んだ。

この状況《じょうきょう》下で父が隠さなければならないもの、そして秘密裏《ひみつり》に自分に伝えられた意味を考えると、そうとしか思えない。

（もしかして、桜の書の隠し場所じゃ⁉）

軍や京四郎、朔たちにも見つけられなかった秘伝書が、よもや弟の宝箱に隠されていたというのか？

有紗はしばし呆然《ぼうぜん》と立ちつくした。

どうするのが一番の得策か、誰にも気取られず守るにはどうしたらいいのか——脳裏をさまざまな考えがめぐったが、きゅっと唇《くちびる》を引き結ぶと、踵《きびす》を返して部屋を飛び出した。

今この場で唯一信頼《ゆいいつしんらい》できる相手といえば、彼以外いない。

京四郎の療養《りようよう》部屋にたどり着くと、有紗は緊張《きんちよう》しながら扉を叩《たた》いた。

「失礼します。一乗寺です」

彼はまだ眠《ねむ》っているかもしれない。その時はあらためて出直せばいい。気が急《せ》きながらもそう思っていると、「どうぞ」と応答があった。

医者か、付き添《そ》いの軍人だろうか。名乗った以上、一応顔を見せておこうと扉を開けたが、すぐに立ち止まった。

（あっ……！）

誰もいない室内。奥のベッドに身体《からだ》を起こしている京四郎が目に飛び込んできた。

ずっと寝顔《ねがお》ばかり見ていたせいで、目の前の光景が現実なのかすぐには信じられなかった。たびたび意識を取り戻していたとは聞いていたが、頃合《ころあ》い悪く会えずにいたのだ。

けだるそうに頭を抱《かか》えていた京四郎が、こちらを見た。

「――君か」

少しかすれた、けれど以前と同じ低くて冷たい声。耳にした途端《とたん》、有紗は弾《はじ》かれたようにベッドに駆《か》け寄った。

「京四郎さん……！　よかった、気がつかれたんですね！」

明らかに病み上がりといった風情《ふぜい》を目《ま》の当《あ》たりにして、胸がいっぱいになる。何から言えばいいのか、言葉がうまく出てこなかった。

「本当によかった。ずっと眠ったままだったらどうしようかと……どう責任をとろうかって、わたし――」

「どうもこうも、さっさと叩き起こせばよかったんだ」

むすりと言われ、涙《なみだ》ぐみかけた有紗は目をむいた。

「なっ……、そんなこと、できるわけがないでしょうっ」

「寝過ぎで頭痛がする」

不機嫌《ふきげん》そうなのはそれが理由だったらしい。眉間《みけん》を押さえる彼に、途端に心配になって顔をのぞきこむ。

「無理しないでください！　もう少し横になってらしたほうが――」

京四郎が視線をあげる。まともに目が合い、有紗は思わず固まった。

彼の瞳《ひとみ》がいつもより澄《す》んでいるように思えて――なぜか頬《ほお》が熱くなっていく。

「お、お医者さまを呼びましょうかっ？　そんなに痛むんですか？　大丈夫《だいじょうぶ》ですか？」

「それはこちらの台詞《せりふ》だ」

急に声をうわずらせた有紗を、京四郎は怪訝《けげん》そうに見ている。

「熱があるのか？　顔が赤いぞ」

「！　だっ、大丈夫です、なんでもありませんっ」

「雨に打たれて風邪《かぜ》でも引いたんじゃないか。医者はなんと言っていた？」

　どうやら本気で心配しているらしい。声に深刻な色があるのを感じ、うろたえていた有紗は我《われ》に返った。

「何も……、本当に、大丈夫です」

　ぎくしゃくと答えると、京四郎はしばし黙《だま》って見つめた後、息をついた。

「無事ならいい。……顔を見るまでは信じられなかったんだ」

　明らかに安堵《あんど》した声だった。有紗は戸惑《とまど》いながら彼に目を戻す。

（どうして？　目が覚めてから初めて会ったのに……。どうしてわたしのこと、そんなに……）

　これまでにも何度か意識を取り戻したそうだから、その時に誰かに有紗の様子や怪我《けが》の有無《うむ》について訊《き》いていたのかもしれない。けれど直接会うことはできなかったから気になっていた。今の台詞はそういう意味だろうか？

　乱れた髪《かみ》。そげた頬。紙のように白い顔色――そんなふうになってまでも最初に気にするのが有紗のことだったなんて。

　そう思ったら、急に瞼《まぶた》の裏が熱くなってしまった。堪《こら》える暇《ひま》もなく、ぽろぽろと涙がこぼれてくる。

「……本当に、すみませんでした。わたしのせいでこんな目に遭《あ》わせてしまって……」

　路地裏の光景が脳裏に甦《よみがえ》る。朔が現れたのもそうだが、京四郎が目覚めないのではないかと怖《こわ》くてたまらなかった。自分のせいだという思いでひりひりと胸が灼《や》かれるようだった。

突然《とつぜん》泣き出したのを見て京四郎も驚《おどろ》いたらしい。少しの沈黙《ちんもく》の後、彼は訝《いぶか》しげに言った。

「君のせい？　なんの話だ」

「何って、わ、わたしを守ってくださったせいで、こんな大怪我《おおけが》をなさったんじゃありませんか。わたし、何も知らないまま……ただ京四郎さんのお荷物になってただけで」

「何も知らなくて当然だ。それは私のせいだろ」

「……」

「別に君のためにやっているわけじゃない。そんなに気にされても困るんだが」

嘘《うそ》だ。——咄嗟《とっさ》にそう思った。

彼は彼で責任を感じている。有紗に気を遣《つか》わせまいと、わざとこんな言い回しをしている。

そう思ったらまた涙がこみ上げてきた。

「でも……、京四郎さんが傷つくのは、もう嫌《いや》なんです」

「別に傷ついていない。そんなに繊細《せんさい》な人間に思われているとは心外だ」

「傷ついてましたよ！　怪我だらけじゃありませんか。いっそのこと捕まって一緒《いっしょ》にいったほうがいいのかとも思ったんですよ。他《ほか》にわたしにできることなんてないし……」

うつむいてはなをすすっていると、そっと指の先で顎《あご》を戻《もど》された。

驚いて見ると、京四郎がいつもの冷静な顔で見ていた。

「それは絶対にだめだ」

「え……」

「朔が執拗《しつよう》に君を狙《ねら》ってくるのは、おそらく人造魔術《まじゅつ》の生成に関して重要な価値があると思っているからだろう。それが成功すれば国を動かすほどの莫大《ばくだい》な力を持つ可能性もある。君が三日月党に捕《と》らわれることで、軍だけではなく国全体が揺《ゆ》れるかもしれない」

声が先ほどよりも深刻になっているのに気づき、有紗も表情をあらためる。一気に話が大きくなった気がしたが、否定や疑問の言葉は出なかった。

国を支える力がゆえに、相応の権力を手に入れることになるはずだ。それをめぐって悲惨《ひさん》な事件がいくつも起きている。

「君の身柄《みがら》と引き替《か》えに無茶《むちゃ》なことを要求されるおそれもある。それだけは避《さ》けたい。君を質《しち》にされたらどんな要求だろうと応じることになるだろうから」

「……はい」

「君が無事でいることが、我々にとっては最善の策なんだ」

静かな言葉に、有紗は神妙《しんみょう》な顔でうなずく。

絶対に三日月党に捕《つか》まってはいけない。これからはその重要性を肝《きも》に銘《めい》じようと思った。

(考えてみれば結構……ううん、かなり難しいことだわ。相手はあやしい術を使ったりする人たちなんだもの。今までは京四郎さんが守ってくれたから逃《に》げ切れただけなのよね)

軍に保護されているのも、恩人の孫娘《まごむすめ》だからというだけではないのだ。あらためて感じると身の引き締《し》まる思いだった。

「わかりました。軽率《けいそつ》な行動はとらないようにします。とにかく今は勉強に励《はげ》み……ああっ！」

唐突《とうとつ》に叫《さけ》んだ有紗に、京四郎が眉《まゆ》をひそめる。

「勉強はしてもいいから、そんなに癇癪《かんしゃく》を起こさないでくれ」

「違《ちが》いますっ。思い出したんです、重大なお話があるんですよ！」

有紗は急いで懐《ふところ》から件《くだん》の手紙を取り出した。思えばこれを報告するために来たのだ。

「実はさっき、お母さまが面会にいらしたんです。それで、馨叔父《おじ》さまが戻ってきたらしいんです！」

「六条君が？」

さすがに驚いたのか声を低めた京四郎に、有紗は手紙を差し出した。

「とにかく読んでください。叔父さまからの言伝《ことづて》です」

受け取った京四郎が手早くそれを開く。目で追った彼はみるみる厳しい表情になった。

「お母さまが言うには、叔父さまは静岡にいたんだそうです。消えたのは東京なのに……。これってどういうことなんでしょう？」

「静岡……？」

「お父さまも静岡にいるんでしょうか？　叔父さまが呑《の》まれたのは例の【闇《やみ》】なんですよね。お父さまもその中に捕まってるんでしょうか」

京四郎は手紙に目を戻した。彼も事態を測りかねているようだ。

「昔、君が住んでいた家は甲州《こうしゅう》にあった。三日月党がその近辺に根城を張っているという噂《うわさ》がある。朔の【闇】がそこにつながっているとしたら——孝介さんが六条君を静岡側に逃がしたのかもしれない」

「静岡側？　それってつまり出入り口が複数あるということですか？　いなくなったのは東京ですし……。けど、中から自由に出入りできるんですか？」

「孝介さんならできただろう。彼も魔弾銃《まだんじゅう》を持っているから」

「お父さまも？　でも、あれって機関の人が持つものなんじゃ」

「だから、そういうことだよ」

有紗は思わず唾《つば》を呑む。まさか父が京四郎と同じ機関の所属だったとは。

「でも、だったらどうしてお父さまは帰ってこないのかしら。【闇】から出られる道具を持っているのに……。捕まって拘束《こうそく》されているんでしょうか」

「わからない。詳《くわ》しくは六条君に訊いてみるしかないな」

もっともな意見に、それもそうだとうなずく。手紙に書かれたのは最低限の情報だろうが、実際には他にも話をしているはずだ。

「それで、この最後の行のことなんですけど」

「心当たりがあるのか」

有紗は念のために扉《とびら》のほうを振《ふ》り返り、緊張《きんちょう》した顔でうなずく。

「桜の書の隠《かく》し場所じゃないかと思うんです。弟の——唯ちゃんの宝物入れなんですけど、そこまでは誰《だれ》も捜《さが》していないんじゃありませんか？」

おそらくは自分たち家族も知らないうちに、軍や機関が家を捜索《そうさく》したはずだ。そう思って確《かく》認《にん》すると、京四郎は考え込むような顔になった。

「がらくたが入った箱は覚えているが、二重底にもなかったと聞いている」

「それです！　たぶん一番下にあった落書き帳がそうだと思います。お父さまが偽装《ぎそう》したのかもしれません」

子どもの落書き帳だとわかれば押収されないと踏《ふ》んだのではないだろうか。有紗も、見た時はそれ以上触《さわ》ろうとも思わなかった。

「もちろん、勘違《かんちが》いかもしれませんけど……。でもわざわざ言及《げんきゅう》してきたということは、その可能性が高いと思うんです。ずっと捕まっていたから在処《ありか》を伝えることもできなくて、けれど叔父さまと再会して、この機会を逃《のが》すまいとして伝言を託《たく》したんじゃないかしら」

そう考えると繋《つな》がるように思える。桜の書は消えたわけではなく、唯一《ゆいいつ》在処を知っていた孝介が隠していただけだったのだ。

そこまでして隠したのなら、訳あって自主的に姿を消したと考えるのが自然だ。わざわざその後で敵に捕まりに行ったとも思えない。父の身に何が起きたのだろう――？

「この手紙、小夜子さんも内容を承知しているのか？」

「いえ……、たぶん知らないと思います。もし知っていたのなら、お母さまがまず確認したはずですから。その上で桜の書が見つかったということを暗号みたいな形にして伝えてきたんじゃないかしら。でもこれには『捜せ』という伝言しかない。お母さまじゃなく、わたしが確認しろということですよね。お母さまは詳しい事情を知らないから……なのかしら」

「おそらくな。余計なことを知れば小夜子さんや子どもたちに危険が及《およ》ぶと踏んだんだろう」

京四郎の答えに、有紗は返された手紙を見つめてうなずく。その判断をした父に感謝した。

しかしそうなると一つ大きな問題がある。桜の書の在処を確認するよう指示されたのに、肝《かん》心《じん》の自分がここから出られないのだ。

「どうにかして家に戻る方法はないかしら。たぶん外出したいと言っても許可が出ませんよね。よほどの理由がないと……。何かうまい口実を考えなくちゃ……」

「私が行こう」

当然のように京四郎が言ったので、考え込んでいた有紗は目をむいて見た。

「えっ!?　どうしてですか!?」

「どうしても何も、他にいないだろ」

あっさり返して早くも上着を羽織ろうとする彼に、慌《あわ》ててすがりつく。

「何言ってるんですか、だめですよ！　絶対だめですっ！」

「なぜだ」

「なぜって、だって、危険なことですし……第一、病《や》み上がりでしょう。そんな身体《からだ》で外に出ようなんて無茶です！　行かせませんからね！」

「睡眠《すいみん》が足りすぎて体調は万全《ばんぜん》だ。心配ない」

「さっきは頭痛がするって言ってたでしょうっ。今だってそんなに足下《あしもと》がふらついて……、ちょっと、京四郎さん！」

止めるのも聞かず、ベッドから下りた京四郎はさっさと扉のほうへ行こうとする。有紗は必死で彼の前に出ると、両手を横に広げて通せんぼした。

しかし彼はそんな妨害《ぼうがい》をものともせず向かってくる。まるでないもののように傍《そば》をすり抜けようとするので、有紗はつい力を入れて押し返してしまった。

「だめですったら！」

びくともしないかと思いきや、意外にも手応《てごた》えがなかった。

ふらり、と京四郎の体が後ろへ傾《かし》ぐ。

「え？　──きゃっ！」

咄嗟《とっさ》に支えようとしたら、つられて足がもつれた。あっと思った時にはそのまま前のめりに倒《たお》れていた。

思わず目をつぶってしまったが、予想したような衝撃《しょうげき》がなかったので、おそるおそる確認してみる。

「……？」

目の前に白いシャツの胸板《むないた》があった。その上には顰《しか》め面《つら》の京四郎の顔──。

ひっ、と息を呑み、有紗は硬直《こうちょく》した。

（わ……わたし、なんてことを……っ）

京四郎を押し倒している。大怪我《おおけが》をしている病み上がりの彼を本気で押してしまった。それ以前に、異性とこんな接近した体勢になるなど──あらゆる意味でありえない事態に、引きつった顔で固まるしかない。

彼は彼でこの状況《じょうきょう》に驚《おどろ》いたようだ。目を瞬《まばた》いていたが、やがてうめくようにつぶやいた。

「ここまで足腰《あしこし》が弱っていたとは……」

女学生に押されたくらいで転ぶとは普段《ふだん》の彼なら考えられないのだろう。心なしかショックを受けているように見えて有紗はさらに動揺《どうよう》した。

「きょ、京四郎さん、大丈夫《だいじょうぶ》で」

じろり、と視線が向く。

「重い」

「ひぃっ！　すっ、すみませんすみません」

「待て」

慌てて離《はな》れようとしたら肩《かた》をつかんで止められた。

抱《だ》きしめられるような恰好《かっこう》になり、有紗はまたもや固まる。

「そのままで」

「……!?」

京四郎の指が、有紗の髪《かみ》に、そっと絡《から》まった。

「動かないでくれ。すぐ取れるから」

「…………へ？」

冷静な声に、思わず顔をあげる。途端《とたん》、髪が引っ張られた。

「痛っ」

「動くなと言っただろ。――取れたぞ」

涙目《なみだめ》で見上げると、彼の手の中から自分の髪が一筋こぼれたところだった。

「珍《めずら》しく付けているのを忘れていた。これに引っかかったんだよ」

示されたのは背広の胸元に光る徽章《きしょう》のようなもの。髪がそれに絡まったのを取ってくれただけなのだと、そこまで説明されてようやく理解する。

無表情の彼をぽかんと見つめ、別の意味で頬《ほお》が熱くなるのを感じた。

「あ、ありがとうございました……」

声をうわずらせながらもなんとか礼を言うと、しばし沈黙《ちんもく》があった。

重いと言ったくせに押しのけることもなく、京四郎は何やら思案げに有紗を見ている。

どうしたのかと訊《き》こうとした時、彼がぽつりと言った。

「綺麗《きれい》になったな」

「――――!?」

「髪だよ。昔は短かったから」

見ていたのは髪の毛だったらしい。またしても目をむいて固まった有紗だが、空耳ではないとわかって真っ赤になった。

やっぱり気のせいではない。彼は冗談《じょうだん》でもこんなことを言う人ではなかった。様子がおかしいのは本調子でないからに違《ちが》いない。

「きょ……京四郎さん、変ですよ」

目を合わせられず、うつむいたままやっとそう言うと、訝《いぶか》しげな声が返ってきた。

「何がだ」

「だって、今までは口が裂《さ》けてもそんなこと言わなかったでしょ。なのに、な、なんで急に」

からかっているわけではなく、たぶん褒《ほ》めているのでもない。だからますます訳がわからない。本当は優《やさ》しいのは知っているが、有紗に対して綺麗だのという言葉を使う人ではないのだ。

奇妙《きみょう》な沈黙の後、小さい吐息《といき》が落ちてきた。

「別に急にじゃないさ」

「……え？」

「口にしなかっただけで、思っていなかったわけじゃない」

有紗は瞬き、顔をあげた。

答えてくれたはずなのに、やっぱりわからなかった。

「それって、どういうこと――」

ノックの音がした。

間髪《かんはつ》を容《い》れず扉《とびら》が開いて、苛立《いらだ》たしげな声が飛び込んでくる。

「おい、起きたのなら大佐《たいさ》に挨拶《あいさつ》に行け。誰《だれ》と無駄口《むだぐち》を叩《たた》いていやがる」

噛《か》みつくような顔で入ってきたのは将校の久我だった。話し声が聞こえて乗り込んできたといった様子だった彼は、すぐに室内の様子に気づいたらしい。目が点になっている。

しん、と静まりかえる中、目と口をまん丸にしたまま有紗は視線を戻《もど》した。

二人きりの部屋。自分の下敷《したじ》きになっている京四郎。彼の手が触《ふ》れたままの肩――。

あらためて今の状況に気づいた瞬間《しゅんかん》、自分でも驚くような速さで飛び退《の》いていた。

まずい。まずすぎる。誰がどう見ても誤解するしかない場面だ。

恐《おそ》ろしい勢いで全身が熱くなるのを感じながら、必死に弁明の言葉を探した。

「違うんです！　転んじゃって、それで、あの、本当に何もしてませんしされてませんっ！」

「当たり前だ」

京四郎がむっつりと言って身体を起こしたが、動揺がひどくて顔を見る余裕《よゆう》もない。

「ですから、あの……、す、すみませんでした――!!」

呆然《ぼうぜん》と立っている久我の横をすり抜け、有紗は思わず部屋を飛び出してしまった。

脱兎《だつと》のごとく廊下《ろうか》を駆《か》け抜け、突《つ》き当たりの窓まで来てようやく足を止める。

心臓が激しく騒《さわ》ぎ、息も絶え絶えだ。走ってきたせいだけでないのは自分でもわかっている。

（な……な……なんてことが起こったの……）

生死の境をさまよった彼とやっと話ができたと思ったら、まさかあんなことになるとは。しかもそれを他人に見られてしまうとは――。

恥《は》ずかしさで頭を抱《かか》えて身もだえしていたが、掌《てのひら》の中にある感触《かんしょく》に気づいて目をやった。

馨からの手紙だ。京四郎の部屋から握《にぎ》ったまま逃《に》げてきたらしい。

それを見たらいくらか頭が冷えた。息を整えつつ姿勢をただして手紙を見つめる。

（こんなことで狼狽《うろた》えてる場合じゃないわ。すぐにでも確認《かくにん》に行かなくちゃ。そのためには、まず何をするべき？　わたしにできることといったら、ええと……）

必死に考えようとするが先ほどの衝撃がなかなか頭から出て行ってくれない。自分に言い聞かせ、意識をそらそうと躍起《やっき》になったが、

（冷静に、冷静に！　まずは外出許可をもらわなくちゃいけないから、その理由を考えて、それで鳥羽大佐に談判……って、わあああ！）

京四郎の台詞《せりふ》や息づかいがよみがえり、なかなか努力が続かない。

真っ赤になって両耳をふさぎながら、有紗はがっくりと廊下にへたりこむ。

（わたし、何やってるの……）

こんなことで平常心を失うとは、花の乙女《おとめ》にはまだまだ修行《しゅぎょう》が足りないようだ。

久我の罵声《ばせい》をさんざんに浴びながら部屋を後にした京四郎は、彼の伝言どおり元上官のもとへ赴《おもむ》いた。

体調が思わしくなかったために、この基地へ来て初の対面である。一連の件の報告と朔を取り逃がした詫《わ》びをした京四郎に、鳥羽大佐はねぎらいの言葉もそこそこに相好を崩《くず》した。

「有紗嬢《じょう》と話したぞ。昔から知っているはずなのに、いざ顔を合わせてみるとやはり感慨《かんがい》深い

心地《ここち》になるものだ。……あれからもう十年か」

京四郎は無言で彼の言葉を噛みしめ、目線をあげた。

その話に乗るのもいいが、今は時間が無い。本題に入らなければならない。

「お詫びに伺《うかが》って早々恐縮《きょうしゅく》ですが。外出許可をいただけないでしょうか」

「出かけるだと？　その身体《からだ》でか」

「傷のほうはたいしたことはありませんので。それと、もし有紗が同じお願いをしてきた時には絶対に許可を出さないでいただきたいのです」

驚いた顔で聞き返してきた大佐が、当然だというように口元を曲げた。

「ようやく大手を振《ふ》って保護することができたというのに、手放すはずがなかろう」

京四郎は無言で一礼を返す。彼がそう言うからには、有紗がここから出るのはまず不可能と言っていい。

ここにいさえすれば誰かしら有紗を守る者はいる。彼女を守るため、つまりは桜川の血と博士の遺産を守るために作られた部隊だ。その点では安心できる部分もある。

彼らに有紗を任せ、桜の書の確認に急がねばならない。

「それにしてもだ。なぜ有紗嬢に素性《すじょう》のことを話した？　黙《だま》っておくとあれほど頑《かたく》なだったおまえが、どういう心境の変化だ」

興味深げに大佐が見上げてきた。雪の別荘《べっそう》での思わぬ再会後も名乗っていなかったことを知っている彼が、今になって話したというのを妙《みょう》に思うのも無理はない。

「こういう状況《じょうきょう》になった以上、いつかは知れることです。身の安全のためにも説明するべきだと考えを改めました」

「建前はいい。昔のおまえなら、どんな状況になろうと絶対に話さなかっただろう？　身の安全云々《うんぬん》は、おまえが体を張って守れば済む話だ。納得《なっとく》がいかんな」

見透《みす》かすような視線から、京四郎はさりげなく目をそらした。

事あるごとに有紗の記憶《きおく》を消し、彼女の人生を修正しようと翻弄《ほんろう》してきた。過去を話したくなかったのにはいくつか理由があるが、その件で恨《うら》まれるのを恐れたから、というのが大きな一つであるのは否《いな》めない。

けれど、一乗寺の娘《むすめ》ではないと知って傷ついた彼女が、寄る辺を失って心細げに過ごすのを見ていたらたまらなくなった。

自分が記憶を奪《うば》ったがために、有紗は自身の根幹部分をなくして苦しんでいる。覚えていれば対処できたかもしれないのに、記憶がないせいで精神面の折り合いがつけられずにいる。

仲睦《なかむつ》まじく暮らしてきた家族と実は血が繋《つな》がっていなかった。出生の秘密を知ったと同時に見知らぬ組織に狙《ねら》われて追われ続けて――どれほど苦痛だったことだろう。

知らないということが、ますます有紗を傷つける。それを目の当《ま》たりにして覚悟《かくご》を決めた。

恨まれたとしても、拒絶《きょぜつ》されたとしても、彼女が今知りたいことを話すべきだと。

凄惨《せいさん》な出来事を伝えることにはもちろん躊躇《ためら》いは大きかった。それを聞いた有紗がどれほど衝撃《しょうげき》を受けるかも危惧《きぐ》した。そこだけは話せないと突っぱねようかずいぶん迷ったが、結局は、訊かれるままに話をした。彼女も覚悟を決めているとわかったからだ。

あの時の有紗は、京四郎の知らない大人の目をしていた。

「私が守っているのは十年前の小さな子どもではないと気づいたからです。成長して自分で考え、行動ができるようになったのですから、いつまでも私の考えに縛《しば》り付けておくわけにはいきません」

――本音を言えば、話さなければよかったという思いは今もある。ずっと秘《ひ》めておけるものならそうしたかった。

だが現実的には、それは到底《とうてい》無理な段階にきていた。ここまで裏の世界に関《かか》わらせておいて、何も知らない教えないではあまりにも無責任がすぎる。

机に両の肘《ひじ》をついて組んだ手を顎《あご》に当てながら、大佐が視線を落とす。

「仕方あるまいな。彼女が指輪と出会った時点で、人造魔術《まじゅつ》をめぐる諍《いさか》いに巻き込まれるのは避《さ》けられないことだった。指輪が不可思議な事件を呼び寄せ、欲望《よくぼう》や悪意を引き寄せる。桜川博士の遺産とは、そんなにも人々の心を様々にかきたてるものなのだから」

京四郎の手首の痣《あざ》を見やる彼は、遠い日を探すかのように独りごちた。

「彼女は本当に何の知識もない、ただの一市民の顔をしていた。それでも自分なりに考え、桜川の娘として生きる覚悟をしたのだろう。大したものだ。……記憶を奪うとは、罪作りなことをしてしまった」

京四郎はわずかに目を伏《ふ》せる。その判断をしたことについてはなんの弁解もなかった。

しんみりした空気になるかと思いきや、大佐《たいさ》がふいに言った。

「前に会った時より顔色が悪いな。病《や》み上がりにしてもひどいぞ。それも指輪の契約《けいやく》のせいか」

気づいたように言われ、京四郎も目線を戻す。

「いえ。生まれつきです」

「しかし、その痣が刻まれると命を削《けず》られるというではないか。螺旋《らせん》のように腕《うで》から全身へとめぐり、締《し》め付けるように苦痛を与《あた》えながら、やがては死に至らしめる……。呪《のろ》いの指輪とはよく言ったものだ」

「……」

「因果だな。おまえと有紗嬢の間でその指輪がよみがえってしまうとは。せめて奪取《だっしゅ》した際に彼女の指に嵌《は》まらなければ、余計な荷を背負うこともなかっただろうに」

京四郎はそっと手首に触《ふ》れた。気のせいか、ちくりと痛んだような気がした。

余計な荷と大佐は言ったが、自分ではそう思ったことはない。まさか有紗があそこにいるとは予想外にもほどがあったが、だからこそ、これも運命なのだろうと感じる。

「烏丸朔との交戦の件といい、近頃《ちかごろ》やたらと捨て身になったのはその痣のせいか？　どうせ死ぬのだからどうなろうが構わんというところか」

「捨て身になったつもりはありませんが、怪我《けが》で自由が利《き》かず焦《あせ》ったのは事実です。取り逃がして申し訳ありません」

「はぐらかすな。有紗嬢と関わるようになってからずっとそうだろうと言っているのだ」

鷹揚《おうよう》に大佐が遮《さえぎ》る。さすがにごまかされてはくれないようだ。

言葉どおり、別に捨て身になったつもりはない。ただ、心に決めているだけで。

「……研究所が襲撃《しゅうげき》された夜、あそこにいた者で助かったのは私と有紗だけでした。有紗はともかく、私はまぐれで命拾いしたにすぎません。本来なら自分はあの夜に死んでいたのだと思っています」

こちらを見つめたまま、大佐がかすかに唇《くちびる》の端《はし》をつりあげる。

「だから己《おのれ》の命は惜《お》しくないと？」

「もともとないものですので。惜しいも何もありません」

あの夜――有紗を背負い、決死の思いで研究所を脱出《だっしゅつ》した時に決めたのだ。これからはただ有紗を守るためだけに生きようと。それが自分が生き残った理由なのだと思ったから。

ぐったりとした有紗を見つけた時の衝撃。彼女の首に残った、赤黒い絞《しめ》め痕《あと》。死んでいるのかと思った瞬間《しゅんかん》、頭が真っ白になった。終わった、と思った。

あんな思いは二度と御免《ごめん》だ。

ゆっくりと背もたれに体を沈《しず》め、大佐は意味ありげに笑《え》んだ。

「では、和佳子《わかこ》と夫婦になる気は相変わらずないということか。あれほどの器量良しを袖《そで》にしても構わんと？」

「申し訳ありません」

「はっ。その即答《そくとう》ぶりも変わらんな。まあいい。おまえが軍をやめた時点で落とし前はついている」

愉快《ゆかい》そうに大佐が言う。

「おまえのことだから、どうせこれで身軽になれて都合がいいとでも思っていたのだろう。軍の任務も大儀《たいぎ》そうにしていたからな」

「申し訳ありません」

「はっはっは。馬鹿者《ばかもの》が」

頭を下げつつ、京四郎は手首に目をやる。先ほどからたびたび痣が痛むのが気になっていた。

軽口をたたいて気が済んだのか、大佐が表情をあらためる。

「これから総本部に向かうが、少し不穏《ふおん》な動きがあるようだ。こちらも気をつけろ」

「不穏といいますと」

「三日月党が動き出した。有紗嬢《じょう》の行方《ゆくえ》をつかんで仕掛《しか》けてくるやもしれん」

大佐はこれまでに判明している三日月党の動きを語った。路地裏の襲撃以降、活発になっているという。朔が次こそはと指示をしているのだろう。

「アリスの復活がどうのと言っているらしいな。ようやくおまえも目覚めたことだ、場を移動しろ。有紗嬢を決して彼奴《きやつ》らに渡《わた》すな」

厳しい喝《かつ》に京四郎はうなずく。言われるまでもないことだ。

警備態勢や護衛の人員について続けようとしたが、ふと気がつき、大股《おおまた》に扉《とびら》へと向かった。

一気に開け放つと、目の前にいた人影《ひとかげ》が、びくりと立ちすくんだ。

京四郎は思わず絶句した。そこにいたのは曲者《くせもの》の類《たぐ》いではなく、なんと有紗だったのだ。

「す、すみません。大佐にお願いがあって来たんですけど、京四郎さんが先にいらしてるとは思わなくて」

すぐ鼻の先で扉を開けられたのによほど驚《おどろ》いたのだろう。頰《ほお》を赤らめた彼女はおどおどしながら会釈《えしやく》した。

桜の書の件で揉《も》めてからすぐのことだ。お願いの内容については察しがついた。

「外出許可なら出ないようだぞ。諦《あきら》めろ」

「……そうじゃないんです。いえ、できればそれもお願いしたかったんですけど、難しそうなので。外出が無理なら、せめて電話をかけさせてもらえないかと思って」

「誰《だれ》に？」

「馨叔父《おじ》さまです」

京四郎はちらりと室内へ目をやる。大佐がうなずいたので、外へ出て扉を閉めた。

彼女なりに現状を打開しようと知恵《ちえ》をしぼったのだろう。【闇《やみ》】の中で孝介と会ったという叔父が、他《ほか》にも何か聞いていないかとにらんだようだ。

「電話なら私が掛ける。立ち会うだけならいい」

そう言うと、有紗は嬉《うれ》しそうに笑みを浮《う》かべた。しかしすぐに目を伏せてしまった。

「ありがとうございます」

礼を述べた声もどことなく元気がない。京四郎はうつむいた横顔を見やった。

「——こっちだ」

促《うなが》すと素直《すなお》についてくる。背後の気配をうかがいながら歩くうち、ふと疑念がかすめた。

——ひょっとして、彼女は大佐との会話を聞いていたのだろうか？


馨は六条の屋敷《やしき》に戻《もど》っていたらしい。身を隠《かく》して居場所を転々とするより、財閥《ざいばつ》である実家のもとにいるほうが安全かつ動きやすいと判断したのだろう。

しかし突然《とつぜん》京四郎から掛かってきた電話には大いに戸惑《とまど》ったようだった。

「烏丸だ。姪御《めいご》さんは預かっている。安心しろ」

開口一番に彼がそう言うと、受話器の向こうから聞き取れない罵詈雑言《ばりぞうごん》が返ってきた。

「ちょっと、京四郎さん！」

言葉が足りなすぎる。これで安心しろとは無理な話だ。馨は詳《くわ》しい事情を知らないのだから。

無表情のまま律儀《りちぎ》に罵《ののし》られていた京四郎が、「彼女に替《か》わる」と告げてこちらを見る。電話機を手で示され、はらはらしていた有紗は驚いた。

「いいんですか？」

「なるべく早く済ませろ」

そっけなく言って、後は知らんとばかりに彼は椅子《いす》にもたれて目を閉じてしまう。

有紗はおそるおそる受話器を近づけた。叔父と話すのも久しぶりだし、その内容が内容だ。今さらのように緊張《きんちょう》がこみあげてくる。

「叔父さま……？」

ややあって、懐《なつ》かしい声が耳に飛び込んできた。

『有紗か？　俺だよ。おまえ、大丈夫《だいじょうぶ》なのか？　烏丸にいじめられてないだろうな？』

以前と変わらない朗《ほが》らかな響《ひび》き。有紗は胸がいっぱいになって身を乗り出した。

「ええ、平気よ。叔父さまこそ大丈夫だったの？　怪我はないの？」

『心配するな、こっちももう平気だ。しばらくは往生したけどな』

ぼやくような返事に、思わずごくりと唾《つば》を呑《の》む。

「手紙を読んだわ。お父さまに会ったって……本当なの？」

『ああ……本当だ。確かに孝介さんだった。痩《や》せて面変《おもが》わりはしてたが、間違《まちが》いない』

受話器の向こうが深刻な声になった。

「お父さまは、そこで何をしているの？　捕《つか》まっているの？」

『たぶん……そうなんだろう。出られないと言っていた』

「出られない？　どうして？　なぜ叔父さまと一緒《いっしょ》に逃《に》げなかったのかしら」

『わからん。俺も一緒に行こうと言ったんだが、できないと言われてな。気づいたら俺だけ暗闇から抜《ぬ》け出してたんだ。山の中に放《ほう》り出されて、人里に出るのに大変だったよ』

おかげでこうして帰ってこられたけどな、と馨が少し笑う。

彼を逃がすことができたのなら、父も【闇】から出られたはずだ。出られないというのは何が理由なのだろうと考えていると、馨が真面目《まじめ》な声に戻って続けた。

『伝言の内容はわかったのか？　宝箱がどうとかいう』

「ええ……、たぶんだけど、予想はついてるわ」

『そうか。ならよかった。俺には詳しい話はしてくれなかったからさ。有紗にならわかるはずだから、って』

ということは、馨も、それから小夜子も、伝言の意味については知らないらしい。

有紗は確信した。やはり父が伝えたかったのは桜の書の在処《ありか》なのだ。

偶然《ぐうぜん》にも──そして皮肉だが幸運にも──【闇】の中で馨と出会った父は、桜の書について伝言を託《たく》した。自身がそこから〝出られない〟から、代わりに保管して守ってもらうために。

有紗に宛《あ》てたのは、たとえ有紗が伝言の意味に気づかなかったとしても、京四郎に相談すると踏《ふ》んでのことではないだろうか。父の中で彼はそれだけ信頼《しんらい》に値《あたい》する人物なのだろう。

『有紗？　聞いてるか？』

馨の呼びかけに、はたと我《われ》に返る。

特殊《とくしゅ》な術を使って電話を盗聴《とうちょう》するという輩《やから》も世の中にはいるらしく、もし三日月党がその術を心得ていた場合、場所を特定されるおそれがあるという。ぐずぐずしている暇《ひま》はない。

「ごめんなさい、聞いてるわ。そのことなら大丈夫だから心配しないで。それより叔父さま、烏丸朔に会ったんでしょう？　何か気づいたことはない？　印象に残ってることとか」

『印象も何も。死んだはずの男を見かけただけでも驚きなのに、いきなり真っ暗闇に取り込まれたんだぞ。びっくりしたなんてもんじゃない』

「そうよね……。【闇】の中では、お父さまと会うまでに何か見なかった？　それともずっと暗闇だったのかしら……そんなところにお一人で、叔父さま可哀想《かわいそう》」

『そう言ってくれるのはおまえだけだよ。おい泣くな、大丈夫だったんだから』

ぐすっとすすりあげるのが聞こえたのか、馨が慌《あわ》てたように言った。

『ずっと暗闇だったわけじゃない。時々周りが見えることもあったんだ。どこかの屋敷みたいだったな』

「お屋敷？」

『烏丸朔が見えたこともある。やつの住処かもな。確か孝介さんは黎明《れいめい》の館《やかた》とか言っていた』

重々しい声に、どきりとする。三日月党の本拠地《ほんきょち》だろうか？

『やつと一緒に、もう一人男がいた。ちょっと髪《かみ》が長い、学生風の若い男だ。どこかで見た気がしてたんだが……』

「知ってる人？　誰なの？」

『いや、面識はないはずだ。でも何度か見かけたことがあるような顔というか……誰かに似てるような顔というか。ほら、慧一郎《けいいちろう》の婚約披露《こんやくひろう》が帝都ホテルであったろ。あの時にも見た気がするんだよな』

「あのパーティーで？」

従兄《いとこ》の慧一郎と学校の上級生である菫子が婚約《こんやく》した際、謎《なぞ》の手紙に怯《おび》える菫子が心配でパーティーの招待客を調べたことがある。烏丸朔と初めて遭遇《そうぐう》したのもあの夜だった。

『有紗、気をつけろ。俺が会ってるってことは、おまえも会ってるかもしれない。おまえもあのパーティーにいたんだからな』

馨の真剣《しんけん》な声に、ひやりとするものを感じた。知らない間に、朔の仲間とすれ違っていたのかもしれない――。

「ええ……気をつけるわ。叔父さまも用心してね」

なんとか明るい声で返したが、自分が動揺《どうよう》しているのがわかる。

頭の中に、あの夜の招待客たちの顔が次々と浮かんでは消えていった。


通話を終えると、有紗はなるべく細部まで内容を京四郎に報告した。

馨自身がわからないことだらけだったろうから、あやふやな部分は多いが、手がかりはある。

「叔父さまが見た若い男って、烏丸朔の仲間なんでしょうか。六条家のパーティーに招待されていたとなると、ある程度の身分ということになりますけど……。それで、黎明の館というのが三日月党の本拠地なのかしら」

招待客の若い男。慧一郎の学友やつきあいのある財閥、会社の子息たち――全員確認《かくにん》したはずだが、正直なところ顔も名前も全部は覚えていない。

首をひねる有紗をよそに、聞き終えた京四郎は硬《かた》い顔つきになっていた。

「……黎明の館というのは、昔、君が住んでいた屋敷《やしき》の名前だ」

「えっ。でも、火事でなくなったんじゃ」

「ああ。だからまったく別のたまたま同じ名の館か、もしくはあの屋敷を知る者が故意に名付けたのか。六条君の話からするとおそらく後者だろう」

有紗は額を押さえた。それはつまりどういうことなのだろう。

「わざと名付けたとなると、どんな意味があるんです？　わたしの家に縁《えん》があったとか、関《かか》わりのあった人が懐かしがって付けたということですか？　まさか烏丸朔が……？」

京四郎は返事をしなかった。当時を思い返すかのように考え込んでいる。

黎明の館と呼ばれた桜川家の屋敷。十年前の事件で焼け落ち、当主の家族や研究に携《たずさ》わった人たちも亡《な》くなったという。末娘《すえむすめ》の有紗以外は――。

それについて気になっていたことがある。不思議と誰《だれ》も口にしないある人物のことが。

「一つ引っかかっているんですけど……十年前の事件のあと、どうしてわたしだけが保護されていたんでしょうか。お兄さまの行方《ゆくえ》は捜《さが》されなかったんですか？」

亡くなったはずの兄。けれど十年を経て有紗の前に現れた。飛鳥井と名乗る学生として。

京四郎はなおも考え込んでいるようで、こちらを見ないまま答えた。

「火事で死んだとされているから、捜索《そうさく》もされなかったんだ」

「それは陸軍のほうですよね。あの夜に襲《おそ》った犯人たちもそうだったんでしょうか？」

「というと？」

「わたし、三日月党が狙《ねら》っているのは〝桜川博士の血を引いている人間〟だと思っていたんです。あの人たちの執念《しゅうねん》深さからして、兄のほうの行方も相当追跡《ついせき》したんじゃないかと思うんですけど、でもそんなそぶりがないでしょう。まったくといっていいほど口にしないのはおかしくありません？」

まるで兄の存在を抹殺《まっさつ》したかのような。桜川家の長男のはずなのに。

「妹のほうだけを狙う理由がある……ということか？」

京四郎がつぶやく。それきり黙《だま》ってしまったので、有紗は身を乗り出した。

「飛鳥井さんがいなくなったのって、三日月党に捕まったからじゃないですよね？　いろいろ調べるうちに敵に接触《せっしょく》してしまったのかも。それで素性《すじょう》がばれてしまったとか……」

敵に正体が知られたら彼がどんな目に遭《あ》うのか。認めるのがつらくて、なかなか正面から考えられずにいた。そう予想すればするほど、当たっているとしか思えなくなってくるのだ。

「もし桜川の長男が現れたと知ったら、きっと三日月党は見逃《みのが》さないでしょう。何かあったらわたしのせいです。わたしがあの時、いろいろ調べたがったから……飛鳥井さんは無茶をしてしまったのかも……」

沈痛《ちんつう》な面持ちでうつむいた有紗に、京四郎がちらりと目を向ける。

「そんなへまはしないさ。あるいはどこかに潜伏《せんぷく》しているのかもしれない」

「そうならいいんですけど……」

「一応行方を追ってみよう。幸か不幸か警視庁に知り合いがいるから」

はっとして有紗は顔をあげた。

「それって、もしかして伏見《ふしみ》さまのことですか?」

「いやに食いついたな。懐《なつ》かしいのか」

「違いますっ。……確か、伏見さまの妹さんも神隠《かみかく》しにあって行方不明だって……」

夜の街のカフェで会った時、伏見本人が言っていた。その時は詳《くわ》しく訊《き》ける状況《じょうきょう》ではなかったが、ずっと気に掛《か》かっていた。

「世間で不可思議と噂《うわさ》されるような事件が起こると、何度か現場で顔を合わせたことがある。妹の事件と共通点はないか調べていたんじゃないか」

淡々《たんたん》とした京四郎の答えに、そういえば、と有紗は思い出す。初めて会った黒鳥館《こくちょうかん》でも伏見は時折何かを捜しているようなそぶりをしていた。普段《ふだん》の柔和《にゅうわ》な表情とは違い、真剣な顔だったのを覚えている。

(きっと、妹さんの行方の手がかりがないかと捜してらしたんだわ……)

伏見もまた、人造魔術《まじゅつ》をめぐる争いの犠牲者《ぎせいしゃ》なのだ。それを思うと胸が痛かった。

「詳細《しょうさい》が知りたいなら本人に訊けばいい。あの人は君には甘いからなんでも教えてくれるさ」

「そんな……お訊きしたくても無理ですよ。第一、外出許可を諦《あきら》めろって仰《おっしゃ》ったのは京四郎さんでしょう」

「いや、これから基地を出る」

さらりと言われ、有紗は耳を疑った。

「急だが場所を移ることになった。行き先は調整中だが、支援者《しえん》のいずれかの許《もと》になるだろう。支度《したく》をしたまえ」

「……って、本当に急ですね。一体どうして」

「六条君に電話を掛けたことで、三日月党が何か勘《かん》づいた可能性がなくはない。今のうちに場所を変えたほうがいい」

有紗は目を見開き、思わず口を押さえた。

「ごめんなさい……！　わたしが電話を掛けたいと言ったせいで……」

「いや、そうじゃない。少し前から三日月党の動きがあやしくなっていたらしい。どちらにしろ移動したほうがいいと、今し方大佐《たいさ》が結論を出した」

馨に電話を掛ける前、許可を取ってくると言って京四郎は大佐のところに一時戻《もど》っていた。その時にそんな話が出たらしい。

それにしても唐突《とうとつ》な展開だ。それゆえに緊急《きんきゅう》性が感じられ、不安がこみあげてくる。

「心配しなくていい。君を送り届けた後で、桜の書の確認には私が行ってくる」

おろおろと考え込んだのをどう誤解したのか京四郎がそう言ったので、有紗は目をむいて見上げた。思えば先ほども同じことで口論になったのだ。

「だめですよ！　病《や》み上がりでまだふらふらなさってるじゃありませんか」

「さっきは不覚をとっただけだ。君の勢いもすごかったしな」

「あ、あれは京四郎さんを止めようとしただけで……！　いえでもすみませんでしたっ！」

思い出して顔が熱くなったが、京四郎のほうは相変わらず涼《すず》しい表情だ。

「私と違って元気が有り余っているんだろう。気にしなくていい」

「そっ……そうです、有り余っているんです！　そもそもお父さまはわたしに言伝《ことづて》なさったんですよ。確かめるのならわたしが行きます。京四郎さんは動かないでください！」

桜の書を手にすることで敵に狙われ、また争いに巻き込まれるかもしれない。雨の夜の路地裏の光景が脳裏《のうり》をよぎり、震《ふる》えそうになる。

もう二度と彼を傷つけさせたくない。なんとしても守らなければ——ただその一心だった。

顔色を変えて訴《うった》える有紗を、京四郎はじっと見ている。

何かを探《さぐ》るようなまなざしに、はっと気づいた時、彼が冷静に言った。

「大佐との会話を聞いたのか？」

「！」

心臓が止まるかと思った。

我《われ》ながらおかしいくらい動揺してしまい、有紗は目を泳がせる。認めたも同然だった。

京四郎が軽く息をつき、自身の手首を押さえる。

「急に痣《あざ》が痛み始めたから、何かよからぬ目に遭っているんじゃないかと心配していたが……。君が嫌《いや》な思いをした時にもこうなるんだったな」

ぎくりとして有紗は彼の手首を見る。京四郎はなおも視線をそらさず続けた。

「言いたいことがあるなら言えばいい。訊きたいことがあるなら訊いていい。何が嫌だったんだ?」

「……」

いつにない優《やさ》しげな言い方に、思わず涙《なみだ》が出そうになる。

彼の言うとおりだった。知らないふりをしてやり過ごすつもりだったが、大佐との会話を聞いてしまった。衝撃《しょうげき》的なことばかりで、本当はこうして顔を合わせているのもやっとだった。

「有紗君」

名を呼ばれ、咄嗟《とっさ》に有紗はくるりと彼に背を向けてしまった。とてもじゃないが向き合ったままで話ができそうになかった。

「……ごめんなさい。わたし、痣のこと、気づかなくて……。そんなに身体《からだ》を悪くされていたなんて知らなくて」

呪《のろ》いの指輪は命を削《けず》るという。それは契約《けいやく》が結ばれた際にも彼から聞いたことがある。

だが思えば有紗はそれほど深刻に捉《とら》えていなかったのかもしれない。彼の失言で痣が増えたり痛んだりはしても、こちらが言い返したり罵《ののし》ったりすれば消えてしまう。そんな場面を何度も見たから。

けれど実際は、旧上官が一目で指摘《してき》するほどに以前より顔色からして悪化していたのだ。

「大したことじゃない。むしろ軍にいた時よりは健康だ。ここは人使いが荒《あら》かったからな」

巧妙《こうみょう》に彼は話をそらした。それに気づき、有紗は唇《くちびる》をかむ。

（わたしがあの時、指輪をはめたりしなければ……。京四郎さんの命を危《あや》うくすることもなかったのに……！）

痣のせいで京四郎が死んでしまうかもしれない。それはとてつもない恐怖《きょうふ》だったし、彼が死を恐《おそ》れていないことにも動揺《どうよう》していた。

『もともとないものですので。惜《お》しいも何もありません』

なんの躊躇《ためら》いもない口調だった。きっと本気で思っているのだ。

話を聞いていたと知れた以上、心に仕舞《しま》っておけなかった。迷いながらも知りたい気持ちが

勝ち、押し出すようにそれを口にしていた。

「……あの夜、まぐれで命拾いしたって……どういうことですか？」

しばし間があった。それも聞いたのかと、意外に思ったように感じられた。

「本当ならあの日、私は屋敷《やしき》にはいないはずだった。もしいるのがわかっていたら間違《まちが》いなく仕留められていただろう。他《ほか》の人々と同じように。だからまぐれだと言ったんだ」

ややあって、淡々と答えが返ってきた。有紗は戸惑《とまど》いながら背後をうかがう。

「じゃあ、どうしてあの日、来ていたんですか？」

「……あの頃《ころ》、離《はな》れには人が少なかった。小夜子さんのお産の付き添《そ》いで孝介さんも玲弥君も山を下りていたから。君はひどく寂《さみ》しがっていた」

少しだけ、声に躊躇いがにじんだ気がした。

「だから……、数日前に山を下りたが、また戻ったんだ。麓《ふもと》で土産《みやげ》を買って、持っていった」

答えの意味を理解した瞬間《しゅんかん》、有紗は思わず口元を押さえていた。

「そんな……。来なかったら巻き込まれなかったのに……」

そのまま山を下りていたら、彼は何も知らずに済んだだろう。今のように有紗を守るため自身を犠牲《ぎせい》にするような生き方はしていなかっただろうに──。

なんの気負いもない、当たり前のような声が耳を打つ。

「行かなかったら、助けられなかった」

有紗は凍《こお》り付いたようにその言葉を頭の中で繰《く》り返した。胸の鼓動《こどう》が速くなっていく。

（わたしのために戻ってきた？　わたしのせいで……）

子どもだった自分が寂しがっていたせいで、彼の人生は変わってしまった──？

十年前の事件以来、彼は命を捨てたように生きてきたのだ。それは何かしら有紗に負い目があるからのようだった。だからあんなに有紗を守ろうとする。自身の危険を顧《かえり》みずに。

幼い日をともに過ごした小さな娘《むすめ》が悲惨《ひさん》な目に遭《あ》ったのを放《ほう》っておけなかったのか。人造魔術を知る者として、桜川博士の孫娘を守らねばと思ったのか。それとも、あの夜を一緒《いっしょ》に生き延びたことによる使命感なのか。

（わたしはそんなこと望んでないのに。京四郎さんが責任を感じることなんてないのに）

大佐との会話に出てきた知らない女性のことを思い出した。大佐の言い方からして縁談《えんだん》があったということだろうか。その女性と幸せになるという未来もあったかもしれないのに、自分が潰《つぶ》してしまったのか。

自分が傍《そば》にいる限り、彼はきっと幸せになれない。平穏《へいおん》な人生を送ることができない――。

（……わたし、やっぱり京四郎さんのことが好きなんだわ）

理解した途端《とたん》、涙がこみあげた。うつむいてそれを懸命《けんめい》にこらえる。

命を大切にして欲しい。傷つかないで欲しい。この人の傍にいたい。

けれど、それらの願いはきっと相容《あいい》れないのだ。

（好きだけど、でも……、好きになっちゃいけなかった……）

彼の幸せを、人生を、奪《うば》うようにしてきたのかもしれない。そんな自分が、好きになってはいけない人だったのだ。

「……京四郎さんは、これ以上、わたしの傍にいないほうがいいと思います」

関《かか》わりさえしなければ、当面は痣が増えることはないはず。いや、痣のことがなくても一緒にいてはいけないのだ。傍にいたら彼は必ず守ろうとするだろうから。

やっとの思いでそう言うと、背後がしばし沈黙《ちんもく》した。

「――寝起《ねお》きの頭痛持ちでは役に立たないと？」

相変わらずの言い回しに、うっと怯《ひる》みながらも負けじとうなずく。

「そ、その通りです。護衛が必要というなら他の元気な方にやっていただきます。第一、あまり一緒にいたら周りにおかしな誤解をされます。さっきの久我さまみたいに……。そうなったら、乙女《おとめ》として、とっても迷惑《めいわく》ですから！」

ただでさえ男女関係に厳しい時代なのに、この基地で、しかも桜川博士の孫である有紗とのあんな場面を見られたのだ。下手をしたら罪に問われるかもしれない。年頃《としごろ》の娘からこう言われてはさすがに彼も受け入れざるを得ないはずだ。

「じゃあ、わたし、荷物をまとめてきます」

そう言って、そそくさと出て行こうとした時だった。

後ろから伸《の》びてきた腕《うで》が、行かせまいとするかのように扉《とびら》を押さえた。

「下手な言い訳はよせ。だいたい、子ども相手に誤解も何もない」

「……」

「言いたいことがあるなら言えと言っただろう。なぜ隠《かく》すんだ」

いつもの彼なら、こんなふうに深追いはしてこないはずなのに、今日はなぜか逃《に》がしてくれそうにない。

言いたいことも、訊《き》きたいことも山ほどある。けれども大佐との会話を聞いてしまった今、彼がとても遠い人のように思えて——視界が潤《うる》むのを堪《こら》えきれなかった。

「京四郎さんこそ……どうして？」

誤解も何もない、なぜなら有紗が子どもだから。そう思うのなら、どうして——。

「どうでもいいような子どものために、どうして命を投げだそうとするんですか？」

戸惑ったような沈黙があった。

肩《かた》に手がかけられる。乱暴ではないが充分強引《じゅうぶんごういん》な仕草で振《ふ》り向かされた。

不意のことで抗《あらが》えず、有紗はついそのまま京四郎を見上げてしまった。

いつになく思い詰《つ》めたような彼の顔。その瞳《ひとみ》に驚《おどろ》きが浮《う》かんだのを見て、自分がおかしな顔つきでいるのだろうと気づいた。しまったと思ったが、もう遅《おそ》い。

気弱なところを見せたら彼が気を遣《つか》ってしまう。また困らせることになる。

有紗は急いで目元をぬぐうと、笑顔《えがお》を作って明るく言った。

「……すみません。わたし、荷造りしてきますね」

けれどこれ以上取り繕《つくろ》うのは難しそうだった。

そのまま背を向け、扉を開けたが、今度は京四郎は何も言わなかった。

実際にはまとめるほどの荷物もなく、作成した魔術《まじゅつ》関連の資料などを風呂敷《ふろしき》に包むと支度《したく》は終わってしまった。そのうちに迎《むか》えの軍人がやってきて車の準備ができたというので、有紗は彼とともに部屋を後にした。

（……京四郎さんはどうするのかしら）

このまま一緒《いっしょ》に移動するのだろうか。それとも先に桜の書の確認《かくにん》に行ってしまうのか。

前者だとしたら気まずいが、後者なら止めなければならない。どんな態度でいればいいのだろうと悶々《もんもん》としながら歩いていると、当の彼が廊下《ろうか》の先にいるのが見えた。

久我と何やら話をしていた彼が、こちらに気づいてやって来る。

「支度は済んだか」

「……はい」

なるべく普通《ふつう》に答えたつもりだったが、ぎこちなくなってしまったかもしれない。有紗は懸命に平静を装《よそお》った。

(変な態度を取ったら余計に気まずくなる。なんでもないふりをしなくちゃ)

ひそかな努力に気づいているのかどうか、京四郎は有紗を一瞥《いちべつ》しただけで踵《きびす》を返す。

「では行こう」

彼の一言を合図に、軍人たちが有紗を囲むようにして歩き出した。

「久我中尉《ちゅうい》も同行されるので？」

「車に乗るまでだ。作戦長があの体《てい》たらくでは安心できんからな」

下士官の問いに、久我がじろりと京四郎へ目をやる。やはりあの場面を見たことで心証がガた落ちしているようだ。

緊急《きんきゅう》用の出口から出るのは事前に聞いていたが、向かっているのは今まで足を踏《ふ》み入れたことのない場所らしい。寝起きしていた部屋や資料室のあった棟《むね》に比べると、薄暗《うすぐら》く、いくらか建物が古いのが見て取れる。

みんなに遅《おく》れまいと小走りでついていくうち、有紗はふと眉《まゆ》をひそめた。

気のせいだろうか。さっきから鼻がむずむずしている。

「……火薬の臭《にお》いかしら」

思わずつぶやくと、京四郎が振り向いた。

「火薬？」

「はい……かすかですけど。それに、何かの薬草みたいな匂《にお》いも。何かしら……」

集中して嗅《か》いでみたが、覚えのないものだった。他《ほか》の者たちは感じないのか、怪訝《けげん》そうに周りを見ている。

「あ、でも基地なんですから火薬も置いてありますよね。臭いがしても当然ですね」

「いや。違《ちが》う」

遮《さえぎ》るように言った京四郎は、厳しい顔になっていた。

「急ぐぞ。走れるか」

有紗は瞬《まばた》き、慌《あわ》ててうなずく。訳がわからないながらもとりあえず走り出した時だった。

どこからか轟音《ごうおん》が鳴り響《ひび》き、建物が揺《ゆ》れた。その場にいた全員が、はっと立ちすくむ。

「まさか、敵襲《てきしゅう》でしょうか」

「止まるな、急げ！」

京四郎が鋭《するど》く号令し、有紗の手をつかんで走り出す。

続けざまに爆発《ばくはつ》音が聞こえ、そのたびに足下《あしもと》が揺れた。窓越《まどご》しに見れば、向かいの建物からは白煙《はくえん》が立ち上っている。遠くのほうに瓦礫《がれき》が散乱している。

あまりに突然《とつぜん》のことに混乱しつつも、身体《からだ》が勝手に震《ふる》えてきた。

（敵襲？　嘘《うそ》でしょう？　こんなに厳重に守られてるところなのに、どうやって？）

意味もなく敵が陸軍の重要拠点《きょてん》を襲《おそ》うはずがない。有紗がいると知ったからこそだろう。

そのことがますます動揺《どうよう》をかき立てた。自分のせいでこんなことになっているなんて——。

ぐるぐる考えすぎてめまいがしそうになった時、強く手を引かれた。

見上げると、京四郎が肩を抱《だ》くようにして支えている。自分が足をもつれさせたのだと有紗は初めて気づいた。

「わ……わたしのせいですよね？　わたしを捕《つか》まえるために、こんな……。でもいつ知られたんでしょう。やっぱり叔父《おじ》さまとの電話を盗聴《とうちょう》されたんじゃ」

「そうじゃない。この短時間で盗聴して襲撃《しゅうげき》するのは無理だ。落ち着け」

ぐっと肩をつかむ手に力がこもる。京四郎がのぞきこむように見つめてきた。

「よく聞くんだ。私や他の者は自分でどうにかできるから心配しなくていい。君が罪悪感を覚えることじゃない。庇《かば》おうなどと思わないで、ただ逃げるんだ。いいな？」

いつになく諭《さと》すような言い方に、逆に切迫《せっぱく》したものを感じた。

有紗は彼を見つめ、ただうなずく。言葉が出てこなかった。

それが今の自分にできる精一杯《せいいっぱい》のこと。刻みつけるように震える手を胸に押し当てる。

爆発音と地響きは続いている。だんだん近づいている気がするのは錯覚《さっかく》だろうか。

一瞬《いっしゅん》の後、轟音とともにあたりが大きく揺れた。たたきつけるような衝撃《しょうげき》があり、たまらず有紗は悲鳴をあげてうずくまった。

（何？　何が起こったの⁉）

おそるおそる目を開ければ、周囲は煙《けむり》に覆《おお》われている。耳がつまったようでよく聞こえない。

「大丈夫《だいじょうぶ》か。立てるか？」

すぐ近くで京四郎の声がした。見上げると、彼が覆い被《かぶ》さるようにして見下ろしている。また庇ってくれたのだと気づき、有紗は急いで身体を起こした。

「はい、平気です」

先に立ち上がった京四郎が手を引いて立たせてくれる。彼のほうも怪我《けが》はなさそうだ。

「近くにも敵がいるらしい。早く外に――」

「烏丸中尉《ちゅうい》！」

誰《だれ》かの鋭い叫《さけ》びに、京四郎が振り返る。彼の背後、煙幕《えんまく》を割るようにして何かが飛び出してきたのを見て、有紗は目を瞠《みは》った。

見知らぬ男。抜《ぬ》き身の刀を振りかぶった――。

(斬《き》られる！)

ガキン！　と鈍《にぶ》い金属音が響いた。京四郎が銃身《じゅうしん》で刀を受けたのを、有紗は目を見開いて見つめた。

おそらくは全力の相手の斬撃を、あんな小さな銃で受けていることが信じられなかった。双《そう》方《ほう》の怖《こわ》いほどの殺気を感じ、足が動かない。

敵の男がこちらを見た。獲物《えもの》を認めた獣《けもの》のような獰猛《どうもう》な視線に、思わず息が止まる。

「いたぞ！　桜川の娘《むすめ》だ！」

男が怒鳴《どな》った瞬間、京四郎が相手の腹に蹴《け》りを入れ、すばやく銃を構えた。銃声とともに男は倒《たお》れたが、間髪《かんはつ》を容《い》れず、その背後から別の男が京四郎に襲いかかってくる。

息もつかせぬ展開に棒立ちになっていると、横から強く腕《うで》をつかまれた。

「下がって！　こちらへ！」

緊迫《きんぱく》した声が耳を打つ。久我に腕を引かれて後ろへ追いやられた有紗は、彼ら全員が戦闘《せんとう》態勢でいるのに気づいた。軍刀や銃を手にして、交戦中の二人をうかがっている。

「自分が援護《えんご》を！」

「よし！　他の者は令嬢《れいじょう》を守れ！」

軍人たちが厳しい声でやりとりした、その直後だった。

目の前の廊下の床板《ゆかいた》が、突如《とつじょ》、轟音とともに崩《くず》れ落ちた。

（――！　うそ……っ！）

あたりには粉塵《ふんじん》と木《き》屑《くず》が舞《ま》い、目を開けていられない。すぐ足下まで廊下がひび割れ、木片《もくへん》がバキバキと折れながら下に落ちていく。

護衛の軍人たちに助けられ、なんとか崩壊《ほうかい》から逃《のが》れて顔をあげた時、濁《にご》る視界の中で京四郎の姿はさらに離《はな》れたところにあった。

それを見て有紗は息を呑《の》んだ。彼の前には対峙《たいじ》した男以外にも、敵らしき者がさらに二人身構えていたのだ。

「今の爆発で崩れたか。向こうからの脱出《だっしゅつ》は無理だ、戻《もど》るぞ」

忌々《いまいま》しげな久我の言葉に、血の気が引いた。脱出云々《うんぬん》はともかく、これほど廊下が破壊《はかい》されては京四郎はこちらへ戻ることはできない。もちろんあちらに助けに行くことも不可能だ。

敵の男が叫びながら京四郎に蹴りをいれた。彼はそれをかわし、銃の柄《え》で背中を突《つ》く。勢いあまって男は廊下に空いた穴に落ちていったが、その隙《すき》をつくように別の男が斬りかかってきた。さらにもう一人が銃を構えている。

「京四郎さん！」

京四郎は相手の斬撃を躱《かわ》すと、もう一人の男の腰《こし》からサーベルを抜き去りざま斬り上げ、銃を振《ふ》り払《はら》った。そのあざやかともいえる反撃に敵が怯《ひる》んだ一瞬、彼はこちらを見た。

「先に行け、すぐに合流する」

「でも……っ」

「行きましょう！」

護衛の一人が体ごと遮った。押されるようにして廊下を戻りながら、有紗は振り返った。

白く煙《けむ》る中、京四郎はサーベルを手に敵を見据《みす》えている。

「必ず追いつく。信じてくれ」

こちらを見ないまま放たれた言葉は、喧噪《けんそう》をぬってはっきりと届いた。

(京四郎さん……！)

まだ怪我が治っていないのに無茶《むちゃ》だ。自分だけ逃《に》げるなんて。一緒《いっしょ》に来て欲しい。さまざまな想《おも》いがこみあげる。

「こちらです、急いでください！」

追い立てるように促《うなが》され、濡《ぬ》れた頬《ほお》をぬぐうこともできず、よろよろと走り出した。

有紗を逃がすために彼が選んだことなら、きっと一番正しいのだ。その想いに応《こた》えなければならない。

（わたしに今できるのはこれだけなんだから。絶対に逃げ延びなくちゃ！）

背後から聞こえる剣戟《けんげき》の音。足下を揺らす爆発音。すさまじい風とただよう白煙。

それらを振り切るかのように、有紗は歯を食いしばって廊下《ろうか》を走り続けた。

来た廊下を戻り、しばらく行ったところで倉庫のような部屋へと入る。その奥にあった本棚《ほんだな》を護衛たちが動かすと、床《ゆか》に扉《とびら》が現れた。非常事態に備えた通路だという。

地下にあるため暗かったが、ほのかな明かりがずっと先まで点々としている。それをたどるようにして進んだ。

「ここからは三手に分かれる。一人は令嬢の護衛として傍《そば》に、一人は離れたところから警護、一人は囮《おとり》として別方向へ。令嬢には自分も同行する」

説明してくれた久我は、走りながらもすばやく軍服を脱《ぬ》ぎ、身なりを変えていた。他の者たちもタイを締《し》めたり帽子《ぼうし》をかぶったりして、どこにでもいるような若者になっている。

「やつなら心配ない。ああ見えて腕は立つ」

「……はい。ありがとうございます」

ぶっきらぼうに付け加えた彼に、有紗はうなずいて涙《なみだ》をふいた。

地下道を抜け、その先の倉庫らしき場所から外へ出てしばらく行くと、黒塗《くろぬ》りの車が二台ひっそりと停《と》まっていた。

振り仰《あお》げば、少し離れた基地の建物から煙が出ている。戦闘が繰《く》り広げられているのか喚声《かんせい》があちこちから聞こえていた。

あの建物のどこかに京四郎がいる。いや、彼だけではない。たくさんの人が襲撃に遭《あ》い、戦っているかもしれないのだ。それを思うと胸が疼《うず》いた。

「やつも行き先を知っている。事が終われば勝手に向こうへ来る。すぐに車を出せ」

運転役の軍人の他《ほか》に、若い軍人と久我、そして有紗は後部座席に乗り込んだ。本来なら久我は来ないはずが、京四郎が不在なので代役を務めるらしい。

「お気を付けて。自分たちも後ろに付きますので」

別動隊の軍人が、きびきびと窓から声をかけてくれる。

有紗は緊張《きんちょう》しながらうなずいたが、ふと気配を感じて振り返った。

反対側の車窓、その向こうで何かがゆらりと動いた気がした。

まるで、立ち上る陽炎《かげろう》のような――。

(――もしかして!?)

こんな前兆に覚えがある。思い出した瞬間、叫んでいた。

「烏丸朔です、気をつけてください！」

護衛たちが一斉《いっせい》に身構えたのと、車窓の向こうが真っ暗になったのは同時だった。

ぽっかりと空中に開いた――【闇《やみ》】。

その前に男が立っている。長い黒マントをなびかせ、帽子を目深《まぶか》にかぶったその男を有紗は凝視《ぎょうし》した。

(怪人《かいじん》……？　ううん、やっぱり烏丸朔なの？)

少し前に世を騒《さわ》がせた盗賊《とうぞく》の姿に似ている――そう思った時、車の扉が音もなく開いた。

「……！」

突風《とっぷう》が吹《ふ》き付ける。思わず目をつぶったら、誰かに手をつかまれた。

「魔術《まじゅつ》を感知できるようになったのか。成長したな」

有紗は目を見開いて相手を見る。

だがそこにあったのは、ただの真っ暗な空間だった。それがみるみる広がるのを見て、やっと気がつく。

暗闇が広がったのではない。自分がそこに吸い込まれているのだ。

誰《だれ》かの切迫《せっぱく》した叫《さけ》び声が聞こえる。引き戻そうとする感触《かんしょく》が指先をかすめる。

けれども、すべては一瞬《いっしゅん》のことで――。

声をあげる間もなく、有紗は【闇】の中に転がり落ちていった。

第三幕　乙女《おとめ》とキネマの密談

目を覚ますと、夜になっていた。

むくりと起き上がり、有紗は寝《ね》ぼけまなこであたりを見回す。

すぐ傍で、〝おにいちゃん〟が布団《ふとん》に埋《う》もれるようにして眠《ねむ》っていた。

おそるおそる額に手を当ててみる。だいぶ熱が引いているのがわかり、ほっとした。

（よかった。ありさの大根じるがきいたんだ）

秘伝の薬を作った甲斐《かい》があった。有紗は満足し、またきょろきょろと部屋を見回した。

（やえちゃんは？）

乳母《うば》の小夜子がお産で里に下りているため、代わりに八重《やえ》という若い娘が面倒《めんどう》を見てくれている。近頃《ちかごろ》は彼女とともに眠りにつくのが決まりだった。

寝入《ねい》る前まで一緒に看病していたはずだが、彼女の姿は見当たらなかった。しばらく待ってみたが一向に戻ってくる気配がないので、有紗はしだいに退屈《たいくつ》してきた。

（お母さまのところに、いこうかな）

胸を患《わずら》っている母は、この離れの一室で寝起《ねお》きをしている。身体《からだ》が丈夫《じょうぶ》でないので普段《ふだん》はあまり構ってもらえないが、ごくたまに体調がいい時には縁側《えんがわ》に出ていて、一緒にひなたぼっこをしようと誘《さそ》ってくれるのだった。

(でも、いまはよるだから……ねんねしているかしら?)

あたりの暗さに今ごろ気づいて躊躇《ためら》っていると、どこかで何か聞こえたような気がした。障子のほうを振り返り、有紗は耳を澄《す》ます。——もう一度人の声が聞こえたので、首をかしげながら立ち上がった。

(ありさをよんでる……?)

母を主《あるじ》とするこの離れには、いつもはあまり人がいない。いやいるのかもしれないが、母と八重の他には数人の使用人しか有紗は見たことがなかった。時々母屋《おもや》から父や兄や客が来てにぎやかになるのを楽しみにしていたくらいで——だからこの時も、誰かが遊びにきたから自分も呼ばれたのだと思った。

母の部屋までくると、やはり声はそこからしていた。有紗は安堵《あんど》し、障子を開け放った。

「お母さま! ありさもきたわよ」

しん、と話し声が止《や》んだ。

急に静かになったのと、そこにあったのが思っていたような楽しい場面ではなかったことに、有紗はきょとんとして瞬《まばた》いた。

母が布団の上に倒《たお》れている。その横には八重が。母の身の回りの世話をしている、りくという老女が。おさんどんのタミと、いつも庭で薪《まき》を割っている昌吉《まさきち》も。そして時折母屋からくる名も知らない青年が二人――。

　どうしてなのか、みんな、息をしていないみたいだった。

「――どうする？　見られちまったぞ」

　ふいに頭上で声がした。

　びっくりして顔をあげると、薄闇《うすやみ》に背の高い影《かげ》がある。それは一つや二つではなかった。

「こいつもやるのか？　どこのガキだ？」

「当主の娘《むすめ》だろう。全員始末しろとの命令だ」

「桜川の？　しかし、時宮様《ときみや》の親戚《しんせき》筋なら殺しちゃまずかろう」

「そっちの娘じゃない。後妻のほうの腹だ」

「なんだ、だったら遠慮《えんりょ》はいらんな」

　背の高い影たちは、ぼそぼそと話し合っている。有紗にはなんの話なのかわからなかった。

　ただ、彼らが〝知らないひと〟たちだということは、なぜか顔を見なくてもわかった。

「おじちゃんたち、だあれ？　お父さまのごゆうじん？」

　訊《たず》ねてみると、影たちは黙《だま》ってしまった。質問に答える者はなく、それきり静かになる。

　あまりに黙っているのでなんだか怖《こわ》くなり、どうしようかと思った時だった。

「そうだよ。父上のご友人だ」

　かすれたような声が背後で聞こえた。

　振《ふ》り返って見ると、開け放した障子の間から廊下《ろうか》に立っている彼が見えた。月光に照らされているのは、よく見知った、冴《さ》え冴《ざ》えとした美貌《びぼう》。

「大きいおにいちゃん！」

はずんだ声に応《こた》えるかのように、〝大きいおにいちゃん〟が部屋に入ってくる。

「一人でここへ来たのかい？　お付きの者は？」

「だれもいないわ、ありさひとりだけよ。ねえ、ほんとにごゆうじん？　ありさ、見たことないわ」

「……そうか。おまえ一人か」

つぶやいて、〝大きいおにいちゃん〟は手を伸《の》ばした。

「幼いのに憐《あわ》れだが……。これも使命のためだ。悪く思うな」

首に指が巻き付いてくる。有紗は驚《おどろ》いて身じろいだが、ふりほどくことはできなかった。

「朔様……」

影の誰かが息を呑《の》んだように名を呼んだ瞬間《しゅんかん》――巻き付いた指に一気に力がこもった。


びくっ、と体が反応し、意識が覚醒《かくせい》した。

――薄暗い視界。荒《あら》い呼吸音がやけに耳につく。

それが自分のものだと気づいて、有紗はようやく夢を見ていたのだと悟《さと》った。

思わず首筋に手をやる。からみつく指の感触が残っている気がして、肌《はだ》が粟立《あわだ》った。

（今のは、あの事件の夜の……？）

覚えていないはずなのに、ひどく生々しく記憶《きおく》が揺《ゆ》さぶられている。

夢の中の自分が『大きいおにいちゃん』と呼んだ相手。あれは確かに烏丸朔だった。

明確な殺意を感じたし、手を抜《ぬ》くつもりはなかっただろう。なのに自分は生きている。

（どうして助かったのかしら。誰かが助けてくれた……？）

何かが引っかかる。何か、大事なことを忘れているような――。

額を押さえようとして、はたと有紗は顔をあげた。

「ここは……？」

目の前には思いがけない光景が広がっていた。

高い天井《てんじょう》の下、ずらりと並ぶ長椅子《ながいす》。それらを取り囲む壁《かべ》はタイルで鮮《あざ》やかな模様が描《えが》かれている。そして、自分がいるのは舞台《ぶたい》のような壇上《だんじょう》。

（……ここが、三日月党の本拠地《ほんきょち》？）

車に乗り込んだところで【闇《やみ》】が出現し、それに呑み込まれた。そこまでは覚えている。

ここは【闇】の中なのか？　それとも【闇】を通じてどこか別の場所へ来たのか。

ふいに、背後が明るくなった。振り返った有紗は、目を瞠《みは》ってそれを見上げた。

掛《か》けられた大きな白い幕が発光している。薄闇だった空間が、そこだけまぶしく照らされている。

(これって、まるで――)

馨に連れていってもらったことのある活動写真館みたいだ。

そう思った時、チラチラと光が明滅《めいめつ》し、幕に何かが映し出された。

最初に映ったのは、三人の青年たちだった。

交差した三本脚《あし》の小さな机を囲んで座った彼らは、卓上《たくじょう》をじっと見つめている。置いてあるのは白い紙のようだった。青年たちは頭《こうべ》を垂れ、祈《いの》りを捧《ささ》げるような仕草をした後、紙に載《の》せていた丸いものに手を重ねた。しばらくすると、それが紙の上をするすると動きはじめる。三人の傍《そば》で、別の青年が何やら帳面に書き付けている。

場面が急に変わり、今度は若い娘が現れた。緊張《きんちょう》の面持《おもも》ちでいる彼女の前には、壮年《そうねん》の男が二人。両脇《りょうわき》にも一人ずつ座っている。彼らは札をこちらに示し、箱の中に入れた。それから机に並べた別の札を娘に選ばせると、箱に入れていた札を出して同時にこちらに示す。それが何度も繰《く》り返される。

唐突《とうとつ》に、今度は白い札が画面いっぱいに映し出された。薬草の名が書かれたそれがいくつか示されると、次は工房《こうぼう》のような場所に変わった。口元に覆《おお》いをつけた人々が薬草を刻んだり乳《にゅう》鉢《ばち》で擂《す》ったりしている。それからまた白い札がいくつも示され、作業風景が続く。札に書かれた薬草や鉱石の名が違《ちが》うだけで、同じ流れが繰り返し――。

有紗は言葉もなくそれを見ていた。初めこそわからなかったけれど、徐々《じょじょ》に、まさかという思いがこみあげてくる。

（もしかして、魔術《まじゅつ》の実験……なの？　これは三日月党の記録映画？）

最初に見たのは狐狗狸《こっくり》さんのようだった。若い娘がやっていたのは千里眼の実験だろうか。形式は少し違うが、どちらも雑誌や新聞で見たことがある。

そこまでならお遊びの延長といえるかもしれない。一時期は話題になったが、世間ではもう本気で信じている人はほとんどいないのではないだろうか。

（でもこの人たちは本気なんだわ。魔術として研究しているんだわ……！）

薬の調合の映像で見た植物は見覚えがあった。陸軍の基地で自分も勉強したからだ。どれも魔術に使うものばかりだったし、掛け合わせる種類も同じだった。禁忌《きんき》とされている掛け合わせも映像の中では当たり前に行われていた――。

いつのまにか有紗は冷や汗《あせ》をかいていた。自分は見てはいけないものを見ているのではないだろうか――？

目を閉じて横たわった人。どんな絡繰《からく》りなのか、下半身は魚のような鱗《うろこ》で覆われ、尾《お》びれがある。何人もの人々がそれを取り囲んで眺《なが》めている。

傾斜《けいしゃ》のある道を下りてくる台車。勢いのついたそれは乗っていた人もろとも崖《がけ》から海へ落ちていく。何度も、何度も、何度も。

（なんなの、一体……？　気持ちが悪い……）

思わず口元を押さえた時、また場面が変わった。それに気づいて、そらしかけた目をそちらにやったが――。

(……え?)

見るなり、一瞬思考が止まった。

どこかで見たことのあるような光景。いや——間違《まちが》いなく同じ光景を見たことがある。

薄暗い部屋。いくつも並ぶ寝台《しんだい》。細くただよう白煙《はくえん》と、ぼんやりと揺れる明かり。白黒の世界でもわかるほど鮮やかな柄《がら》の着物。

どこで見たのかを思い出し、足元から震《ふる》えが上ってくる。

『彼女たちは、生け贄《にえ》になってもらうのだよ』

吹雪《ふぶき》の館《やかた》の地下室で、結社の男が放った台詞《せりふ》がよみがえる。

(あの時と同じ……!?)

寝台にはそれぞれ横たわった女性たちがいた。

どれも十代か二十代の初めくらいか。美しい着物に身を包み、両手を胸の上に重ねている。

そして枕元《まくらもと》には白煙をくゆらす香炉《こうろ》が置いてある。

黒鳥館の地下で見たのとまったく同じだ。ただ違うのは、女性たちの数だけ。あの時は三人だったが、映像の中には確認《かくにん》できるだけでも七人はいる。

あまりの衝撃《しょうげき》に腰《こし》が抜けそうになりながら、有紗は幕を凝視《ぎょうし》していた。

三日月党の魔術実験を記録したらしき映像。そこに映る、魔術で眠《ねむ》らされているであろう女性たち。どういうことなのか嫌《いや》でも想像がつく。

(まさか、この人たちが連続失踪《しっそう》事件の被害者《ひがいしゃ》……!?)

新聞社で調べた神隠《かみかく》し事件。記事で確認できたのは確か四人、いや五人だったか。あれ以外にも発覚していない失踪者がいたのかもしれない。

映像だけでは彼女たちの生死はわからない。無事なのだろうか。無事だったとしても、生きながらにして眠らされ、ずっと閉じ込められていたのか――。

と、ふいに誰《だれ》かが映像に映り込んだ。

横手から現れたその青年は、寝台にいる女性たちをじっと見ている。

濃《こ》い色のインバネスをまとい、長めの髪《かみ》をたらした姿は、心なしか物憂《ものう》げだった。まるで、彼女たちを案じているかのように。

見入っていた有紗は息を呑む。それが誰か認識した途端《とたん》、叫《さけ》んでいた。

「飛鳥井さん！」

映像の中で、彼がこちらを振り返る。

瞬間、ぷつん、と音を立ててすべてが消えた。


暗くなった幕を前に、有紗は棒立ちになっていた。

女性たちを見ていた青年――映ったのは短い間だったが、確かに飛鳥井に似ていた。

彼が三日月党の記録映画に映っていたこと。突然《とつぜん》行方知れずになったこと。姿を消す前に自分たちが調べていた事件。照らし合わせると、一つの答えしか出てこない。

（お兄さまはたぶん、三日月党のことを探《さぐ》りに行ったんだわ。そしてあの方たちを見つけた。けれど深追いしすぎて逆に捕《つか》まってしまった……だから帰ってこられなかったんだわ）

彼が振《ふ》り返った瞬間《しゅんかん》、映像は途切《とぎ》れた。あれは彼が捕まった瞬間だったのだろうか。

ぞっと寒気が走る。もしそうならどんなひどい目に遭《あ》わされていることだろう。

心配と焦《あせ》りで涙《なみだ》がにじんできたが、はたと気づいて胸を押さえた。

（待って。あれに映っていたのは、もしかしてここ？　お兄さまもあの方たちもここに監禁《かんきん》されているの？）

魔術で連れてこられたということは、三日月党の本拠《ほんきょ》の可能性が高い。ならばここにいることも充分《じゅうぶん》考えられる。

有紗は息を詰《つ》めるようにして逡巡《しゅんじゅん》した。決断するのにさほど時間はかからなかった。

（捜《さが》さなくちゃ。たった二人きりの兄妹《きょうだい》なのに、お兄さままで奪《うば》われるなんて絶対許さない）

彼を捜し出し、女性たちを助けて一緒《いっしょ》に逃《に》げるのだ。頭の中にはその思いしかなかった。

舞台の階段を下りると、横手に扉《とびら》があった。向こうの気配をうかがってから開けてみると、幅《はば》の広い廊下《ろうか》のような造りになっている。薄明《うすあ》かりの中、ガラス張りの棚《たな》が壁にそってずらりと並び、小物や冊子が無数に並べられていた。

（何かの資料館かしら。どれも魔術関連みたいだわ）

気味が悪くて、じっくり見る気にはなれなかった。長い廊下の先に扉があるのを見つけ、急いでそちらに走る。

重い扉を開けてみると、思いもよらぬ光景が目に飛び込んできた。

そこは全面が鏡に覆《おお》われた部屋だった。いや、それにしては映り込んだ自分の姿が多すぎる。

（！　何、これ……？）

よくよく見てみれば、ただの部屋ではなく鏡で区切られた通路がいくつもあった。

鏡の迷路《メイズ》だ。雑誌で見たことがあるが、実際に目にしたのは初めてだった。薄暗い中に無数に自分の姿が連なっている。とても見ていられず慌《あわ》てて扉を閉めた。

元来た道を戻《もど》る気にもなれず、今度は横にある扉を開けてみた。こちらは鏡張りではなく普《ふ》通《つう》の部屋のようだ。薄暗いが奥のほうはほのかに光がさしている。

入ってみると、壁際《かべぎわ》に大きな水槽《すいそう》がいくつもあった。どれも魚が泳いでおり、中には見たこともない色鮮《いろあざ》やかなものもいる。

（活動写真館にメイズに水族園……？　一体ここはなんなの？）

バシャッと大きな水音がした。そちらを見た有紗は、思わず動きを止めた。

明かりで照らされた巨大《きょだい》な水槽に、奇妙《きみょう》な生物がいた。

下半身には尾びれがある。けれど腹のあたりから上は人間のような形をしていた。向こうをむいているからわからないが、頭部らしきものは髪の毛で覆われている。

（……あれって、さっきの記録映画に映っていた……？）

それはゆっくり動いて振り向こうとする。ゆらゆらと海藻《かいそう》のように髪がなびいて——。

リン、と澄《す》んだ音色が静寂《せいじゃく》をやぶった。

「!?」

洪水《こうずい》のように音色が巻き起こる。はじかれたように振り返った有紗は、そこに見上げるほど大きなオルゴールが鎮座《ちんざ》しているのを見て悲鳴をあげた。薄闇《うすやみ》で独りでに動き出したそれが化け物のように思え、たまらず部屋を飛び出していた。

夢中で走って、近くにあった扉を開けて中へ飛び込む。

胸が恐《おそ》ろしいほど早鐘《はやがね》を打っていた。近くにあった棚につかまり、懸命《けんめい》に呼吸を整える。

(落ち着かなくちゃ。怖《こわ》いけど……でもここのどこかにお兄さまたちがいるかもしれないのよ。ちゃんと捜さないと……)

驚《おどろ》いて逃げ込んでしまったが、そういえばここはどこだろう。今度はどんな不気味なものがあるのかと、おそるおそるあたりを見回した時だった。

突然《とつぜん》、背後に気配を感じた。

振り返ろうとした瞬間、伸《の》びてきた手に口をふさがれた。

「――声を立てるな。私だ」

耳元で聞こえた男の声に、もがこうとした有紗は目を見開いた。

押し殺してはいたが聞き覚えがある。ここにいるはずのない人の声だ。

抵抗《ていこう》をやめたのを察してか、拘束《こうそく》した腕《うで》がゆるむ。おそるおそる振り返った有紗は、そこにいた人物を見るや驚愕《きょうがく》のため息をもらした。

「……お父さま……！」

何ヶ月も行方《ゆくえ》不明だった父――一乗寺孝介が、こわばった顔をして立っていた。

見慣れない背広姿だ。以前より頬《ほお》がこけ、雰囲気《ふんいき》も変わったような気がした。

戸惑《とまど》いと動揺《どうよう》で何も言えずにいる有紗に、孝介は深く息をつき、首を振った。

「おまえが出歩いているのを見て追ってきたんだ。まったく……自分がどんな状況《じょうきょう》にいるか、わかっていないのか？」

彼の胸に三日月の印の入った徽章《きしょう》が光っている。それに気づき、有紗は我《われ》に返った。

突然すぎる再会、それもあまりに予想外の場所での――懐《なつ》かしんだり無事を確認《かくにん》したりする余裕《よゆう》はなかった。口からこぼれたのは、ずっと気になっていた懸念《けねん》だった。

「お父さまは、三日月党の人だったの？」

ぽつりと訊《たず》ねた有紗を、孝介は真顔になって見つめてきた。

「……そう思うか？」

有紗は父を見つめ返し、やがて頭《かぶり》を振った。

「いいえ。でも、その徽章を付けてる理由は知りたいわ」

父は敵方だったのかと案じたことはある。けれど疑ったことは一度もなかった。

孝介は目を伏《ふ》せたが、すぐに思案するように見つめてきた。

「おまえが心配するような理由はない。組織の任務なんだ。組織というのは……」

「京四郎さんと同じ、機関のことね？」

引き継《つ》ぐように有紗が言うと、孝介はしばし黙《だま》った。

「京助《きょうすけ》さん――いや、京四郎さんと会ったんだな。馨君に聞いて驚いたよ」

嚙《か》みしめるようにつぶやき、彼はまた厳しい顔になった。

「京四郎さんならおまえを守ってくれる。そう信じて三日月党に潜入《せんにゅう》した。何も言わずに出て行って悪かった。すまない。しかしまさか、有紗がやつらの手に落ちるとは……」

「京四郎さんはちゃんと守ってくれたわ。でも逃げる途中《とちゅう》で離《はな》ればなれになって、わたしだけ【闇《やみ》】に捕まってしまったの」

京四郎が責められるのではと、急いで口を挟《はさ》むと、孝介はわかっていると言うようにうなずいた。

「ここにおまえが連れてこられたと知った時は、耳を疑ったよ。近づこうにも人目があるし、どうにかして逃がせないかと遠くからうかがっていた。一昼夜かかったが、なんとか見張りの目をそらしてここまで来られたんだ」

「一昼夜？　わたし、そんなに気を失っていたのね……」

さすがにその言葉には驚いた。連れ去られてすぐ目覚めたとばかり思っていたのだ。あの舞《ぶ》台《たい》上でずっと眠《ねむ》っていたのだろうかと疑問に思いながらも、有紗は急《せ》き込んで訊ねた。

「ねえお父さま、ここはどこなの？　黎明の館とかいう場所なの？」

「いや、違《ちが》う。三日月党のねぐらの一つだ」

孝介は軽くあたりを見やった。無理もないがかなり警戒《けいかい》している様子だ。

「おまえも見ただろう、外に出る扉がふさがれているのを。見張りもいるしそう簡単には脱《だっ》出《しゅつ》はできない。それなのに一人で歩き回って……肝《きも》を冷やしたぞ」

「外に出る扉には行ってないわ、逃《に》げようとしたわけじゃないから。でもごめんなさい、無茶をしたとわかっているわ。実は人を捜していたの。飛鳥井さんという若い学生さんなんだけど、お父さま、ご存じない？」

「飛鳥井？　三日月党の人間か？」

有紗は頭をふり、声を抑《おさ》えて打ち明けた。

「わたしの本当のお兄さまよ。生きていて、会いに来てくれたの。ここに捕まっているかもしれないの」

孝介は怪訝《けげん》な顔をしたが、意味を理解したのか目を見開いた。

「千歳《ちとせ》さんのことか？　まさか。十年前に亡《な》くなったんだぞ」

「でも生きていたのよ。逃げ延びて、別人として暮らしていたと言ってたわ」

その説明にも、孝介は信じられないといった様子だった。口を覆って考えこんだが、やがて表情をあらためて見つめてきた。

「その話はここを出た後で聞こう。飛鳥井という人間は来ていない。聞くんだ、有紗」

口を開きかけた有紗を制し、彼は続けた。

「必ず逃がしてやる。だからそれまでおとなしくしているんだ。余計なことをしなければやつらは危害は加えないはずだから」

「待って。その時はお父さまも一緒《いっしょ》に逃げるんでしょう?」

逃がしてやるという表現が気になって身を乗り出すと、孝介は首をふった。

「私は残る。彼女たちを助け出すまではここを離れるわけにはいかない」

「……地下室に眠っている方たちのこと?」

孝介が驚いたように見る。なぜ知っているのかと言いたげな父に、有紗は詰《つ》め寄った。

「だから馨叔父《おじ》さまだけ逃がしたの? 出られないってそういう意味だったのね?」

「………ああ」

押し出すような声での答えに、有紗は安堵《あんど》しつつも涙《なみだ》が出そうになった。

彼女たちを助けるという使命のため、どれほどの綱渡《つなわた》りをしてきたのか。父がここまで面変《おもが》わりしてしまった理由がわかった気がして胸が痛くなる。

「わたしもお父さまと同じ気持ちよ。こんなこと絶対に許されない。あの方たちを助け出して、ご家族のもとに帰してあげなくちゃ。わたしにはその責任があると思うわ」

「有紗」

「お祖父《じい》さまが作った人造魔術《まじゅつ》をめぐって、すべては起きているのよね? だったらわたしだって知らん顔はできない。ここにたどり着いたのは運命だわ。あの方たちを救い出せってお祖父さまが言っているのかもしれない。わたしにも手伝わせて。何かできることはない?」

懸命に有紗は訴《うった》えたが、孝介はますます厳しい表情になった。

「馬鹿《ばか》を言うんじゃない。自分の立場をわかっていないのか？」

「わかっているわ。桜川の娘《むすめ》という立場をうまく利用すれば裏をかけるんじゃないかしら」

「いい加減にしなさい」

強く肩《かた》をつかまれた。有紗はなおも言い募《つの》ろうとしたが、はっとして口を閉じた。

薄明《うすあ》かりの中で、孝介の顔には苦渋《くじゅう》と悲しみが浮《う》かんでいた。

「おまえにまで何かあったら、先生に申し訳が立たない。私はもう、桜川家の方をこれ以上失いたくない」

「……」

「娘として今日まで育ててきた、父の気持ちも考えてくれ。おまえのしていることは無謀《むぼう》で危険だ。必ず逃がすから……それまで大人しくしているんだ」

まなざしを受け止め、有紗は唇《くちびる》を噛みしめる。

父の思いは痛いほど伝わる。けれど、あの部屋の映像を目にしておきながら、自分だけ無事に逃がしてもらうなんてという思いが消えない。

(三日月党から逃げなくちゃいけないのはわかってる。でも、もう捕《つか》まってしまったのよ。本当にこのまま何もできないの？　何もせずに大人しくしているしかないの？)

必ず逃げる、捕まらないと京四郎に約束した。けれど今は迷いを振《ふ》り切れなかった。自分の気持ちは間違《まちが》っているのかと有紗は必死に父を見上げた。

「お父さま、わたし――」

リン、と澄《す》んだ音が鳴る。

思わず口をつぐんだ有紗は、そこで初めて、壁際《かべぎわ》の棚《たな》に無数のオルゴールが並んでいるのに気づいた。先ほどの不気味さが甦《よみがえ》ってたじろいだ時――。

くすくす、と含《ふく》んだような笑い声が響《ひび》いた。

「こんなところで密会かと思ったら……、まさか政府の犬が相手とはね」

孝介が素早《すばや》く振り向く。と同時に、銃声《じゅうせい》が響いた。

仰《の》け反った孝介を見て、有紗は悲鳴をあげた。

「お父さま！」

右の肩を押さえ、孝介が悔《くや》しげに顔をゆがめている。利《き》き腕を撃《う》たれては反撃《はんげき》は難しい。有紗は急いで父を支え、声のしたほうを振り返った。

扉《とびら》に続く薄闇から、人影《ひとかげ》が現れる。

銃口をこちらに向けているのは烏丸朔だった。闇に溶《と》けそうな黒ずくめのいでたちも無感情なまなざしも相変わらずだ。

その後ろから入ってきた男が、面白そうに口笛を鳴らした。

「ほう、お父さまか。なら逢《あ》い引きというわけじゃなさそうだ。やれやれ、一安心」

軽口をたたいて、朔の隣《となり》に並ぶ。親しげな笑《え》みを向けて。

「そうだろ、烏丸君。君もようやく間者を捜《さが》し出せて万々歳《ばんばんざい》だな。おめでとう」

そう言って朔の肩に手を乗せた男を、有紗は呆然《ぼうぜん》と見つめた。

すらりとした体躯《たいく》に上質な背広がよく似合っている。きれいに櫛《くし》の入った長めの髪《かみ》。軽薄《けいはく》さと紙一重《かみひとえ》のような華《はな》やぎのある微笑《びしょう》。自信に満ちた態度。

他人のそら似では済まされないほどに似ている。怖《こわ》いくらいに――。

「……飛鳥井さん……？」

思わずこぼれた声は、届かなかったのだろうか。

立ちすくんでいる有紗を見ると、彼は人懐《ひとなつ》こそうな顔で笑んだ。

「初めまして。時宮由希人《ゆきと》だ。君の許嫁《いいなずけ》だよ、桜川有紗嬢《じょう》」


空が白み始めた頃《ころ》、京四郎は瓦礫《がれき》の山と化した建物の前に立ち尽《つ》くしていた。

負傷者が次々に運ばれていき、軍人たちが怒号《どごう》の飛び交《か》う中を駆《か》け回っている。まさに騒然《そうぜん》とした雰囲気《ふんいき》だ。

本来なら今頃はとうに有紗と合流し、支援《しえん》者のもとへ向かっているはずだった。彼女がまた心細い思いでいるのではと、一人で残った自分を案じてうろたえているだろうと、その一心で敵を退け、急いで後を追いかけた。

それなのに当の有紗は消え、彼女を預けた者たちは全員が昏倒《こんとう》しているとくる。暴言じみた発言をしても許されると思いたい。

「あれだけ雁首揃《がんくびそろ》えておきながら、あっさり連れていかせるとは」

「そう殺気立つな」

鳥羽大佐《たいさ》が表情を消して隣に立っていた。総本部から急遽戻《きゅうきょもど》った彼は今の今まで状況《じょうきょう》報告を受けていたようで、その結果を教えてくれた。

「有紗嬢が軍に保護されたと知って侵入《しんにゅう》する機会を窺《うかが》っていたらしい。どの時点で知られたのかは不明だ」

「この短時間で広範囲《こうはんい》に爆薬《ばくやく》を仕掛《しか》けられるとは思えません。内通者がいたのでしょうか」

「まだ調査中だ。それから、有紗嬢が叔父から聞いたという黎明の館について調べさせた。華《か》族名鑑《ぞくめいかん》などにもその名はないそうだ。公式な名称《めいしょう》ではないようだな」

引き続き調査する、と言い結んだ彼に、京四郎は向き直った。

「気になっていることがあります。有紗いわく、三日月党が自分だけを付け狙《ねら》うのが不思議だと。同じ桜川家の子である兄のほうはなぜ捜索《そうさく》されなかったのか。公《おおやけ》には兄も有紗も死亡したとされています。確かに兄のほうを捜《さが》そうとしないのは不自然ではないかと」

鳥羽大佐が怪訝そうに目を向けてくる。

「長男は確かに死亡したと、三日月党は確信があるからではないのか？」

「有紗も近々までそう思われていました。その彼女が生きていた。兄のほうも同じく生き延びたのではと考えてもよさそうですが、その気配がありません」

人造魔術の研究に協力させるつもりだとしたら、当時まるきり子どもだった彼女より、兄のほうが役に立つことははるかにあるはずだ。彼は幼いながらも父親について人造魔術の勉強をしていたし、研究所にも出入りしていたのだから。狙うなら妹より兄のほうでは、というのは理にかなっている。

そう説明すると、大佐は厳しい顔つきになった。

「妹のほうだけを狙う理由か。何か心当たりは？」

「わかりません。強《し》いてあげるなら……男女の性差と、母親の出自でしょうか」

「そうか……。母君が違《ちが》う兄妹《きょうだい》だったな。長男のほうの母君は、確か——」

言いかけた大佐を、京四郎は制した。

彼の向こうに見慣れた顔がある。少し前に調査を頼《たの》んでいた旧知の人物だ。あたりの惨状《さんじょう》を面食《めんく》らったように見ていたが、こちらに気づくと、微笑んだ。

会釈《えしゃく》をしてそちらに向かおうとした京四郎を、大佐が短く引き留めた。

「長男の生死をもう一度確かめろ」

京四郎は思わず大佐を見る。鋭《するど》い視線とぶつかった。

「もし生きていた場合、すでに三日月党の手に落ちている可能性はないか徹底《てってい》して調べろ」

低く命じると、大佐は別の部下のもとへと行ってしまった。

その後ろ姿を、旧知の男——警視庁の伏見が興味深げに見送っている。

「あの方が鳥羽大佐ですね。何か大切なお話をされていたようですが、お邪魔《じゃま》してしまいましたか。怖いお顔をなさっておいでですよ」

「……いえ、別に」

「しかし、これはまた大変な時に来てしまいましたね。緊急《きんきゅう》の用だったようなので無理を言って入れていただきましたが、構いませんでしたか？」

少しも慌《あわ》てた様子もなく伏見が言う。軍支部の一つがここまで襲撃《しゅうげき》を受けたという戒厳《かいげん》下に、部外者である彼が入れるはずがないのはそのとおりだ。伏見が訪ねてきたら自分のもとに通すよう前もって指示を出しておいたのだが、まさかこんな状況で対面することになろうとは、その時は予想だにしていなかった。

「それにしても……、あなたもなかなかひどい恰好《かっこう》ですね」

苦笑気味に伏見が人差し指をこちらへ向ける。考え込んでいた京四郎は顔をあげた。

「着替《きが》える時間がなかったもので」

「いえ、服のことではなく。手当てくらいなさったらいかがです？　そんなあちこち血だらけの傷だらけで。また有紗さんが心配されますよ？」

一応気遣《きづか》われているらしい。京四郎は「後でしますよ」とぶっきらぼうに返す。

当の有紗が攫《さら》われたというのに自分の手当てになど関心が向くわけがない。怒《いか》りと焦《あせ》りが渦《うず》巻《ま》く一方で、どこから救出作戦を組み立てるべきかと頭の中はめまぐるしく動いている。

「それより、調べていただけましたか」

伏見は軽く肩《かた》をすくめたが、もったいぶることなくうなずいた。

「有紗さんのためですからね。僕も持てる伝手《つて》のすべてを使って調べましたよ。取り調べから無理やり脱走《だっそう》した方のお願いを聞くなんて正直気が進みませんでしたが、仕方ないですね」

そういえば前回顔を合わせた折、警官連中を散々蹴散《けち》らしたのを今さら思い出した。その上の頼み事とくれば彼も皮肉の一つも言いたくなるだろう。

「僕も少々、上から絞《しぼ》られましたけどね。まあ後で埋《う》め合わせしていただくので気にしないでください。――で、結論から言いますと、あなたが予想したように事件や事故に巻き込まれたわけではありませんでした。実は逮捕《たいほ》されて投獄《とうごく》されていたようで」

京四郎はさすがに耳を疑った。眉《まゆ》をひそめて見ると、伏見がよくわかると言いたげに片手をあげる。

「驚《おどろ》かれるのも無理はありません。とあるお屋敷《やしき》に盗《ぬす》みに入ったところを見つかって、通報されたそうです。実際にはまだ盗みには取りかかっていなかったらしいのですが、忍《しの》び込んだ先がこれまたお偉方《えらがた》だったために、見逃《みのが》してやるというわけにいかなかったんでしょう」

「……どこの屋敷です？」

「金に困っているようには思えませんでしたが、何もあんな大財閥《だいざいばつ》を狙わなくてもねぇ。ああ、はいはい、言いますよ。――時宮財閥だそうです」

瞬間《しゅんかん》、奇妙《きみょう》な感覚に囚《とら》われた。

今の日本で知らぬ者はいないのではというほどの名前だ。けれどそれを耳にした時、脳裏《のうり》に浮《う》かんだのは、あの甲州の山奥の風景だった。

桜川家の一族が暮らしていた場所。山深い奥地に建つ屋敷。そして――。

『私は今でも義兄弟だと思っておりますよ。千歳はあの子によく似ている。養子に迎《むか》えようとも思ったが、大事な跡取《あとと》りを奪《うば》うわけにはまいりませんからね』

当てつけがましく有紗の父親に微笑みかけていた、口髭《くちひげ》の男――。

記憶《きおく》の中によみがえった顔に、京四郎は息を呑《の》む。

(黎明の館……そうか……!)

屋敷の中の一棟《むね》――人造魔術《まじゅつ》研究の核心《かくしん》の部分が行われる場所を寄贈《きぞう》した、あの男。

『我が国の夜明けという意味をこめて、〝黎明の館〟と呼ぶのはいかがかな?』

忘れもしない。あれは確かに、時宮財閥の当主だった。

何度頭の中で繰《く》り返しても、その台詞《せりふ》を理解できなかった。

有紗は孝介を支えながら、呆然とその男を見つめていた。

(初めまして? じゃあ、この人はお兄さまじゃないの? 時宮由希人? 知らない名前だわ。許嫁《いいなずけ》? 一体なんのことなの?)

混乱して言葉も出てこなかったが、彼のほうは頓着《とんちゃく》したふうでもなく、こちらへ歩いてくると目の前で止まった。

有紗に向けてにこりと笑い、今度は孝介に目をやる。その胸元《むなもと》の徽章《きしょう》に手を伸《の》ばすと、指を拳銃《けんじゅう》の形にして突《つ》き立てた。

「今までうまくやっていたろうに、正体が露見《ろけん》して残念だね。僕はどうでもいいんだが、烏丸君は許さないだろう。政府の下僕がとても嫌《きら》いなようだから」

孝介がうめき声をあげる。有紗は、はっとして手を払《はら》いのけた。

「やめて！」

思いもよらない激しさだったのだろう、由希人が一歩よろける。

驚いた顔で黙《だま》り込んだ彼は、ふうん、とつぶやき、顔を近づけてきた。

「近くで見ると印象が違うな。思ったより気が強そうだ。嫌いじゃない」

彼がにっこり笑ったと同時に、甘やかな香《かお》りが鼻をくすぐった。

父を庇《かば》うようにしがみつき、有紗はじっと男をにらんだ。何も見逃すまいとするように。

自分の呼吸が乱れているのがわかる。動揺《どうよう》と怒りと、大きな驚きのせいだ。

(違う……、この人はお兄さまじゃない！)

仄明《ほのあ》かりの下ではわからなかった違いに、近づいてみて気づいたのだ。似てはいるが瓜二《うりふた》つというほどではない。何より表情と雰囲気《ふんいき》がまるで違う。飛鳥井は飄々《ひょうひょう》としていたけれど、由希人と名乗ったこの男のように何でも許されると思っていそうな傲慢《ごうまん》さはなかった。

(どういうこと？　赤の他人とは思えないほど似てるわ。まさかお兄さまのお身内……？　でもお兄さまは何も言ってなかったわ。一体何者なの？)

誰《だれ》よりも朔を憎《にく》んでいた飛鳥井。彼にそっくりな男が朔の仲間だなんて、悪い冗談《じょうだん》としか思えない。飛鳥井本人にしてみればまさに悪夢だろう。

有紗は強く頭《かぶり》を振《ふ》った。混乱して気圧《けお》されていたが、今は命の危機だ。黙っていてもやられるのであれば、聞きたいことを全部聞いてやる。

「……地下室に眠《ねむ》っているのは、連続失踪《しっそう》として騒《さわ》がれた事件の被《ひ》害者《がいしゃ》なのでしょう？　あなたがたが攫ってきたんですか？」

見据《みす》えて口を開くと、由希人が驚いたように朔を見た。朔の表情は変わらなかったが眉をひそめたのがわかった。

「――なぜそれを知っている？」

鋭く訊《き》かれ、怯《ひる》みながらも負けるかと有紗は言い返す。

「活動写真館のような場所で見たからです。あれは三日月党の記録映画ですね？　雰囲気から見て地下室だと仮定しましたが、あそこはここの地下ですか？」

有紗、と孝介が苦しげに声をあげた。止めようという気持ちは伝わってきたが黙るわけにはいかない。

目線を交《か》わしていた朔と由希人だったが、やがて由希人のほうが肩をすくめた。

「記録を見たって？　僕たちが君にわざわざそんなものを上映してあげるとでも？」

「そんな……、わたしは確かに見たわ」

「それは不思議なお話だ。僕たちは誰もそんなことをしていない。魔術師の孫なだけあって超《ちょう》能力《のうりょく》でもあるのかな？」

からかうような言い方に、かっとなって言い返そうとした時、由希人が映写機らしき機械に向き直った。

「まあいいさ。見られて困るものじゃない。特別にご覧に入れよう」

どうぞ、と彼が手で示したのは、ガラス張りの大きな窓だった。

窓の向こうには、舞台《ぶたい》とそこにかかった大きな幕が見える。最初にいた活動写真館のような場所だ。ここはおそらくその操作室なのだろう。ぱっと幕が発光し、映像が映し出された。

女性たちが寝《ね》かされ、白煙《はくえん》が細くたなびく場面。先ほど見た記録映画の続きだろうか。最後に出てきた飛鳥井に似た青年はおらず、ひたすら女性たちだけが映っている。

有紗はそれを食い入るように見つめた。

（……呼吸してる。生きてるわ！）

胸元がわずかに上下しているのだ。粗《あら》い映像だったが間違《まちが》いない。

彼女たちは生きたまま眠らされている。あらためて胸が悪くなるような事実だった。淡々《たんたん》と見入っている由希人とそちらを見もしない朔に、有紗は感情をぶつけた。

「どうしてこんなひどいことをするの!?　無関係な人を巻き込むなんて……何年もこんなところに閉じ込めておくなんて。みんな解放してあげてください。家族のもとに帰してあげて！」

「有紗……よすんだ」

孝介がうめくように制したが、有紗は引かなかった。こんなことを言ってもいいのかと思いながらも、口に出していた。

「わたしに何をさせるつもりか知りませんけど、この方たちを解放しないかぎり、死んでも協力はしませんから！」

人造魔術を悪用する者を許せないという思いはずっとあったが、こうして犠牲《ぎせい》になっている人たちを目の当《ま》たりにして、とても冷静ではいられなかった。

しばしの沈黙《ちんもく》の後、短く言葉が放たれた。

「アリスを復活させるためだ」

一瞬《いっしゅん》、何に対する答えなのかわからなかった。女性たちを捕《と》らえている理由だと気づき、有紗はまた頭に血が上るのを感じた。

「それは前にも聞きました。具体的には何をどうするのかが知りたいんです」

食い下がったが、それ以上答えるつもりはないらしい。黙っている朔を唇《くちびる》を噛《か》んで見つめていると、横で笑い声があがった。

「相変わらず口数が少ないな、烏丸君は。それじゃお嬢《じょう》さんには何も伝わらないよ」

おかしそうに言って、由希人は何やら手元を操作し始めた。映像を止めたようでガラス窓の向こうが暗くなる。なおも手を動かしながら彼は歌うように続けた。

「『アリス』というのは異国から渡《わた》ってきた魔女一族の姫《ひめ》で、亡国の女王であり、桜川博士の師であり共同研究者でもあった人だった。歳《とし》をとらず、実年齢《じつねんれい》は数百歳にもなるという伝説を持つ。すでに亡《な》くなったという説もあれば、いまだにどこかで生きているとも言われる。どちらにせよ超人《ちょうじん》だ。何度も暗殺をくぐり抜《ぬ》けてきたそうだからね。ほら、彼女がそうさ」

再び明るくなった幕には別の映像があった。明らかに異国人とわかる容貌《ようぼう》の美しい女性が、日本人の男性たちと談笑《だんしょう》している。

有紗は眉《まゆ》をひそめて彼女を見つめた。——どこかで見たことがあるような気がしたのだ。

由希人がちらと朔に目を向ける。意味ありげなまなざしだった。

「烏丸君は彼女の秘術を手に入れたいだけではなく、彼女自身も欲しがっている。なぜなら人造魔術《まじゅつ》を真に編み出したのは彼女であり、今現在も作り出せる唯一《ゆいいつ》の人物だからだ。そして何より、彼にとってアリスは秘《ひ》めた恋《こい》の相手だったから……と、そういうことさ」

有紗は目を見開いて二人を見上げた。

含《ふく》み笑いをしている由希人の横で、朔は無表情だった。否定も肯定《こうてい》もしないのが不気味で、ぞくりと震《ふる》えが走る。

人造魔術を作り出すことができるというアリスを欲しがっているのはわかった。けれども、朔が繰り返してきた言葉の意味が理解できない。

「復活させるって……どうやって？」

おそるおそる訊《たず》ねた問いに、朔は今度はさほど間を置かなかった。

「あの娘《むすめ》たちの命を使い、アリスの魂《たましい》を召喚《しょうかん》する。そしておまえの身体《からだ》の中に甦《よみがえ》らせる」

——周囲の音が遠くに去ったような感覚があった。

有紗は唖然《あぜん》として朔を見た。聞き返す言葉すら出てこなかった。

魂を召喚？　身体の中に甦らせる？　荒唐無稽《こうとうむけい》とはこのことだ。それも魔術の一種なのか。

絶句している有紗を、由希人はおかしそうに見ている。

「放心するのも無理はない。僕も正直言って理解に時間がかかったからね。なんでも、アリスが操《あやつ》っていた数秘術をもとにして適性のある娘たちを選び出したそうだ。それで攫《さら》って集めているんだとさ」

気の毒に、と他人事《ひとごと》のように言う彼をよそに、有紗は必死に事態を把握《はあく》しようとしていた。

人造魔術を編み出したのはアリスだった。だからアリスを復活させて、人造魔術を作らせる。共同研究者だった桜川博士や彼の弟子《でし》たちが作ったものより、いわば始祖である彼女が作った魔術のほうが正統かつ強力だから――？　これが三日月党の計画だったということか？

「じゃあ、わたしもその……数秘術だとかで選ばれたということ？」

桜川の娘云々《うんぬん》は関係がなかったのかと呆然《ぼうぜん》としてつぶやくと、朔がこちらを見た。

「おまえにはアリスの血が流れている」

「……えっ？」

「おまえにとってアリスは母方の祖母だ。その血ゆえに身体が適合する。だから必要というだけだ」

有紗は息を呑《の》んで朔を見つめ返す。

（アリスという人が、わたしのお祖母《ばあ》さま……!?）

衝撃《しょうげき》的な発言だった。あの記録映画の中にいた、まるでお伽噺《とぎばなし》のお姫様のような人が、自分の祖母だったなんて。

父方の一族である桜川家の話は聞かされていたが、母方のことは誰も何も言わなかった。そのことに今さら気づいた。

けれど、それが事実として考えると腑《ふ》に落ちることがある。どうしてなのかと不思議だったことに説明がつく。

（そうか……だから兄ではなく妹のわたしだけが執拗《しつよう》に捜《さが》されていたんだわ！）

飛鳥井と有紗は兄妹《きょうだい》だが、母親が違《ちが》う。アリスが母方の祖母なら、飛鳥井はアリスとは無関係ということになる。

三日月党が欲しがっていたのは〝桜川の血筋〟ではなく、〝アリスの血筋〟だったのだ。

自分の顔から血の気が引いていくのがわかった。

（この人たち、本気だわ。このままじゃ、わたしもあの方たちも本当に殺される）

もし朔がアリスを恋しいと思っていたのが事実なら、孫である有紗にもそれなりの情けをかけるはず——という仮定はありえない。なぜなら朔は、アリスの娘であり有紗の母である人を容赦《ようしゃ》なく手にかけているからだ。

きっと自分もそうして殺されてしまう。一片《いっぺん》の躊躇《ちゅうちょ》もなく——。

「有紗。——有紗、落ち着くんだ。まともに聞くんじゃない」

孝介の声に、はっと我《われ》に返る。それでも震えが止まらず、両手を胸に当てて握《にぎ》りしめた。

「有紗、動揺《どうよう》するな。そんなことは絶対にさせない、大丈夫《だいじょうぶ》だ」

「動揺するなだって？　この状況《じょうきょう》で無茶《むちゃ》なことを言うね」

孝介の必死の呼びかけも、まぜっかえす由希人の声も、耳を素通《すどお》りしていく。

(こんな人たちに捕《つか》まるなんて。どうしよう。逃《に》げなくちゃ。でもどうやって……)

指先が、指輪に触《ふ》れた。

有紗はふとそれを見下ろし、凝視《ぎょうし》した。

(そうだわ……今までは危ない時にこの指輪が助けてくれた。今度もそうかも!)

黒鳥館で、入れないはずの地下室を教えてくれた。【闇《やみ》】に取り残された京四郎を追うために導いてくれた。消えた菫子の行方《ゆくえ》を示してくれた。

あの時のように、強く願えばかなえてくれるかもしれない。

(お願い、助けてください。わたしたちをここから逃がして!)

指輪を額に当て、必死に祈《いの》った。

どんなことでもいい、何かきっかけがあれば。三日月党の注意をそらす何かが起きれば逃げ出す機会はある。父と二人で女性たちを助けて、みんなで脱出《だっしゅつ》できる。

(お願い……お願い……お願いします……!)

けれども——いくら待っても、何も起こらなかった。

応《こた》えない指輪を見つめ、有紗の目に涙《なみだ》がにじむ。

不思議な力の原理や源を知らないまま、どこかで頼《たよ》りにしてきた。それなのに、一番と言っていい窮地《きゅうち》で突《つ》き放された気がした。

(どうして……? 今までは助けてくれたのに)

その時だった。突然《とつぜん》孝介の身体が離《はな》れ、有紗ははっとしてそちらを見た。

少し離れたところで朔が孝介の左手を後ろへひねり上げている。銃傷《じゅうしょう》を負った右手では抵抗《ていこう》できないのだろう、孝介が苦悶《くもん》の表情を浮《う》かべている。

「何するの！」

「裏切り者を野放しにはできないさ。わかるだろう？　大丈夫、すぐに殺したりはしないよ」

有紗は息を呑み、駆《か》け寄ろうとした。しかしすかさず由希人に阻《はば》まれてしまう。

「やめて！　──お父さま！」

朔に力ずくで連れて行かれる孝介に、必死で手を伸《の》ばす。政府のスパイだと知られた父が敵地でどんな目に遭《あ》うか、考えただけで頭がおかしくなりそうだった。

娘を落ち着かせるかのように、孝介は苦しげながらも真剣《しんけん》な表情でこちらを見ている。

「有紗……、大人しくしているんだ。必ず助けが来る、それまで待つんだ」

「お父さま……！」

「私のことは心配しなくていい、自分を第一に考えろ。わかったな？」

引きずられながら連行された孝介が、扉《とびら》の向こうに消える。

握りしめるように指輪を触《さわ》ったまま、有紗は立ち尽《つ》くした。

指輪は応えなかった。そして自分は、また何もできなかった──。

「さて。許嫁《いいなずけ》どのは僕が送ろう。しかし夜中の冒険《ぼうけん》はほどほどにしておくれ」

捕らえていた腕《うで》をほどき、由希人が笑って手を差し伸べる。有紗が応じないのを見ると、彼は顔を近づけてきた。

「彼の言うとおり、何もせず大人しくしていることだ。いいね？　かよわいお嬢《じょう》さん」

「……」

おまえにできることはないと、突きつけられたように感じた。

有紗は震える拳《こぶし》を握りしめ、閉まった扉を見つめるしかなかった。


孝介と引き離された後、有紗は建物内にある部屋へ連れていかれた。

瀟洒《しょうしゃ》な洋室だった。由希人いわく、もともとこの部屋に寝《ね》かされていたのだという。

「いつのまにか出歩いているんだから驚《おどろ》いたよ。見張りを何人も振《ふ》り切るなんて、思ったより豪腕《ごうわん》じゃないか」

からかうように言った彼を、不審《ふしん》な思いで見る。

(そういえばさっきお父さまも言ってらしたけど……わたしは出歩いてなんかいないのに。目が覚めたらあの舞台《ぶたい》にいたんだから)

見張りがいたなら自分で出て行けたとは思えない。なぜあんなところにいたのだろう？

「……ここは？」

言葉を交《か》わすのも嫌《いや》なくらいだったが、せめて状況はつかんでおきたい。仕方なく訊《たず》ねると、由希人は濁《にご》すことなく答えてくれた。

「僕の別荘《べっそう》だよ。ここで新しいキネマを始めようと思っていてね」

「キネマ……」

「そう。世間で流行《はや》っているような芝居《しばい》や活動写真ってつまらないと思わないかい。僕はここで自分好みのものを作って自分のために上演するんだ。素晴らしいだろ？」

得意げに微笑《ほほえ》む顔は、いかにも金持ちの道楽息子《むすこ》という感じだ。あの舞台のある部屋はまさしく活動写真館だったということらしい。

「じゃあここは黎明の館じゃありませんのね？」

表情をうかがいながら確認《かくにん》した有紗に、由希人が少し皮肉な笑《え》みを向ける。

「それはこれから行くところさ。汽車の調整がまだできなくてね。何しろ大所帯で移動するものだから時間がかかっているんだ」

有紗は瞬《まばた》き、黙《だま》り込んだ。汽車で移動ということは、黎明の館は遠方にあるということか。

（黎明の館が本拠地《ほんきょち》なのよね？　闇に取り込んだのに、どうして直接そっちに送らなかったのかしら。魔術で捕まえておいてわざわざ汽車で連れていくなんて）

どうにも腑に落ちない思いでいると、由希人の視線を感じた。目が合った彼は、見透《みす》かしたような顔で笑った。

「僕も君と一緒《いっしょ》に行きたかったんでね。烏丸君は魔術で移動する術《すべ》を知っているそうだが、却《きゃっ》下《か》させてもらった。とてもじゃないが気が進まなくて」

「……なぜです？　あなただって三日月党の一員なんでしょう。それなら」

「魔術《まじゅつ》には興味がある。しかし、得体の知れない術をかけられるのは御免《ごめん》だ」

冷めた調子で言った彼は、どうやら朔の仲間でありながら同じ志というわけではなさそうだ。

有紗はまた考え込んだが、ふいに手を取られて、顔をあげた。

「帝都ホテルで六条家の婚約披露《こんやくひろう》があった時、烏丸君に会ったんだって？」

一瞬《いっしゅん》どきりとした。だがすぐに京四郎ではなく朔のことだと気づく。

「残念だったなぁ。あの日は僕もあそこにいたのに」

「あなたも？」

「僕の持っている芝居の一座も招かれていたから、芸人に紛《まぎ》れて見物していたんだ。もちろん我が時宮家も正式にご招待を受けていたけれど、父と並んで愛嬌《あいきょう》をふりまくのは性《しょう》に合わなくてね」

「……」

あの日、招待客の名にはすべて目を通した。言われてみれば確かに時宮家の名もあった。今や日本有数の財閥《ざいばつ》といってもいいであろう名家だが、よもやこんなふうに関《かか》わる日が来るとは思いもしなかった。

「あの時はまだ君の存在を知らなかったけれど――後からすべてを知って、本当に悔《く》やんだよ。彼と一緒にいれば、僕も君に会えたのに」

そう言って彼は、握《にぎ》ったままの有紗の手を自身の口元に持って行く。

唇《くちびる》に触れるかという一瞬、やっとそれに気づき、有紗は驚いて手を振り払《はら》った。

（なに、この人……！）

西洋人の挨拶《あいさつ》じゃあるまいし、初対面の男——しかも敵の——からなぜこんなことをされねばならないのか。許嫁だのと意味不明なことを言うし馴《な》れ馴れしいし、失礼にもほどがある。

怒《いか》りで顔を赤くしながらにらみつけたが、由希人は応えた様子もなく笑みを浮かべてこちらを見ている。しかしこれ以上問答するつもりはないようで、部屋の隅《すみ》へと目をやった。

「鳴里《なるさと》と言う。用がある時はなんでも言いつけてくれて構わない。移動する日までここで大人しくしていてくれたまえ」

ひっそりと控《ひか》えていた和服の女性が、うつむきがちに頭を下げる。彼の使用人のようだ。

それきり扉へ向かいかけた由希人が、ふと彼女を見る。

「鳴里。二度と目を離すな」

面《ふ》を伏せた彼女の肩《かた》が、びくりと震《ふる》えた。

由希人は振り返り、また笑みを見せた。

「今日はここまでだ。また来るよ、許嫁どの」

最後まで軽薄《けいはく》な調子で言い残すと、今度こそ彼は部屋を出て行った。

扉が閉まるのを見届けると、有紗は傍《そば》にあった寝台《しんだい》に座り込んでしまった。

張り詰《つ》めていた緊張《きんちょう》が一気に解けたようだった。もう立ち上がる気力もない。

（お父さま……）

連れて行かれた孝介はどうなっただろう。すぐに殺しはしないと由希人は言っていたが、それでもひどい目に遭っているに違《ちが》いない。きっと撃《う》たれた傷も手当てされないまま――。

うつむいて考えていると、指輪に目が留まった。じわじわと涙《なみだ》がこみ上げてくる。

（どうして助けてくれなかったの？　あそこで何か起きていたら、お父さまは捕《つか》まらなかったかもしれないのに）

さすがに堪《こら》えきれなかった。これでは八つ当たりだと思いながらもいろんなことが悔《くや》しくて、涙をぬぐうのも忘れていた。

どれくらいそうして泣いていたのか。――カチャ、と軽い音がして我《われ》に返った。

顔をあげると、枕元《まくらもと》の小テーブルに鳴里が湯気の立つカップを置いたところだった。有紗の視線に気づいた彼女は、頭を下げて身を翻《ひるがえ》した。

逃《に》げるようなその素振《そぶ》りに違和感《いわかん》を覚え、目で追った有紗は、はっとして立ち上がった。

「あの！」

何かに打たれたように鳴里が足を止める。有紗は彼女の前に回り込み、顔をのぞき込んだ。

「あ……っ」

見間違いではなかった。彼女の片頰《かたほお》は赤く腫《は》れており、口元には出血の痕《あと》がある。怯《おび》えた様子で顔を隠《かく》そうとするのを、有紗は息を呑《の》んで見つめた。

状況《じょうきょう》から見て彼女はこの部屋で有紗のお付きをしていたようだ。孝介や由希人が言った「いつのまにか出歩いていた」という台詞《せりふ》や、先ほど出て行きしなに由希人が鳴里にかけた言葉。

それに対する彼女の態度――。

「殴《なぐ》られたんですか？　あの人に……」

「……」

「わたしがいなくなっていたから、そのことであなたが責められた――そうなんですね？」

鳴里は答えなかった。だが口元を隠そうとする手が震えているのも、伏せた目に涙が浮《う》かんでいるのも、事実であると物語っている。

軽薄そうな由希人の笑みが甦《よみがえ》り、頭に血がのぼった。

「なんてひどい……！　許せないわ！」

彼の極悪《ごくあく》非道ぶりはもちろん許しがたいが、しかしそうなった原因は自分である。そのことに気づき、苦い思いがこみあげた。

「ごめんなさい。わたしのせいでひどい目に遭《あ》わせてしまいました。鳴里さんは悪くないのに……」

頭を下げた有紗を、鳴里は驚いたように見ている。

「そうだわ、わたし薬を持っています。冷やした後でこれを塗《ぬ》っておいたら、腫れが――」

懐《ふところ》を探《さぐ》りかけて、有紗はふと顔を上げた。

何か今、奇妙《きみょう》な気持ちになったのだ。

鳴里の名を口にした時に感じた、既視感《きしかん》のようなものはなんだろう？

失礼だとは思いながらも、有紗はまじまじと彼女を見つめていた。

（何かしら。どこかで会ったことがある？　お名前も、聞いた覚えがある気が……）

脳裏《のうり》に何かがひらめいた。――棚《たな》に並ぶいくつもの箱。積み上げた資料。

それに気づいた時、有紗は思わず両手で口元を押さえていた。

間違いない。彼女を見たことがある。新聞社の資料室の、過去の新聞記事で。

「鳴海《なるみ》……里子《さとこ》さま……ですか？　連続神隠《かみかく》し事件の被害者《ひがいしゃ》の……」

今度は鳴里のほうが口を押さえる番だった。目を大きく見開き、彼女はこちらを凝視《ぎょうし》した。

「……そうです……」

あえぐように鳴里が答える。信じられない思いで有紗は彼女と見つめ合った。

神隠しと騒《さわ》がれた女性たちは三日月党によって囚《とら》われていた。地下室に眠《ねむ》らされている人々以外にも、こうして働かされている人がいたとは。

「わたくしのことを、ご存じなのですか……？」

「ええ！　三日月党について調べていた時、連続神隠し事件のことを知りました。消えたのではなく、三日月党に攫《さら》われたのではと」

思いがけない出会いに、怒濤《どとう》のように高揚感《こうようかん》がこみあげてくる。呆然《ぼうぜん》としている彼女の手を取り、有紗は力強く言った。

「助けたいとずっと思っていたんです。一緒に逃げましょう！」

「……ああ……！」

鳴里が——いや鳴海里子が顔を覆《おお》った。

どれほどの恐怖《きょうふ》を味わってきたことだろう。眠らされている女性たちと違い、彼女は意識のある状態で敵地の中にいたのだ。

堪えきれず泣き出した彼女を、有紗は目をうるませながら抱《だ》きしめた。

謝って、責任を取る云々《うんぬん》と話をするのは後でもできる。とにかく今は彼女の口から事情を聞かなければならない。そしてなんとしても助けなければ。

「ここは時宮家の別荘《べっそう》と聞きました。里子さまはずっとここで働かされていたのですか？」

少し落ち着いたようなのを見てから切り出すと、彼女は涙をぬぐいながらうなずいた。

「他《ほか》の場所に行くこともありますが、このお屋敷《やしき》にいることが多いです。由希人様が行かれるところに付いていくという形なので」

「黎明の館にも？」

彼女は黙《だま》って首を横に振《ふ》る。だが知らないというわけではなさそうだ。

「黎明の館というのは三日月党の本拠地《ほんきょち》と考えていたのですけれど、合っていますかしら？」

「おそらくは……。ただ、もとは時宮家の別荘だったようですわ。そこを提供しているためか、三日月党の者たちより立場が上といいますか……」

だからあんなに偉《えら》そうなのか。朔への態度を思い出し、納得《なっとく》のいく思いがした。

別荘を使わせているくらいだから、時宮家も三日月党に関わっている可能性は高い。名の知れた名家が反政府組織と手を組んでいるというのは衝撃的《しょうげき》だった。

「他にも攫われた方がいらっしゃるのですけど、お会いになったことは……？」

おずおずと訊《たず》ねると、里子は目を伏せた。

「いいえ……。わたくし以外の方は地下室に閉じ込められておいでのようですから」

「地下室？　黎明の館の地下室に、神隠し事件の被害者がおられるのですね？」

口ぶりや表情からして、眠らされている女性たちを知っているようだ。有紗の追及《ついきゅう》に、彼女はつらそうな顔になった。

「最初に連れていかれたのがあの部屋でした。わたくしだけは薬が効かなくて……すぐに出されてしまったのです。行ったのはその時だけです」

「薬が……。そうだったのですか……」

それでこうして働かされているのか。命拾いしたと言っていいのかわからないけれど――。

あの記録映画に映った女性たちは、黎明の館の地下にいる。それは重大な証言だった。

逆に言えば、そこへ行かなければ彼女たちを救出することができないということになる。この別荘内を捜《さが》して助け出そうという最初の思惑《おもわく》は外れたわけだ。

（でも、この後で黎明の館に行くとあの人は言っていたわ。助け出す機会は必ずあるはずよ）

何もできず打ちひしがれていた時に比べたら、目的ができた分、見通しは明るいと言っていいかもしれない。

そんなことを考えてやる気になっていたが、里子が頬を押さえるように触《ふ》れているのを見て現実に引き戻《もど》された。

「大丈夫《だいじょうぶ》ですか？　まだ痛みます？」

「いえ……、平気ですわ」

「本当に許せないわ、かよわい女子に手をあげるなんて。あんな外面《そとづら》のいいふりをして」

健気《けなげ》に微笑《ほほえ》む里子が可哀相《かわいそう》で、憤然《ふんぜん》と有紗が毒づくと、彼女は気づいたように頭《かぶり》を振った。

「いえ、違うのです、由希人様にぶたれたのではありません。この部屋についていた見張りの人が……有紗様がおられないのを見て怒《おこ》ってしまって」

有紗は表情をあらためた。どちらにしろ殴られたことに変わりはないのだから怒《いか》りは消えないが、それについてはずっと気になっていたのだ。

「そのことですけれど……最初に目を覚ました時、わたしはあのキネマの舞台《ぶたい》上にいたんです。この部屋にいたことも、もちろん抜《ぬ》け出したことも記憶《きおく》になくて」

「そんな。わたくしが呼ばれた時、確かにこちらでお眠りになっていました」

「見張りの目を盗《ぬす》んでこっそり出ていくことは可能でしょうか？」

「それは……、よほどのことがないと難しいと思いますわ。所用で見張りが誰《だれ》もいなかったとしても、その隙《すき》を運良く見つけられるかどうか……」

「では、ひそかにわたしをここから運び出せそうな人に心当たりはございます？」

里子は考えこんだが、途方《とほう》に暮れたような顔になって頭を振った。

「まったくありませんわ。そんなことをして何になるというのかもわかりませんもの」

里子の言うことはもっともだった。有紗をひそかに連れ出すということは、三日月党を裏切ることになる。そんな人物が孝介以外にいたとは思えない。その孝介も有紗が抜け出したことを知らなかったのだ。それに、逃がそうとしたのであればあんな目立つ場所に放置しておくのはおかしい。

（でも、実際に誰かがそうしたのよ。何が目的かはわからないけど……）

父以外にも味方がいたのだろうか。敵の誰かが利用しようとしたのか。それとも――。

有紗は指に塡《は》まった指輪を見つめた。だが、脳裏《のうり》に浮かんだ推理を打ち消した。

もし仮に不思議な力が発動したのだとしても、指輪のせいとは限らない。現に先ほどはどんなに祈《いの》っても応《こた》えなかったのだから。

思い出すとあの絶望が甦るようでつらかったが、それを堪《こら》えるように目をつぶる。

魔術《まじゅつ》というものに半信半疑だったこともあるのに、都合のいい時だけ利用しようとした。その姿勢は間違っていたのだと今は思えた。

（勉強して魔術を知ったつもりになっていたけど、わたしには全然足りなかったんだわ……）

指輪に頼《たよ》らなくても人を助けられる力が、そして知識がほしい。痛切にそう思った。

奇妙な館《やかた》での目覚めから一夜が明けた。

もちろん眠れるはずもなく、有紗は寝台《しんだい》に腰掛《こしか》けてじっと考え込んでいた。

昨夜《ゆうべ》はあれから里子と少し話をした。彼女いわく、この屋敷は東京市内にある時宮家の別荘で間違いないという。連れ去られたのが意外にも近いところだったのは驚《おどろ》きだった。

(でも東京にいるとわかったところで、簡単には逃《に》げ出せそうにないし。たとえ逃げられる方法が出来たとしても、わたしだけそうするわけにはいかないし……)

一度いなくなったからか、部屋は厳重に外から施錠《せじょう》されるようになってしまった。おそらくは見張りの数も増やされているだろう。

万が一それらを突破《とっぱ》したとしても、父や里子、そして黎明の館の地下にいる女性たちを救い出さなければならない。有紗一人ではとても無理だし、外部に助けを求めるにしてもまだわからないことが多すぎる。黎明の館がどこにあるのか、女性たちを救う方法はなんなのか、それらをつかむ必要があるのだ。

(指輪に頼らなくても、何か……何か他にないのかしら。みんなを助ける方法は……)

考えなければ。このままだと自分も女性たちも殺されてしまう。

だが焦《あせ》れば焦るほど冷静になれない。悶々《もんもん》としているうち、いつのまにか昼をすぎていた。

「有紗様。少し召《め》し上がってはいかがです? 毒など変なものは入っていませんわ。わたくしが作って味見もしましたから、ご心配なさらずに」

食事を運んできた里子が気遣《きづか》ってくれたので、我《われ》に返った。

「里子さまが作ってくださったんですね。もともとお得意でしたの?」

何気ない問いのつもりだった。自分も家にいた時は母と一緒《いっしょ》に毎日食事を作っていたからだ。だが里子は、途端《とたん》に沈《しず》んだ顔つきになってしまった。

「いいえ。台所に立ったこともありませんでしたわ。けれど、何か役に立っていなければ殺されてしまうのではと思って……必死で……ただ言われたことをやるしかなかったのです……」

彼女の目から涙《なみだ》がこぼれ落ちる。有紗は言葉もなくそれを見ていた。

攫われた少女たちの中で一人だけ薬が効かなかった里子。魔術のための〝生け贄《にえ》〟にもできず、家に帰すわけにもいかない彼女を、三日月党は打ち捨てようとしたかもしれない。そうならず今日まで生きていたのは奇跡《きせき》といってよかった。

思わず里子の手を握《にぎ》ると、彼女は涙をぬぐって笑《え》みを浮《う》かべた。

「でも、有紗様にいただいた塗《ぬ》り薬は効きましたのよ。ほら、だいぶ腫《は》れが治りましたわ」

確かに頬《ほお》の赤みは引いていた。それにほっとすると同時に、胸が引き絞《しぼ》られるような思いがした。

（なんとしてもこの人を助けなくちゃ。絶対にご家族のもとに帰してあげなくちゃいけない）

彼女の身元まで詳《くわ》しく調べたわけではないが、失踪《しっそう》時は女学生だったそうだし、話や仕草から良家の令嬢《れいじょう》だったのかもしれない。そんな彼女が男たちに命令され、時に暴力を受けながら働かされている。美しかったであろう手肌《てはだ》を水仕事で荒《あ》らして——。

（わたしのせいよ。だから、わたしが必ず助ける……）

「有紗様？」

黙っているのを見て、里子が心配そうに声をあげる。有紗は思い詰《つ》めた顔でいる自分に気づき、急いでそれを振り払《はら》った。

「あ……、本当ですね、きっとこのまま綺麗《きれい》に治りますわよ！　それにしても、返す返すも許せませんわ。今度あの人に会ったら、わたし断然抗議《こうぎ》します。部下の教育がなってないって」

「あの人って、由希人様のことですの？」

「ええ。人質《ひとじち》がいなくなったくらいでお世話係に暴力を振るうなんて、野蛮《やばん》にもほどがありますす。見張り役が無能だっただけでしょうに。それを咎《とが》めない上役も同じく無能ですわ」

ぽんぽん飛び出す言葉に驚いたのか里子は目を丸くしていたが、やがておかしそうに口元を押さえた。

「ふふ。有紗様とお話ししていると楽しいですわ。それに強くて勇ましくて、素敵《すてき》」

「え……、楽しいですか？　それはとても光栄ですけれど――」

「でもね、最初に三日月党の人たちがわたくしをどうするかと話していた時、助けてくださったのは由希人様なのです。由希人様が自分の世話をさせると言ってくださらなかったら、わたくしはどうなっていたか……」

「……そうだったのですか……」

つまり彼女にとって彼は命の恩人になるわけだ。

だがそれだけで『悪い人じゃない』というふうには有紗には思えない。彼が孝介にした仕打ちや軽薄《けいはく》な言動を思い出すと、むかむかしたものがこみあげてくる。

扉《とびら》がノックされたのはそんな時だった。

「——入ってもいいかい？」

続いて聞こえた声に、有紗ははっとしてそちらを見やった。

「お転婆《てんば》な許嫁《いいなずけ》どの。ご機嫌《きげん》はいかがかな？」

にこやかに入ってきた由希人を、有紗は油断なく見据《みす》えながら迎《むか》えた。

「機嫌がいいように見えます？」

「見えるとも。鳴里とずいぶん仲良しになったようじゃないか」

内心ぎくりとした。もしや話を聞かれていたのか？

「言っておくが盗み聞きだとか無粋《ぶすい》なまねはしないよ。鳴里があんな顔でいるのは初めて見たんでね。よほど楽しいおしゃべりをしたんだろうと思っただけさ」

里子は彼がやって来たのと入れ違《ちが》いで退室している。そのわずかな間に見抜《みぬ》いたらしい。へらへらしているように見えてかなり周囲を観察しているようだ。そういえば有紗も表情を読まれたように感じたことがあった。もっと気をつけたほうがよさそうだ。

「あなたが彼女を助けたそうですね。自分の世話役にすると言って」

「おや、そんなことまで話したのか」

「なぜですか？　おそらく三日月党には反対されたでしょうに」

「そりゃあ君、可哀相だからさ。自分たちの都合で攫《さら》ってきて、使えそうにないから殺すだなんて。僕はそういうのは嫌《きら》いなんだ」

昨夜と同じ冷めた調子で言った彼は、すぐまた笑みを浮かべて椅子《いす》に腰《こし》を下ろした。

「朗報を持ってきたよ。汽車の用意ができた。明日出発だ」

有紗は目を見開き、その言葉を噛《か》みしめた。いよいよ黎明の館に向かうのだ。

「そのつもりで準備をしておいてくれ。といっても荷物なんてないだろうけれど。僕も一度屋《や》敷《しき》に帰って支《し》度《たく》をしてくる。その前に挨拶《あいさつ》をと思って会いに来たんだ」

里子が出て行く前に用意していた茶を味わいながら、彼は優雅《ゆうが》に手で向かいを示した。

「君も一緒にどうだい。少し話をしよう」

仕方なく有紗は向かいに座る。お茶会なんてまったく気は進まないが、確認《かくにん》したいことがあったからだ。

「父は無事なのでしょうね？」

由希人は一瞬《いっしゅん》何を言われたかわからなかったようで、小首をかしげた。

「父？　——ああ、昨夜の」

「乱暴はしないでください。手当てはしたんですよね？」

「手当て云々《うんぬん》は知らないが、まだ生きていたよ」

「な……っ！」

「絶対に殺すなと言っておいた。やった者は僕が殺すと」

かっとなって食ってかかろうとした有紗は、思わず声を呑《の》む。由希人が微笑《ほほえ》んだ。

「一応、僕は三日月党の最大支援《しえん》者だからね。発言力はある。皆《みな》聞いてくれると思うよ」

有紗は当惑《とうわく》して彼を見つめた。なんの意図があるかは知らないが、これは助けてくれたことになるのだろうか。だが素直《すなお》にそう思えなかった。

「どうしてそう言ったんですか？」

何か魂胆《こんたん》があるはずだ。探《さぐ》るように見ながら訊《き》くと、彼は片肘《かたひじ》をついて見つめてきた。

「君がそうしてほしいだろうと思ったからさ」

「……」

よほどうさんくさいという内心がもれていたのだろう。由希人が苦笑《くしょう》する。

「そう嫌《いや》な顔をしないでくれ。そのことも含《ふく》めて、今日は君と取り引きをしにきたんだ」

「取り引き……？」

「そう。三日月党から逃《に》げたいのなら、一つだけ方法がある」

由希人はゆっくりとテーブルに身を乗り出した。顔を近づけ、声を低めて、まるで秘《ひ》め事を打ち明けるかのように。

「桜の書を僕に渡《わた》すこと。そして僕の妻になること。それを誓《ちか》えば助けてあげよう。君も、捕《つか》まった父親も、生け贄の娘《むすめ》たちも」

有紗は眉《まゆ》をひそめて彼を見返した。

狙《ねら》いが桜の書なのはわかったが、アリス復活に必要な有紗や女性たちを助けるというのは解《げ》せない。そうやって甘言を弄《ろう》してだまし取るつもりだろうか。

「あなたは三日月党の人なんでしょう？　彼らを裏切るということですか？」

「裏切るも何も、最初から僕はただの支援者だ。しかしまあ、やつらに知られると面倒《めんどう》だから内緒《ないしょ》で手を組みたい。どうだい？」

思いがけない申し出と言ってよかった。有紗はその言葉を何度も心の中で繰《く》り返す。

どういうことだろう。罠《わな》だろうか。真意が読めない。

「信用できない？」

ふっと笑った彼に、警戒《けいかい》しながらうなずきを返す。

「ええ。あまりにも突拍子《とっぴょうし》もないし……。第一、桜の書を手に入れてどうするつもりです？三日月党の思惑《おもわく》とは別に目的があるということですか？」

「僕はアリスとやらに興味はないからね。ほしいのは桜の書だけであって、三日月党の理念なんてどうでもいい。あれはもっと有効に使うべきだ」

椅子の背にもたれ、彼は軽く腕《うで》を組む。本格的に本題に入るということのようだ。

「時宮家は江戸《えど》後期に商家として台頭し、明治に入ってからは造船や重工業で財を成してきた。業界の中では老舗《しにせ》なんだが、先の大戦のおかげで新興財閥《ざいばつ》が次々に出てきたせいで、近頃《ちかごろ》は押され気味でね。聞いたことがあるだろう？　船成金だとか陰口《かげぐち》を叩《たた》かれているやつらを」

その悪口はともかく、大戦による好景気に沸《わ》いていることは知っている。母方の親戚《しんせき》である六条家もその恩恵《おんけい》を受けているはずだ。

「この先また同じような戦争が起こるかもしれない。そうなった時のために先手を打っておきたいんだ。これでも跡取《あとと》りだからね。家業の行く末を案じたわけだ。それで考えたのが桜の書というわけだよ」

彼の語りを有紗は戸惑《とまど》いながら聞いていた。当然のように由希人は言うが、なぜそこで桜の書に行き着くのかわからない。

「人造魔術《まじゅつ》の秘伝書が手に入れば、最新鋭《さいしんえい》の武器を作ることも可能なはずだ。新興の成金たちを出し抜《ぬ》くことができる。時宮財閥はこの先もずっと頂点に君臨することができるんだ」

教え諭《さと》すように言った彼を見つめ、有紗は呆然《ぼうぜん》とつぶやいた。

「戦《いくさ》のための武器を作るということ……？　桜の書を使って？」

「そのとおり。死人を生き返らせるとかいう奴《やつ》らよりは現実的だろう？」

にっこりと由希人が笑う。やっと話が通じたとでも言いたげに。

なまじ飛鳥井に似ているだけに余計に嫌悪感《けんおかん》があった。有紗は身体《からだ》が熱くなるのを感じた。

「あれは……桜の書は、そんなことのためにあるんじゃないわ。人々の暮らしを良くするため、人を助けるためにあるのよ。そのためにお祖父《じい》さまやたくさんの人たちが命をかけてきたのに……！」

ひどい侮辱《ぶじょく》だと思った。アリスの復活がどうのと企む三日月党と何も変わらない。自分たちの利益のためにそんなことを企《たくら》むなんて。

「絶対に許されることじゃないわ。もし仮に手に入れたとしても政府や軍が黙《だま》ってはいませんよ。いくら時宮家が大財閥であっても、全力で潰《つぶ》しにくるはずです」

「だろうね。あれはやつらにとっても至高の宝のようなものだ。時宮財閥が手に入れたと知れたら必ず妨害《ぼうがい》されるはず。そこで君が必要になってくるわけだよ。桜の書の正当な持ち主である桜川の娘、つまり桜川有紗がね」

言い返そうとした有紗は、言葉を呑み込んだ。

彼が欲《ほっ》しているのは〝桜川博士の血を引く有紗〟なのだ。それがどういうことなのか。

口元に笑《え》みを浮《う》かべ、由希人が見つめている。

「僕の妻になってほしいという意味が、わかったかな?」

摑《つか》み所がないと思っていた笑顔が、ひどく酷薄《こくはく》に思えてきた。ひやりとするものを感じながら有紗は彼をにらむ。

つまり、持ち主の正当性を主張するため、ということなのだろう。桜川家の生き残りは表向きは有紗だけ。唯一《ゆいいつ》桜の書を持つ権利がある娘だ。婚姻《こんいん》によって時宮家に入れば、夫となる由希人が桜の書を手に入れたも同然となる。それが狙いなのだ。

身分と引き換《か》えに相手の財産を手に入れたり、借金のかたに結婚を迫《せま》ったり、そんな縁談《えんだん》は世の中にごまんとある。実情はどうあれ、どんなに同情したとしても部外者が口出しすることはできなくなるのだ。それと同じで、有紗が本当に由希人を選んだとすれば、軍も政府も破談を命じることはさすがにできない。

「得体の知れない術をかけられるのは嫌《いや》だとごねたのは、建前さ。君と会って早くこの話をしたかった。だから黎明の館ではなくここに連れてこさせたのさ」

由希人は悠然《ゆうぜん》と構えてカップを口に運んでいる。どうしてそんなに余裕《よゆう》のある態度でいられるのかと、ますます腹が立ってきた。

「そんな理屈《りくつ》が通ると思いますか？　わたしとあなたには何のつながりもないのに、急にそんなことを言い出したら不審《ふしん》に思われるに決まっています。それで世間を納得《なっとく》させられると思うほうがおかしいわ」

「つながりならあるとも。君は僕の許嫁《いいなずけ》だと言ったはずだ」

「勝手に決めないでください、そんなこと」

「決めたのは僕じゃない。君の実のお父上なんだがね」

半ばうんざりしながら反論しかけた有紗は、思わず口をつぐんだ。

軽くカップを掲《かか》げてみせ、由希人が続ける。

「もちろん子どもの頃《ころ》の話だ。君が生まれた時に決められたそうだよ。この子の後ろ盾《だて》になってやってくれとね」

「……そんな。どうしてあなたと」

自分の知っている話と違《ちが》う。幼い頃に親が決めた許嫁は京四郎だったはずだ。

「僕の父の妹、つまり僕の叔母《おば》は、君のお父上の妻だったんだ。若くして亡《な》くなり、お父上は後妻を迎《むか》えて君が生まれた。時宮家と桜川家はもともと姻戚《いんせき》だったわけだ。かなりの支援をしていたようだし、お父上は時宮との縁を繋《つな》いでおきたかったのではないかな」

有紗は目を見開き、まじまじと由希人を見つめた。

実の父の最初の妻が、由希人の叔母にあたる人だった。その人から生まれたのが飛鳥井なのだ。つまり飛鳥井と由希人は血がつながっていることになる。

(だからこんなに似ているのね……!)

やっと理由がわかって、納得がいく思いがした。その事実は当時関《かか》わっていた人たちにも知られていただろうし、由希人が切り札にしようとしているのもわからなくもない。

「まあ何を思ったのか君のお父上が翻意《ほんい》して、時宮とは破談し、鳥丸家の分家の息子《むすこ》を次の許嫁に選んだそうだが。しかしもともとは僕の妻になるはずだった。その分家の息子も死んだと聞いているし、君は今や誰《だれ》のものでもない。だから僕の妻になろうが誰も文句を言う筋合いはない。君がそう選択《せんたく》すればね。これはおかしな主張ではないと思うけれど?」

「……」

にこりと笑った彼を有紗は無言で見ていたが、やがて視線を落とした。

由希人を飛鳥井と見間違《みまちが》えたこと。そして飛鳥井が裏切ったのかと一瞬《いっしゅん》でも疑ってしまったことを申し訳なく思うとともに、ほっとしている自分もいた。

(お兄さまは悪い人じゃなかった。この人とは全然違うわ。それに、ここに捕まっているわけでもない。きっと三日月党はまだ存在自体知らないんだわ。よかった)

三日月党の首魁《しゅかい》である朔と同等のように振る舞《ふ ま》い、時宮家の跡取りでもある由希人。その彼とそっくりなのだから、顔を見たら出自を不審に思われるに決まっている。もし飛鳥井を知っていれば三日月党は黙ってはいなかっただろう。もちろん記録映画に映るはずがない。あれは飛鳥井ではなく由希人だったのだ。

問題は、由希人の申し出の中身である。

彼の企みは恐《おそ》ろしいものだ。引き換えに助けてやると言われたところで受け入れられるはずがなかった。

「わたしにはできません。お断りします」

きっぱりと見据《みす》えて有紗が言うと、由希人はため息をついて小首をかしげた。

「もっとお利口になったらどうだい。君だって死ぬのは嫌だろう？」

「……」

「別に僕は、君から桜の書を取り上げようと思っているわけじゃない。あれは至高の魔術書であると同時に、お祖父さまの形見でもある。用が済めばすぐに返すつもりだ。持ち主は君なんだからね」

有紗は耳を疑い、彼を凝視《ぎょうし》した。

「用が済めば……ですって？」

「そうとも。桜の書をもとに新兵器を開発した暁《あかつき》には、丁重《ていちょう》にお返しする。必要以上に蹂躙《じゅうりん》することはしない。よからぬ輩《やから》が狙《ねら》ってこないように守ってもあげよう」

「ふざけないで！　よくもそんなこと……！」

怒《いか》りのあまり言葉が出てこない。それが悔《くや》しくて由希人をにらみつける。

有紗自身は、桜の書を見たことはない。当然中身も知らない。だが祖父が記したというそれをめぐって数多《あまた》の悲劇が起こり、犠牲者《ぎせいしゃ》が出ている。その事実があるから、桜の書を畏怖《いふ》する気持ちがあるし、二度と繰《く》り返さないように守っていこうと決めたのだ。ものを知らない小娘《こむすめ》なりに、重い決心だったという自負はある。

だから許せなかった。己《おのれ》の利益のためだけに欲したあげく、用済みになればいらないと言われては、冷静でいられるはずがない。

「あなたみたいな人には絶対に渡《わた》しません。これまで桜の書を守ってきた人たちと同じように、わたしも身を挺《てい》してでも守ります。たとえ命をかけてでも」

由希人が声をあげて笑った。いかにも楽しげな顔だった。

「君が死んだとして、何が変わる?」

「なっ……!」

「君が勝手に命をかけるのは構わないが、いいのかい? 地下室の可哀相《かわいそう》な娘たちのことは。君が死ねば彼女たちも当然死ぬ。そのために集められたんだからね。もちろん鳴里も同じだ」

はっと有紗は息を呑《の》んだ。

地下室の情景が脳裏《のうり》をよぎる。話せて楽しいと笑みを見せた里子の顔も。

(わたしがここで嫌だと言えば、あの人たちは……)

三日月党が情けをかけたり改心したりするとは到底《とうてい》期待できない。それができる連中なら、何年も彼女たちをあんな目に遭《あ》わせておくわけがない。

まさに冷や水を浴びせられた心地《ここち》だった。凍《こお》り付いたように由希人を見たまま動けなくなる。

それを見透《みす》かしたかのように、彼はゆっくりとまたテーブルに身を乗り出した。

「助けてあげたいんだろう？　でも、自分一人でどうにかできると思うかい？　無理だよね。あの地下室にたどりついたところで、どうやって娘たちを外へ出す？　いちいち背負って運び出すのは骨が折れるだろうね。しかも彼女たちには特殊《とくしゅ》な術がかけられている。それを解かなければ外へ出しても真に助けたことにはならない。術を解けるのは烏丸君の持つ解毒薬《げどく》だけ。しかし彼はたった一瓶《ひとびん》しかないそれを肌身離《はだみはな》さず持っている。さて、君はどうやって娘たちを助ける？」

口元に笑みを浮かべたまま、じわじわとなぶるように由希人が語る。

流れるような口調にも、その内容にも、有紗は圧倒《あっとう》されていた。

確かに特殊な術を解くには相応の方法があるのだろう。しかし自分にはそれがわからない。

「……本当ですか。本当に、あの人しかその薬は持っていないんですか？」

「ああ。興味があるから見せてくれと言って、確認《かくにん》したことがある。そもそもそれを作れるのも彼しかいないらしいよ。現時点ではね」

あっさりと返され、思わず頭を抱《かか》えた。さすがに朔に近づいて盗《ぬす》み出すのは無理だ。彼に隙《すき》がないのは嫌でもわかる。

「どうしてあの人だけが？　そんな重要なものを一人しか持ってないなんて」

「重要なものだからだよ。彼は誰のことも信用してないのさ。――しかし僕なら、彼を言いくるめて手に入れることは可能だ」

有紗は眉《まゆ》をひそめて彼を見やった。

「誰のことも信用していないのでしょう？　だったらあなたでも無理なはずだわ」

「そんなことはない。支援《しえん》を打ち切るとでも匂《にお》わせればなんでも言うことを聞くようなやつらだ。実際、金がなければ何もできないんだから。もちろん、あの薬を寄越《よこ》せだなんて直接的な言い方はしないよ。それくらいの知恵《ちえ》はある」

三日月党のことを語る時、彼はいつも冷ややかなものをのぞかせる。彼らに対する心情だけは真実のようだ。実際に今までもそうやって言い分を通してきたのかもしれない。

「あなたは三日月党を嫌っているように思いますけど、それならなぜ支援をしているんです？」

じっと見つめて問うと、由希人は存外まじめな顔になった。

「やつらが人造魔術《まじゅつ》の生成を研究しているからさ。我が一族が欲しいのはその技術力だけ。おかしな思想に染まっているわけじゃない」

能力がなければ関わりたくもないな、と吐《は》き捨てるように彼は言った。

一族の将来のため、人造魔術を使って武器や兵器を作る。賛同はまったくできないが、それが一貫《いっかん》した主張であるのは本当のようだ。

有紗は目を伏《ふ》せて考え込んだ。どんな手を使うつもりかは知らないが、あの朔が騙《だま》されるとは思えない。しかし、確かに由希人に対して逆らうそぶりや敵対感情はないようだった。そこをうまく突《つ》けば、薬を手に入れることは可能かもしれない——。

逡巡《しゅんじゅん》するのを見透かしたかのように、由希人が顔を近づける。

「僕と手を組めば、あの娘たちを助けられる。さあ、どうする？」

「……っ」

鼻先で止まった笑《え》みを、有紗はにらみつけた。

由希人の申し出を受け入れれば、とりあえず命は助かる。桜の書を盾《たて》にすれば地下室の彼女たちのことも助け出せるだろう。彼の野望を聞くかぎり、アリス復活に興味がないというのは嘘《うそ》ではなさそうだし、三日月党を裏切ることにも躊躇《ためら》いはないようだ。

だが彼と手を組むということは、彼に強大な力を与《あた》えるということだ。そのためにまた不幸になる人が出るかもしれない。だから——桜の書を渡すわけにはいかない。

（でも……ここで突っぱねるということは、里子さまや地下室の方たちを切り捨てることになるのよ。そんなこと、とてもできない……）

自分一人だけなら、どうなってもいいと思ったかもしれない。だが今は決断することができなかった。誰《だれ》かを犠牲《ぎせい》にしてまで桜の書を守る、それはとても残酷《ざんこく》な選択《せんたく》だった。

桜川の娘である自分には、桜の書を持つ権利があると同時にそれに対する義務と責任がある。犠牲になった人を救うこと。同じ悲劇を繰り返さないこと。それは絶対的な責務だと思っているだけに、すぐに言葉が出てこなかった。

（どちらか一つしか選べないの？　どうしたら……）

歯噛《はが》みする有紗を誘《さそ》うかのように、由希人がそっと手を取る。

「念のために言っておくが、僕は嘘はつかない。桜の書と君さえ手に入るなら三日月党への支援は絶って撲滅《ぼくめつ》の側に回る。本心から誓《ちか》うよ」

先ほどまでとは別人のように真剣《しんけん》な顔だった。

驚《おどろ》くほど飛鳥井に似ていて、思わず胸を衝《つ》かれる。だがすぐに我《われ》に返った。

一瞬《いっしゅん》揺れた悔しさを押し殺し、有紗は彼の手を振り払《はら》った。

「わたしは桜の書を持っていません。ですからどのみち、あなたにここで返事はできません」

人質《ひとじち》を取られては一刀両断に拒否《きょひ》することもできない。今言える精一杯《せいいっぱい》の答えだった。

振り払われた手をわざとらしくひらひらさせ、由希人が微笑《ほほえ》む。

「心配せずとも、君のために誰かが持ってきてくれるだろうさ。大事な大事なお姫様《ひめさま》の一大事だもの。何者にも代えられないよ」

「！」

桜の書がどこにあるのか。それを知っているのは父の孝介と自分以外には一人しかいない。

ここに攫《さら》われる前に打ち明けてしまったことを思いだし、有紗は青ざめた。

（京四郎さん……！）

最後に見たのは敵と交戦する姿だった。きっと彼なら切り抜《ぬ》けてあの場を脱《だっ》したはず——。

彼はもう一乗寺家に確認にいっただろうか。手元で保管しているのか、それとも軍や機関に提出しようとしているだろうか。

もしそんなとき、由希人や三日月党から交換《こうかん》条件を提示されたらどうなるか。京四郎なら、それを呑んで桜の書を渡すのではないか――。

(だから捕《つか》まったら駄目《だめ》と言われたのに。どうしよう。どうか来ないでください、京四郎さん)

途端《とたん》にうろたえ始めたのをどう思ったのだろう。由希人が笑みをたたえたまま席を立つ。

「いい返事がもらえるのを期待しているよ。許嫁《いいなずけ》どの」

楽しげに言って部屋を出て行った彼に、それ以上言い返すこともできなかった。

力なくテーブルにもたれ、有紗はうなだれた。

黎明の館へ行けば女性たちを助けられる。そのことに希望を見出《みいだ》し、やる気があふれたこともあった。だがそれが甘い考えだったことを痛感させられた。

(片方を選ぶことはできない。助けるには桜の書を渡すしか……そんなこと、わたし……)

どちらにしろ、もう京四郎には会えない。由希人の申し出を拒否すれば三日月党に殺されるしかないし、もし受け入れたとしても合わせる顔がない。桜川家の生き残りのくせに敵に至高の書を売るなんて許されるはずがない。それこそ死んだ方がましだ。

(わたしは絶対にそんなことはしないわ。……だけど……)

無力な自分がむなしいのと後悔《こうかい》とで、涙《なみだ》がぽろぽろとこぼれてくる。

(死ぬ前に、もう一度だけ、京四郎さんに会いたかった)

それが叶《かな》わぬ願いなのだということを受け入れなければならないのが、悲しかった。

第四幕　乙女《おとめ》と桜の書争奪戦

初めて言葉を交《か》わした時の、緊張《きんちょう》と高揚《こうよう》は計り知れない。

桜川博士はその時、陽《ひ》のさす縁側《えんがわ》に腰掛《こしか》け、湯飲みを片手に饅頭《まんじゅう》を頬張《ほおば》っていた。

開国以来、日本の近代化を支え、稀代《きたい》の魔術師《まじゅつし》と呼ばれた人。偉大《いだい》なる科学者。

それはまさに有紗と隠《かく》れん坊《ぼう》をしている最中のことであった。研究所に入れてもらえず、自分の価値を考えてやさぐれていたところだったので、思いがけない対面に息が止まった。

「――ああ。清辻《きよつじ》京助君。有紗の許嫁の」

目が合った博士が当然のように名を口にしたので、さらに度肝《どぎも》を抜かれた。

「どうした。そんなに元気のない顔をして」

とても気安い口調で言われ、京助は動揺《どうよう》しながらも一礼した。こんな好機はないと言ってい い。彼に教えを乞《こ》いたいと願う者がこの国にどれほどいることか。

今こそ訊《き》かねば。ずっと考えていた、ずっと謎《なぞ》だったことを。

「先生にお訊きしたいことがあります。よろしいでしょうか」

無礼を咎《とが》めるでもなく、博士は鷹揚《おうよう》にうなずいてくれた。学問について質問を受けることは日常茶飯事《さはんじ》だったのだろう。だが京助が知りたいのはそういうことではなかった。

「……自分には親も兄弟もいません。烏丸の分家ではありますが、血縁《けつえん》としては遠いし特に裕福《ゆうふく》というわけでもありません。それなのになぜ有紗の許嫁として選ばれたのか、いくら考えても理由がわからないのです」

これまで幾度《いくど》となく考えたが、口に出したのは初めてだった。自分の中の結論が正しいか知りたかった。

「何もないからこそ選ばれたのでしょうか。一兵隊として命を賭《と》して有紗を守る盾になれと」

盾になって死んだとしても悲しむような親兄弟や親しい親戚《しんせき》はいない。そのしがらみのなさと、一応は烏丸一族の端《はし》くれであること。それが選ばれた理由ということだろうか。桜川家の娘《むすめ》の守り手として、人造魔術の知識があるに越《こ》したことはないだろうから。

桜川博士は黙《だま》って聞いていた。それから少し不思議そうな顔になる。

「君は、誰かに命じられたとして、縁もゆかりもない子どものために死ねるのか？」

京助は虚《きょ》を衝かれたが、すぐさま自問した。答えが出るまで時間はかからなかった。

「いいえ。たぶんできません」

「うむ。まあ、私もそうだ」

「でも……相手が有紗だったら、誰に言われるでもなく身を挺《てい》すると思います。自己犠牲というわけではなく……。傍《そば》にいるのが当たり前の存在だから、きっとそうしてしまうのではと」

言いながら自分でも驚いた。いつの間にかそれだけの存在になっているのだと。

物心ついた時には家族がいなかった。豪奢《ごうしゃ》ではないがつましくもない程度の環境《かんきょう》で育ち、家業の勉強を当たり前のように続ける日々。人造魔術《まじゅつ》という日本最先端《さいせんたん》の学問に興味はあっても、傍流《ぼうりゅう》であるため学ぶ機会は限られている。つまらないとは言わないが、淡々《たんたん》とした無味《むみ》乾燥《かんそう》な毎日だと思っていた。

そこに騒々《そうぞう》しいほど色をつけてくれたのが有紗だ。彼女のいない日々はもう考えられない。

「……いいやつだな、君は」

博士は微笑み、庭先へと目をやった。そのまなざしを少し曇《くも》らせながら。

「この家に生まれただけで、有紗は一生、争いの渦中《かちゅう》から逃《のが》れることはできないだろう。だからこそあの子の傍には善良で腕《うで》の立つ者についていてほしい。命を張る必要はない。ただ助けになってやってほしい。私が望むのはそれだけだ」

おそらく博士は広い意味で〝善良で腕の立つ者〟と言ったのだろう。彼女を裏切ることなく、いざという時には守れるような。

そういう人間になれと求められているのだろうか――？

善良な男になれと言うのなら、そうなれる努力はしよう。しかし後者については、もうずっと自信のないことだった。

「自分は研究所に近寄ることすらできない若輩《じゃくはい》です。科学者を目指していますが、功績を挙げられるまでどれほどかかるかわかりません。桜川家のお役に立てるかどうかも……」

実力不足を恥《は》じてうつむいた京助を、博士はしばし見ていた。それからおもむろに懐《ふところ》を探《さぐ》り、何かを取り出した。

革紐《かわひも》に繋《つな》がれたそれは指輪だった。つまんでぶら下げ、彼は奇妙《きみょう》な微笑を浮《う》かべる。

「君を魔術師にしてあげよう。その覚悟《かくご》があるのならば——」

指輪に塡《は》まった青い石が、きらりと煌《きら》めいた。


屋敷《やしき》の奥まった一室に、烏丸家の先祖をまつる廟《びょう》はある。

京四郎は朝から一人きりでそこにこもっていた。

向き合った位牌《いはい》は烏丸のものではない。実の肉親である清辻家の両親と、それから、縁あって預かっていた桜川博士と当主夫妻のものだ。

ここへ来ようと思ったのは、有紗を攫われたことの詫《わ》びをしたかったからか。それとも今さら別れの挨拶《あいさつ》でもしたかったのか。自分でもよくわかっていなかった。

ただ言えるのは、いろいろと覚悟をしたということだけだ。

（——先生）

首から下げた指輪の感触《かんしょく》を、服の上から確かめる。

いずれ有紗に譲《ゆず》るつもりの指輪の片割れだと言ってこれをくれた時、桜川博士は言った。

『科学者を目指す者は、己《おのれ》のやることに責任を持たねばならない。学問の積み重ねや努力は誰でもできる。続けていれば誰でもそれなりのものは成せるだろう。だが、その心根だけは忘れてはいけない』

『科学が――人造魔術が暴走した時こそが、命を張ってでも止める時だ。責任を持つとはそういうことだ。いいかね。君の命は有紗のために散らすものではないんだよ――』

あの日からまもなく、博士はこの世を去った。

彼の生死には様々な説があった。明治の初めにはすでに逝去《せいきょ》していたただの、いや実は今も健在で政府の中枢《ちゅうすう》で守られながら研究をしているはずだの、いかにもそれらしく言われている。

だが京四郎は信じていた。博士は反政府結社が暴走させた人造魔術の現場に行き合い、それを抑《おさ》えるために命を落としたという話を。

彼は〝責任〟を果たしたのだ。自身が生み出したものが人々に災《わざわ》いをなそうとするのを、命を張って止めた。

(自分も必ず、その教えに殉《じゅん》じます)

指輪を預けられた時の、覚悟があるなら弟子《でし》にすると言ってくれた微笑《びしょう》を、今でも覚えている。あんな子どもにも侮《あなど》ることなく向き合ってくれたことに報《むく》いなければならない。

ノックの音が静寂《せいじゃく》を破った。

「京四郎様。おいでになりました」

続いた執事《しつじ》の桂《かつら》の声に、京四郎は立ち上がる。

最後にもう一度桜川博士の位牌を見つめ、それから踵《きびす》を返した。

玄関《げんかん》を出ると、車寄せに停《と》まった自動車の前で伏見が待っていた。

会釈《えしゃく》した彼は、珍《めずら》しく真面目《まじめ》な顔をしていた。

「有紗さんは時宮の屋敷にはいないようですね。少なくとも連れ出された様子はありません。今のところは、ですが」

時宮財閥《ざいばつ》が絡《から》んでいるとにらんでから、かの屋敷には監視《かんし》がつけられている。だが不審《ふしん》な動きは見られていない。

「まあ時宮財閥ほどにもなれば、別荘《べっそう》だの別宅だのは腐《くさ》るほど持っているでしょうからねえ。その、黎明の館といいましたか。それもそのうちの一つなんでしょう？」

京四郎はうなずく。公式には登録されていないようだが、まず間違《まちが》いない。

当主の時宮陽一郎《よういちろう》はこの数日、表だった動きは見せていなかった。あやしい連中との付き合いはないかとの調査にもそれらしきものは出てこない。ただ、政府のお偉方《えらがた》が数人、屋敷を訪問していたという目撃《もくげき》情報があったのが気になっていた。

そのお偉方というのは、かつて甲州の研究所に出入りしていたものの、今はきな臭《くさ》い噂《うわさ》を持つ者ばかりだった。桜川博士を師と仰《あお》ぎ、固い絆《きずな》で結ばれた研究仲間だったはずの者たちも、今では一枚岩というわけにはいかなくなっている。国のためという名目のもと、己の利権を重視する者が出始めたのだ。

そんな人物たちと行き来しているという。時宮財閥には何かある。

桜川家とはとっくに縁が切れていると誰《だれ》もが思っていたはずだ。軍上層部も注意対象とはしていなかった。当主の前妻の一族というだけで、単なる支援者《しえん》でしかなかったのだから。

「しかし、肝心《かんじん》のその館《やかた》がどこにあるのかがわからないのではねえ」

伏見がため息をついた。お手上げです、と首を振《ふ》る彼に、京四郎は目をやる。

「息子《むすこ》のほうは動きましたか。風来坊《ふうらいぼう》だとかいう跡取《あとと》りは」

「相変わらずふらふらしているようですよ。あちこちの別荘を渡《わた》り歩いて、あまり本邸《ほんてい》には戻《もど》ってこないようで。珍しく昨夜《ゆうべ》は帰ってきましたが、また今朝からどこかへ出かけたとか。今回は少し遠出のようだと報告がありましたが」

「遠出？」

「ええ。旅支度《たびじたく》というほどではないですが、何やら車に荷を積んでいたとか。鞄《かばん》だとか箱だとか、さほど大きくはないが量が多くて気になったと」

京四郎は顎《あご》に手を当て考え込む。こんな時に旅行へ出るとは偶然《ぐうぜん》にしてはできすぎている。当主が動かないのは、息子に代わりをさせているからではないか——？

表情に気づいてか、伏見も真顔になって見つめてきた。

「京四郎さん、まさか」

「どこに向かったかわかりますか。尾行《びこう》は？」

「ついています。ただ屋敷を出てから時間が経《た》っているので、どこまで行ったのか……」

「すぐに尾行部隊と連絡《れんらく》を取ってください」

言うのももどかしく、自身の自動車に向かう。

今朝から出かけたという報告が伏見のところに来るまで、どれくらい時間がかかったかはわからない。一刻も早く情報を収集する必要がある。件《くだん》の息子がどこに出かけたにしろ、追うことで手がかりがつかめるかもしれない。

部下に指示を出していた伏見が、足早にやってくる。

「尾行している部下から連絡が入っていないか調べますので、お電話をお借りします。部下はここで待機させてもらいますから後で行き先を聞きましょう。我々《われわれ》はひとまず、その息子が滞《たい》在《ざい》していた別荘へ行きましょうか。何かわかるかもしれません」

運転席の窓からのぞきこんだ彼が別荘の所在地を告げる。京四郎はエンジンをかけた。

「――伏見さん。あなたにお願いする立場じゃないのは承知ですが、同行する誼《よしみ》で頼《たの》みたい」

え？　と怪訝《けげん》そうに伏見が眉《まゆ》をひそめる。音に紛《まぎ》れてよく聞こえなかったようだが、構わず続けた。

「もし有紗に何かあった場合は自分でも何をするかわかりません。大惨事《だいさんじ》になりそうな時は止めてもらえますか」

伏見はしばしこちらを見つめ、軽く肩《かた》をすくめてみせた。

「了解《りょうかい》しました」

京四郎は車を発進させた。玄関前の慌《あわ》ただしい雰囲気《ふんいき》が、瞬《また》く間に窓の外へ流れ去った。

朝食を終えた頃《ころ》、席を外していた里子がはずんだ様子で戻ってきた。

「有紗様、由希人様がいらっしゃいました。これは贈《おく》り物だそうですわ」

彼女が抱《かか》えていた小ぶりの行李《こうり》を開けると、中には桜色の振り袖《そで》が収められていた。

「素敵《すてき》。綺麗《きれい》なお着物ですわね。さあ、こちらへ。お召《め》し替《か》えが終わったらお呼びするように言われておりますから」

まるで自分のことのようにうきうきして里子が手を引く。また彼女が責められると思うと逆らえず、有紗は仕方なく従った。敵からの贈り物に心が浮き立つはずがない。

「新しい着物に替えてから出発するということかしら」

生け贄《にえ》を着飾《きかざ》らせるというわけか。と苦い思いでつぶやくと、着替えを手伝っていた里子が首をかしげた。

「出発と仰《おつしや》いますと？」

「たぶん、今から黎明の館へ行くのだと思います。汽車の用意ができたと昨日あの人が言っていましたから。里子さま、お聞きじゃありませんか？」

途端《とたん》、里子が不安げな顔になった。

「いいえ……。そうなのですか？　あちらにお泊《と》まりになるのでしょうか」

「単純に宿泊《しゅくはく》するだけならいいのですけど。黎明の館の地下には眠《ねむ》らされている方たちがおられる。そして三日月党の人たちもあちらに行くとなると……」

最後の駒《こま》であった有紗を手に入れた今、いよいよアリス復活の儀《ぎ》式《しき》をやる可能性は高い。

さすがにそこまでは口にできなかったが、里子は察したようで顔色が青ざめた。

「わたくしも連れて行かれるのでしょうか。わたくしも、あの……あの方たちと一緒《いっしょ》に……」

動転した様子で座り込んでしまったので、有紗は急いで彼女の肩を抱《だ》いた。

自分が攫《さら》われた理由を思い出して恐怖《きょうふ》にかられているのがわかる。直前まで綺麗な着物を見てはしゃいでいただけにその落差に胸を衝《つ》かれるようだった。

「大丈夫《だいじょうぶ》ですわ。そんなこと、わたしが絶対にさせませんから」

「ですが、有紗様……っ」

「落ち着いてくださいませ。助かる方法が必ずあります。わたしを信じてください」

もう迷っている暇《ひま》はないのだと思い知らされた。怯《おび》える彼女を、捕《つか》まっている女性たちを、このまま三日月党のいいようにさせるわけにはいかない。

有紗は深く息をつくと、里子の背をなでながら言った。

「さあ、泣かないで。時宮さまとお話があるので、呼んできていただけますか？」

部屋に入るなり、由希人は目を見開いて笑《え》みを見せた。

「これは驚《おどろ》いた。思った以上の美しさだ。とてもよく似合うよ」

軽く拍手《はくしゅ》の手振《てぶ》りまでしている。朝からご機嫌《きげん》のようだ。

案内してきた里子がそそくさと出て行く。由希人と二人にしてくれと頼んだのは有紗だったが、彼のほうも同じ気持ちだったらしく、扉《とびら》が閉まるのを見ると歩み寄ってきた。

「昨日の話――考えてくれたかい？」

早速《さっそく》本題ということは、あまり時間がないらしい。やはり今からここを出るのだろう。

椅子《いす》に腰掛《こしか》けたまま有紗はじっと彼を見上げる。笑顔だけれど目は油断なくこちらを探《さぐ》っている、その表情を。

「その前に、いくつかお訊《き》きしたいことがあります」

「なんだい？」

「父はどうしていますか？　傷の手当ては？」

同じ館のどこかにいるはずの孝介。怪我《けが》をしているのに助けにもいけないことが歯がゆく、心配でたまらなかった。

そんなことかと言いたげに、由希人が片手を軽く腰にやる。

「一足先に黎明の館に連れていかれたようだよ。例の烏丸君の魔術《まじゅつ》でね。ま、ここに一人だけ置いていくわけにはいかないんだろう。逃げ出して警察にでも駆《か》け込まれたら事だ」

興味がなさそうに笑っている彼を、有紗は食い入るように見つめた。怒《いか》りで身体《からだ》が熱くなり、拳《こぶし》を握《にぎ》りしめる。

（違《ちが》う……。お父さまは人質《ひとじち》にされたんだわ。わたしが逃げ出さないように……！）

重傷の父を置いて有紗が逃げられるわけがない。おそらくは由希人もそれをわかっていて伝えたのだ。

もう猶予《ゆうよ》はない。あらためて突《つ》きつけられ、覚悟《かくご》を決めた。深く息をつき、声を押し出す。

「……取り引きに、応じますわ」

由希人の顔に勝利の笑みが浮《う》かんだ。すかさず有紗は続ける。

「ただし条件があります」

「条件？」

「ええ。わたしは黎明の館に捕まっている方たちと鳴里さんの命を最優先に考えます。そのためには絶対に三日月党に翻意《ほんい》を悟《さと》られるわけにはいきません。黎明の館に到着《とうちゃく》し、地下室の方たちを無事助け出すまで、三日月党を騙《だま》し通す。それができますか？」

淡々《たんたん》とした言葉を由希人は吟味《ぎんみ》するように聞いている。その瞳《ひとみ》をのぞきこむように見つめて有紗は宣言した。

「うまくいったあかつきには、あなたに桜の書を渡します」

やがて、ふっと由希人が笑いをこぼした。

「昨日までは死んでも聞くものかという顔をしていたのに。どういう心境の変化かな？」

その疑問はもっともだろう。有紗はため息をつき、目を伏《ふ》せた。

「意地を張るだけではどうにもならないこともあります。わたし一人では誰も助けられません」

「それで僕を頼《たよ》る気になったというわけか。嬉《うれ》しいね」

テーブルを挟《はさ》んで向かいに腰を下ろし、由希人は試《ため》すように見つめてきた。

「しかしだ。地下室の娘《むすめ》たちを助け出すと簡単に言うけれど、その策はあるのかい？　まさか僕にやれと言うんじゃないだろうね」

「あら、やってくださいませんの？　桜の書が手に入るのに？」

彼は一瞬黙《いっしゅんだま》り込み、はじけたように笑い出した。

「確かに、これ以上のご褒美《ほうび》はないな。――いいだろう。何をさせようと思っているんだ？」

愉快《ゆかい》そうな彼と対照的に、有紗はごく真面目《まじめ》に応じる。

「確認《かくにん》したいのですけれど、三日月党がわたしを狙《ねら》っていたのは本当に先日言ったことが理由ですか？　アリスの魂《たましい》を召喚《しょうかん》して、身体に宿らせる、って」

「ふふ。やっぱり信じられないかい？　彼らは本気のようだがね」

「いえ……、聞いた感じだと、生死不明のように思えたので。どこかで生きているという説もあるのでしょう？」

そこがあやふやなのに復活の儀式云々《ぎしきうんぬん》というのは、あの朔がやるには違和感《いわかん》があったのだ。

由希人は有紗の疑問に得心がいったようで、薄《うす》く笑って見つめてきた。

「不死身というのはあくまで伝説さ。アリスはもうこの世にはいない。烏丸君が言うんだから間違《まちが》いはないと思うよ。なんでも彼はアリスの幽霊《ゆうれい》に会ったことがあるそうだし」

有紗は驚いて彼を見返し、表情を探った。冗談《じょうだん》を言われたのかと一瞬むっとしたが、彼にからから理由がないのに気づき、その言葉を噛《か》みしめた。

アリスは——祖母はもうこの世にいない。父方の家族だけでなく母方も亡《な》くなっているのか。

「……もう一つ。記録映画にあなたも映っていたでしょう？　地下室の女性たちの場面で」

「ん？　ああ、撮影《さつえい》中に写り込んでしまったことがあったっけ」

意外にも由希人はあっさり認めた。やはり彼だったのかと、有紗は身を乗り出す。

「どうしてあんなお顔をなさっていたんです？　悲しそうに見えましたけれど」

やはり飛鳥井ではなかった、彼は三日月党に捕まっていなかった。それを確認できて安堵《あんど》するのと同時に、緊張《きんちょう》がこみ上げる。由希人の——これから手を結ぼうとしている相手の心根を窺《うかが》う好機だ。

「どうしてって。あの娘たちが憐《あわ》れだからに決まっているだろう？　あの光景といったら、いっそグロテスクで趣味《しゅみ》の悪いものだった。あんなことをするやつらの気が知れないね」

由希人が当然と言わんばかりに答える。その顔を有紗はじっと見つめた。

憐れに思ったというのは本当だろう。彼にもそれなりの情はある。でなければ里子を助けなかったはずだから。

問題はどこまでそれが本心か、真心かだ。口で綺麗なことを言うのは誰《だれ》でもできる。他人事《ひとごと》のようなこの表情の意味を見極《みきわ》めなければならない。

「なぜそんなことを気にするんだい？」

「大事なことですから。いざという時になってあなたがあの方たちを見捨てないという保証はないでしょう。あなたにどれだけ情けがあるか、はっきり聞いておきたかったのです」

不思議そうに問うた彼は、見据《みす》えて答えた有紗の言に、うっすら笑って「なるほど」とうなずいた。

「なら、今ので信用を得たということかな？　他《ほか》にも質問が？」

「では最後に。地下室の方たちを目覚めさせるという解毒薬は、本当に烏丸朔が持っているんですか？　確証はありますの？」

「僕の目が証拠《しょうこ》さ。確かに見せてもらった。いずれ娘たちを目覚めさせる必要があるわけだから薬は必須《ひっす》だし、それを誰かに預ければ裏切りに遭《あ》う恐《おそ》れがある。誰も信用していない彼なら肌身《はだみ》離《はな》さず持っているだろう。昨日も言ったけれどまだ信じられないかい？」

有紗は首を横に振《ふ》った。昨日と同じことを言うか聞きたかったのもあるし、朔の立場と性質上からしても無理のない推論だとあらためて思えた。由希人の言葉を信じてもいいだろう。

「わかりました。ではまず初めに、それを奪《うば》ってくださいます？」

「初っぱなから難関だな」

「わたしが三日月党を引きつけておきます。その隙《すき》にあなたは地下室の方たちを助け出してください。お一人では無理でしょうから、お手数ですけど配下の方もお借りして」

「君が囮《おとり》に？　勇ましいね」

「少し時間はかかるでしょうが三日月党を全員一ヵ所に集めます。どれくらい引きつけられるかわからないので、すばやく運び出せるように段取りを組んでおいてください」

楽しげにまぜっかえしていた由希人が、ふと気づいたように眉《まゆ》を寄せた。

「君はどうするんだ？　その作戦では、君は脱出《だっしゅつ》していないようだけど」

「それだけのことをするんですから、三日月党にまったく気づかれないというわけにはいかないでしょう。足止めするには相当のことをやらないと……」

「たとえば君が烏丸君と刺《さ》し違えるとか？」

直接的な表現に、どきりとする。

口をつぐんだ有紗を見て、由希人がやれやれと言いたげにため息をついた。

「その案は却下《きゃっか》だな」

「なぜです？」

「僕は何より君に生きていてもらわないと困るんだ。妻になるというのが助ける条件だったはずだよ」

「それは……、わかっています。でもわたしが逃げたらこの策は成立しないんです」

テーブル越《ご》しに由希人の手が伸《の》びてくる。それがゆっくりと自分の頰《ほお》に向かってくるのに、有紗は気づいた。

「そのまま逃げるつもりじゃないだろうね？　三日月党の連中を手なずけて」

「そんなことできるわけが――」

「土壇場《どたんば》でお宝をとられちゃたまらない。こんな危《あや》うい取り引きはやめておこう。君が逃げられないように、先に――いや、今ここで妻の誓《ちか》いを立ててもらうとしようか」

先ほどよりも近くなった距離《きょり》で由希人が微笑《ほほえ》む。からかいと誘惑《ゆうわく》めいた色と、自身が優位であることを疑わない余裕《よゆう》。それらがないまぜになった瞳が見つめている。

言葉の意味を理解するのに時間がかかった。頰に彼の手が触《ふ》れた瞬間《しゅんかん》、有紗はそれを思い切り払《はら》いのけた。

こんな時によくもそんな軽口を言えたものだ。こちらがどんな思いで交渉《こうしょう》しているか察していないはずがないのに。

怒《いか》りで全身が熱くなる。とんでもない罵声《ばせい》を浴びせてやりたいのを堪《こら》え、にらみつけた。

「あなたに飼い慣らされるつもりはありません。わたしたちは対等のはずです。勘違《かんちが》いしないでいただきたいわ」

これは取り引きだ。子どもの喧嘩《けんか》ではない。わめき散らして侮《あなど》られたら利用できるものもできなくなる。その一心で自分を抑《おさ》えた。

「そもそも軟派《なんぱ》な殿方《とのがた》は好みじゃありませんの。大和撫子《やまとなでしこ》を相手にするなら自覚を持ってくださいます？」

由希人は振り払われた恰好《かっこう》のまま有紗を見ていた。その啞然《あぜん》とした顔に、ふと愉快そうな表情が浮かび――はじけたように声をあげて笑い出した。

何がそんなにおかしいのか腹を抱《かか》えていたが、ノックの音がしたのでようやく笑うのをやめた。くっくっと肩《かた》を震《ふる》わせながら立ち上がる。

「残念だけど時間だ。続きは汽車の中で話そう」

いつもの表情で言うと彼は扉《とびら》へ向かう。ただの冗談だったのかは最後までわからなかった。扉が閉まるのを見届けると、有紗はお茶を一口飲んだ。落ち着こうとしたけれど、カップを持つ指はわなわな震えている。

はーっと大きく息をはき、由希人の残したカップをにらむ。あんな悪党を前に大人しくしていなければならないのがこんなにも苦痛だとは。

しおらしい態度でいたのを彼がどう思ったのかはわからない。だが、取り引きに応じたことは意外に思いつつも信じたようだった。

(これで屈《くっ》したと思ったら大間違いよ。絶対に許さない。悪は罰《ばっ》せられるべきだわ!)

怒りに燃えながらも、自分に活を入れるように有紗は勢いよくお茶を飲み干した。

有紗の部屋を出て玄関《げんかん》へ向かうと、ついてきた部下が小声で進言してきた。

「由希人様。あの娘、少し生意気が過ぎませんか?」

車の用意が出来たと呼びにきただけでなく、しばらく聞き耳を立てていたらしい。終《しま》いのほうの会話も聞いたのだろう、腹を立てている様子だ。

「面白《おもしろ》いじゃないか。あんなお転婆《てんば》は初めてだ。ますます気に入ったよ」

前方から朔がやってきた。ちらりと視線をくれた彼に笑顔《えがお》で手をあげてすれ違うと、由希人はつぶやくように続ける。

「本気で、妻にしたくなった」

廊下《ろうか》には三日月党の連中がせわしなく行き交《か》っていた。これから念願のアリス復活にのぞむため黎明の館へ向かうということで、誰もが浮《う》き立っている。

彼らを悠然《ゆうぜん》と眺《なが》めつつ階下へ向かい、人の姿が途切《とぎ》れたところで由希人は口を開いた。

「例の件、準備は出来ているな？」

「――はっ。由希人様の号令がかかればいつでもよいとのことです」

低く答えた声に、賞賛の色が加わる。

「それにしてもお見事な計略です。三日月党を出し抜《ぬ》いて途中《とちゅう》であの娘を連れ出すとは。まさか汽車の中でそれをなされるとは誰も思いもつきませんでした。さすがは由希人様です」

由希人は微笑み、部下が開けた玄関扉から外へ出た。

そう、誰も思いつくまい。三日月党はもちろん、当の有紗も。

どうにかしてこちらを御《ぎょ》してやろうと躍起《やっき》になっていた彼女を思い出し、含《ふく》み笑いしながら自動車に乗り込む。

彼女の祖母であるアリスは、かつて女王と呼ばれていたそうだ。ならば今は有紗が新しい女王様というところか。

(女王を救い出して手に入れるのは騎士《きし》じゃない。王である僕なんだよ)

館《やかた》になど連れていかせるものか。その前に、彼女も桜の書も、すべて自分のものにする。

玄関から桜色に身を包んだ有紗が現れる。由希人はにこやかに彼女を見つめた。

時宮家の自動車は変わった造りをしていた。運転席と後席の間は板で仕切られており、さらには窓に厚いカーテンがかけられている。由希人いわく「内密の話をするには絶好の場所なんだよ」とのことだが、窓からの景色が見られないのは手痛い誤算だった。

結局、どこの駅に着いたのかもわからぬまま、構内に入ったのも裏口から特別に通されて、やっと人通りのあるところに出たと思った時には目の前に列車が停車していて——由希人とその護衛たちに囲まれるようにしてそれに乗り込むことになった。

(黎明の館から脱出する時のためにも、万が一地下室の方たちを助けられなかった時のためにも、正確な場所を把握《はあく》しておきたかったんだけど……。この人たちもさすがに甘くないのね)

生け贄《にえ》が逃げ出さないかと向こうも最大限に警戒《けいかい》しているようだ。

有紗たちが乗ったのは、機関車の二つ後ろの客車だった。ホームには大勢の人々があふれていたが、車内は閑散《かんさん》としていた。時宮家が列車の半分を貸し切っているのだという。

「ここに乗るのは僕と君と僕の部下、それに三日月党の幹部が数人ほどかな。あとの者は後ろの客車に分散している。他の乗客と何かもめたりしたら面倒《めんどう》だからね。ここまで来て警察でも呼ばれちゃあたまらない。中には荒《あら》っぽい者もいるようだし」

「……どこまで汽車で行くんですか？」

車窓へ目をやったが、人が多い上に、有紗の座席からは死角になっていて駅名の看板は見えない。ただ、様子からしてかなり大きな駅なのはわかった。

「悪いね。それは教えてあげられないんだ」

「なぜです？」

「叱《しか》られてしまうからさ」

由希人がそっと目線を流す。離《はな》れた席に朔と数人の男がいるのが見えた。彼らに口止めされているということらしい。

「そんなに怖《こわ》い顔をしないでくれ。どのみち君は知る必要がないことなんだから」

その言い方が妙《みょう》に引っかかった。有紗は眉《まゆ》をひそめて由希人を見つめた。

不安と焦《あせ》りを見抜いたかのように由希人がゆったりと微笑む。

「約束は守るよ。ただ、君は知らなくていい。行き先を知らなくても問題はない、ということだよ」

「……」

謎《なぞ》かけのような言葉と余裕の笑みを、有紗はじっと観察する。

一際《ひときわ》高い汽笛の音が鳴り響《ひび》き、大きく揺《ゆ》れた後、列車はゆるゆると動き出した。

時宮邸《てい》を出た件《くだん》の跡取《あとと》り息子《むすこ》は市内にある別荘《べっそう》へ向かったという。一報が入るなり駆《か》けつけたが、一足遅《おそ》くすでにもぬけの殻《から》だった。

何やら気色の悪い屋敷《やしき》、というのが伏見の言である。

「おかしな写真に鏡張りの迷路《めいろ》に、よくわからない機械の収集物……。時宮由希人というのは相当な変わり者のようですね」

別荘内は彼が手配した部下たちがくまなく捜索《そうさく》した。その結果わかったのは、おそらく三日月党に関《かか》わるであろう書物や証拠《しょうこ》物が持ち出されたこと。そして若い女性が滞在《たいざい》していた痕跡《こんせき》があることだった。

軍の基地で最後に見た時に有紗が着ていた着物が発見されたのだ。それを確認《かくにん》したのは他《ほか》でもない京四郎である。

ここからどこへ連れ出されたのか。あらゆる手段を使って調べさせた結果、意外なことがわかった。

「汽車で西に向かうようですが、さて、どこで下りるつもりなのか」

時宮家の名で貸し切りにされた列車があるという。名古屋《なごや》までの料金が支払《しはら》われているが、その間の駅で下車する可能性もある。

【闇《やみ》】に捕《と》らわれたのに列車で移動するのは不可解だが、しかしこれは好機だ。黎明の館に連れていかれる前になんとしても彼女を取り戻《もど》さねばならない。

聞くなり車に乗り込み、京四郎はエンジンをかけた。追ってきた伏見も乗り込んでくる。

「どうするつもりです、京四郎さん」

「どうもこうも、追いますよ」

京四郎は伏見が持っていた書き付けを取り上げた。列車の発車時刻も記してある。

「飛ばせば間に合います」

「でももう出発していますよ」

「だから飛ばすんですよ」

何も駅に行く必要はない。発車時刻から計算すればどのあたりを走っているのかはある程度は予測ができる。

意味がわかったのか、伏見は二、三度瞬《まばた》き、やれやれと車窓の外を見た。

「聞かなかったことにしますね」

街中を暴走すると宣言したも同然の運転手を前に、警官として苦渋《くじゅう》の選択《せんたく》をしたようだ。

車輪を軋《きし》ませながら自動車が別荘の門を飛び出す。慌《あわ》てたように他の車も追ってきた。

「しかし、追いついたとしてどうやって汽車を止めるんです？　大砲《たいほう》でも持ってきますか」

座席につかまって揺れを堪《こら》えながら伏見がぼやいた。前を向いたまま京四郎は応じる。

「いいですね」

「冗談《じょうだん》ですよ」

「大佐《たいさ》に連絡《れんらく》してみます」

真顔での答えに、伏見がまたも絶句した。彼にとっては軽口のつもりだったのだろう。

今日の東京は、まるで小雨時のような薄曇《うすぐも》りが広がっている。

京四郎は列車の経路を思い描《えが》きながら、西へ向かって車を走らせた。


市街地を抜けると田園風景が広がった。ぽつぽつと見える家屋が窓の外を流れていく。

有紗はなんともいえない不安を抱《かか》えつつそれを眺《なが》めていた。

不穏《ふおん》な空模様がますます心細くさせる。それでも、外を見ていなければ気が紛《まぎ》れなかった。

どこへ向かうのかも知らされず、車内には敵の男ばかり、しかも逃げないようにと監視《かんし》されているのだ。

(里子さまは大丈夫《だいじょうぶ》かしら。後ろの客車に乗ってらっしゃるようだけど)

とても怖がっていたし、有紗も一緒《いっしょ》にいたいと訴《うった》えたのだが、あえなく朔に却下《きゃっか》された。結託《けったく》されては面倒とでも思ったのだろう。

車内は沈黙《ちんもく》に包まれていた。誰《だれ》もが無言で、ただただ車輪の音が響いている。

(いやに静かだけど、まさかこの人も緊張《きんちょう》しているなんてことがあるのかしら)

通路を挟《はさ》んで斜《なな》め前の席に座った由希人を、ひそかに盗《ぬす》み見てみる。

窓側の席にもたれて景色に目をやっている彼は、何か考え事でもしているようだ。出発してしばらくは一人で楽しそうにしゃべっていたが、さすがに飽《あ》きてしまったのか。

どれくらいそうして時間が過ぎただろう。

突然《とつぜん》、大きく車体が揺れた。

「――なんだ？」

「どうした⁉」

三日月党の幹部たちが緊迫《きんぱく》した声をあげた時、再び轟音《ごうおん》とともに大きな揺れがあった。

どこかにつかまっていないと転んでしまいそうなほどの衝撃《しょうげき》に、一気に動揺《どうよう》が走る。

幹部の一人が席を立ち、後続の客車のほうへ向かった。客車同士は連結しているが、行き来するには一旦《いったん》外へ出なければならない。扉《とびら》の開く音と、風の鳴る音が続いたが、やがて鋭《するど》い声が響いた。

「朔様！　敵襲《てきしゅう》のようです！」

幹部たちが一斉《いっせい》に立ち上がる。

「交戦しているようです、いかがしますか⁉」

朔の指示があったのだろう、幹部たちが客車を駆け出して行った。一人残った男が連絡役のようで、朔の傍《そば》に控《ひか》えている。

有紗は固唾《かたず》を呑《の》んで見ていた。三日月党の敵というからには、軍や警察ということになるが
――。

（もしかして、京四郎さんじゃ⁉）

時宮家が半分貸し切りにしていても、元はごく普通《ふつう》の列車である。理由もなく誰かに襲《おそ》われるはずがない。なんらかの方法で有紗が乗っていると知った者が助けにきたと考えるのが妥当《だとう》だ。そして京四郎ならそれをやるのではという予感があった。

どうなっているのかと後ろの客車のほうをうかがっていると、ふいに手をとられた。

見上げると、由希人が冷静な顔で立っていた。

「ここは危険だ。前へ移動しよう」

「えっ。でも」

「烏丸君、後は任せたよ」

後方に向かってそう言うと、彼は返事も待たず踵《きびす》を返す。有紗は迷ったが、手を引かれて促《うなが》され、仕方なく従った。

走る汽車の中にいるのだから外へ連れ出されるということはないし、逆に言えばどの客車にいたとしてもきっと見つけてもらえるはず。そのことが気を緩《ゆる》ませたのかもしれない。

由希人の護衛が客車の扉を開けると、途端《とたん》にすさまじい風が吹《ふ》き付けた。髪《かみ》も着物の袖《そで》も激しくはためき、とても目を開けていられない。

(嘘《うそ》……ここを渡《わた》るの!?)

護衛と由希人の後ろ姿を見ながら青ざめていると、背中を固い物で突《つ》かれた。びくっとして振《ふ》り向けば、さっさと行けと言いたげに背後の護衛が見ている。有紗は唇《くちびる》を噛《か》み、おそるおそる足を踏《ふ》み出した。

突風《とっぷう》の中を生身のまま進むのは、予想以上の恐怖《きょうふ》だった。幸い足場はしっかりしていたので、目をつぶったまま手すりにつかまって進む。なんとか前の客車に移った時には、その安定した空間との落差が激しすぎて、思わずその場に座り込んでしまった。

(はあ……。怖かった……!)

何が悲しくてこんな冒険《ぼうけん》活劇めいたことをしなければならないのか。

近くの座席まで這《は》うようにして移動し、寄りかかって息を整えていたが、後ろで大きな音がしたので驚《おどろ》いて振り返る。

扉が閉まった音かと思いきや、まだ開いている。だがそこから見える景色がおかしい。ちょうど線路が曲線の地点にさしかかっていたのでその異様さはすぐわかった。

後続の列車が、遠くに離れていくのだ。

(――え?)

扉が閉められた。途端に何事もなかったような元の静けさが戻ってくる。

「由希人様。手はず通り済みました」

「ああ、ご苦労」

護衛の報告を当然のような顔で受けた由希人が、にっこりと笑《え》みを向けてくる。

「うまくいってよかった。これでもう三日月党は君に手を出せない。このまま僕が守ってあげるから安心しておいで」

有紗はぽかんとして彼を見上げた。どういうことなのか咄嗟《とっさ》にわからなかった。

後続車を切り離したのはこの目で見たから理解できる。あれに乗っていた三日月党は取り残され、機関車に連結したこの客車にはすぐには追いつけない。このまま汽車が走れば遠くまで逃《に》げることも可能だ。

「襲撃《しゅうげき》を利用して、わたしを逃がしたということ……？」

客車を移る時、朔は止めなかった。おそらく不測の事態が起きた時のために空の客車を押さえておき、そこに移動することになっていたのだろう。まさかそこで由希人が三日月党を切り捨てるとは思いもせずに。

由希人はへたり込んだままの有紗を抱えるようにして座席に座らせると、向かいに自身も腰《こし》を下ろした。

「というより、襲撃なんかなかったのさ」

「……なかった？」

「腕自慢《うでじまん》の者たちを差し向けて、思い切り騒《さわ》ぎを起こせと言ってやったんだ。三日月党の連中をちょいと懲《こ》らしめてやれってね。まだしばらくは足止めしてくれると思うよ」

「……」

「このままもう少し走って、連中が追いつけないと確信できるところで汽車を降りよう。そこで車に乗り換《か》えて、くるっと回って東京に戻《もど》るというわけだ」

人差し指を回してみせ、彼は微笑《ほほえ》む。

見つめていた有紗は、すっと血の気が引くのを感じた。

このまま東京へ戻る？　では黎明の館にいる女性たちはどうなるのか。三日月党と一緒にいる里子は？　捕《つか》まったままの孝介は？

有紗に逃げられたことで激高した朔たちが、彼女たちに何をしでかすか——。

「——止まって！　戻ってください！」

思わず立ち上がっていた。そんなことは不可能だとわかりながらも叫《さけ》ばずにいられなかった。

「みんな助けるのが条件だと言ったのに！　約束を破るんですか⁉」

きっと初めからそんなつもりなどなかったのだ。由希人が欲しいのは桜の書と桜川の娘《むすめ》だけ。それを三日月党から奪《うば》うことだけを考えていたのだろう。

怒《いか》りに震《ふる》える有紗を、由希人は鷹揚《おうよう》に見つめている。

「誤解だよ。助けないとは言ってないだろう？　あの館《やかた》はもともと時宮家のものだし、三日月党なんて追い出せば済む話だ。その後で地下室の娘たちを助けてやればいいじゃないか」

「それじゃ遅《おそ》いわ！　この腹いせにあの方たちが何をされるか……っ。それに、解毒薬を持っているのは烏丸朔だけだと言ったのはあなたでしょう？　それを手に入れないと助けることはできないのに！」

「そんなもの、桜の書を見ればいくらでも作り方が書いてあるんじゃないのかい？　何しろ至高の魔術《まじゅつ》書だもの。そうだ、時宮の製薬会社で作ってあげるよ」

「ふざけないで！」

取り引きをしたつもりだった。うまく操《あやつ》れるはずと思っていた。けれど相手は一枚上手だった。ここまで用意周到《よういしゅうとう》なのだから、おそらくずっと前から計画していたのだろう。

自分が甘すぎたのだ。嫌《いや》になるほど思い知らされて、悔《くや》しくて涙《なみだ》が出そうになる。なんとか由希人をにらんでそれを堪《こら》えると、有紗は踵を返して走り出した。

客車の前方にある窓に飛びつき、力を込めて開けようとしたが、追ってきた護衛たちに阻《はば》まれた。

「放してっ！　――汽車を止めてください！　お願いです！」

機関車に向けて必死に叫んだが、もちろん聞こえるはずもない。

「乱暴はよせ。僕の妻になる人だぞ」

憐《あわ》れむような声が近づいてくる。護衛たちに振り向かされた有紗に、彼は言い聞かせるように言った。

「言ったはずだよ。僕が一番大事なのは君の命だ。黎明の館に出向いてむざむざ危ない目に遭《あ》うことはない」

「わたしは一人だけ助かりたいなんて思ってないわ！　自分だけ安全なところに連れていかれても、みんなを助けられないなら意味がないのに……！」

このままいけば最悪の事態になってしまう。人質《ひとじち》たちを救うこともできず、桜の書を取り上げられて――。

（時宮家がわたしと引き換えに要求すれば、軍や京四郎さんも桜の書を渡すかもしれない。そうなったら、わたしは……）

桜川家の生き残りとして守っていかねばと決意したのに、自分のせいですべてを台無しにしてしまうのか。

有紗の必死の訴《うった》えにも、心を動かされることはなかったらしい。由希人は軽く肩《かた》をすくめ、護衛たちを一瞥《いちべつ》した。

「小一時間ほどで列車を止めるよう伝えろ。それまでお嬢《じょう》さんを丁重《ていちょう》にもてなせ」

護衛の一人が機関車のほうへ駆《か》けていく。咄嗟に追おうとした有紗を、由希人はやんわりと身体《からだ》で遮《さえぎ》った。

「痛い思いはさせたくないんだ。いい子だから大人しくしていておくれ」

まるで子どもをあしらうようにそう言うと、彼はゆったりと座席に腰を下ろした。この状《じょう》況《きょう》で何ができるはずもないとわかりきった、余裕《よゆう》の表情だ。

有紗は護衛たちに囲まれ、追い立てられるように隅《すみ》の座席に座らされた。彼らが壁《かべ》のように立ちはだかったため、ろくに身動きもできなくなってしまう。

機関車へ行った護衛が戻ってきたのが彼らの合間から見えて、嫌な汗《あせ》が浮《う》かんだ。

(このままじゃあの人の思い通りになってしまう。どうしたらいいの⁉)

指輪は今も沈黙《ちんもく》したままだ。それを見下ろし、有紗は唇を噛んだ。

車窓から見える景色がゆるやかに流れていく。時折田んぼや道に現れる人の顔がわかるくらいまでになっている。

速度が落ちているのは明らかだった。

三日月党の乗った客車を切り離してからもうかなり走ったはずだ。その間、有紗は拘束《こうそく》はされなかったものの座席の隅に詰《つ》められ、動けずにいた。

「由希人様、もうまもなく停車するはずです」

護衛が報告したのが聞こえ、ぎくっとしてそちらを見る。

『東京へ戻ったら、ほとぼりが冷めるまで身を潜《ひそ》めよう。君の安全のためにね』

先ほど言われた言葉がよみがえり、歯嚙《はが》みしながらあたりをうかがう。このままついていく義理はない。車に乗せられる前に逃げなければ。

(列車が止まりそうなくらいゆっくりになれば、窓から逃げ出せるかも！　でも、どうやって開ければ……)

そもそも開くのかとどきどきしながら、そっと窓に目をやる。

窓の外、列車と平行している道路を、一台の黒塗《くろぬ》りの自動車が走っていた。なんとなく有紗はそれを見たが、すぐに異変に気づいた。

速度を落としているとはいえこちらは汽車だというのに、ほぼ同じくらいの速さで走っているのだ。というより、おそらく相当飛ばしている。

まるで列車と競走するかのようなそれを怪訝《けげん》に思って見つめたが——。

窓からのぞいた顔を見て、一瞬《いっしゅん》思考が止まった。

（――――えっ？）

運転席からこちらを見ている若い男。長い前髪《まえがみ》が風にはためき、顔を見え隠《かく》れさせている。

有紗はあんぐりと口を開けてそれを見ていた。

（え？　えっ、何？　――京四郎さんよね？）

夢でも見ているのかと目をこすってみたが、やはり彼はそこにいる。おそらくは猛《もう》速度で車を走らせながら、こちらを見て何やら手振《てぶ》りをしている。

有紗はなおも啞然《あぜん》としていたが、彼が何をしているか気づき、目を凝《こ》らした。

（……『どこかに摑《つか》まれ』って言ってる？）

一体何をするつもりなのかなんて考える余裕はなかった。咄嗟《とっさ》に前の座席に両手をやる。向こうからもそれが見えたのだろうか。直後、車は急加速して視界から消えた。

突然《とつぜん》、激しい汽笛が鳴った。たたきつけられるような圧力がかかり、護衛たちが悲鳴とともに通路に転がっていく。

「――何事だ!?」

由希人の緊迫《きんぱく》した声が響《ひび》き――やがて、汽車は完全に停車した。

「誰《だれ》か、機関車へ行け！　状況を報告しろ！」

苛立《いらだ》ったように由希人が叫び、護衛がよろけながら駆けていく。

有紗は座席にぶつかりながらもなんとかしがみついていた。列車が急ブレーキをかけたのだということは嫌でもわかったのだが――。

（……まさか……）

どたばたと慌《あわ》ただしい足音とともに護衛が戻ってくる。一緒《いっしょ》にいるのは機関士だろうか。

「申し訳ありませんっ！　じ、実は、並走していた自動車が突然進路を変えて、機関車の前を横切ろうと飛び出してきたんです。なんて狼藉《ろうぜき》だ、脱線《だっせん》しなかったのが奇跡《きせき》ですよ！」

動転した様子の機関士の報告に、誰もが息を呑《の》む。有紗は真っ青になって口を押さえた。

（やっぱり！）

急加速で見えなくなった直後のこの事態だから、何かやったのだとは思っていた。だがよもや機関車の前に飛び出したとは。体当たりで止めようとでもしたのだろうか。

（もしぶつかってたらどうするの!?　速度は落ちてたけど無事では済まなかったはずよ。だいたい、車で線路に突入《とっにゅう》していくなんて聞いたことないわ。柵《さく》や盛り土だってあったでしょうに、一体どうやったっていうの!?）

なんの身構えもしていなかった護衛たちは無防備に床《ゆか》にたたきつけられたのだろう。うめき声をあげる彼らを由希人が呆然《ぼうぜん》と見回している。

「まさか、三日月党の追っ手……？　いや、あの状況ですぐに追いつけるわけがない。あれは連中にとって不測の事態だったはずだ。となると……考えられるのは軍が嗅《か》ぎつけたというあたりか」

ぶつぶつ言いながら考え込んでいた彼が、ふと皮肉な笑《え》みを浮かべた。

「姫君《ひめぎみ》の騎士《きし》の登場というわけだ」

有紗はどきりとする。京四郎のことを気づいているとは思えないが、何か嫌な予感がした。今までの道楽息子《むすこ》然としたものではなく、危険な匂《にお》いを感じる。同じ笑顔のはずなのに――。

彼は車窓の向こうを見やり、また目を戻《もど》した。

「軍に取り囲まれている様子はないが、もしそうだとしても君を返すわけにはいかない。取り引きはまだ有効だろう？」

暗に、人質を見捨てるのかと言われた気がした。有紗はキッと彼を見返す。

「もちろんです。あなたが裏切ったのでなければですけど」

「だから誤解だと言ったろう？　君を三日月党から隠すためにやっただけなんだから。事が終われば地下室の娘《むすめ》たちを救いに行くよ。約束する。もちろん、君の意志が変わらなければだけどね」

たとえ軍が武力で有紗を取り戻しに来たとしても、当の有紗が拒否《きょひ》すれば力ずくで連れていくことはできない。だから自分に従うことを今一度誓《ちか》えと言いたいのだろう。そうすれば彼は――時宮財閥《ざいばつ》は国家犯罪者にはならず、公式に魔術《まじゅつ》書を手に入れることができるのだから。

彼の思い通りにはさせない。けれど人質を取り戻すまでは欺《あざむ》き通さなければならない。有紗は迷わなかった。

「わたしの意志は変わりません。こちらの条件を呑んでいただければ、あなたに従います」

「本当かな。口八丁で僕を言いくるめて、助けが来たらさっさとそちらへ行ってしまうんじゃないのかい？」

　こんな襲撃《しゅうげき》を受けて焦《あせ》りがあるはずだ。だから軽口めいて言いながらも最後通告を出している。この場で何を選ぶか、見極《みきわ》めようとしている。

　有紗は、由希人の目を見つめて応《こた》えた。

「たとえ軍の助けが来たとしても、ついていったりはしません。軍人さんにはきっと地下室の方たちは救えませんから」

「解毒薬のことか。あくまで彼女たちを優先すると？」

「その責任があります。桜川の娘なんですから」

「優《やさ》しいね。なんて清らかな心根だ。感動してしまうよ」

　大げさな調子で言いながらも、彼もじっとこちらを見ている。

「しかし、僕が烏丸君から解毒薬を奪《うば》うのに失敗したら、さぞかし軽蔑《けいべつ》するだろうね」

「軽蔑だなんて」

　有紗は表情を変えず、小さく首を振《ふ》る。まっすぐ彼を見つめて。

「その時は、あなたに見切りをつけて自分で奪いにいくだけです」

「君が？」

「ええ。あなたと手を組んだのは生き残るため、それだけの理由です。あなたを芯《しん》から当てにしているわけではありません。あなたが役立たずとわかったら、もう用はございませんわ」

　彼は地下室の女性たちのことなどどうでもいいのかもしれない。解毒薬を奪うつもりもないのかもしれない。だがそこをうやむやにされるのは許せない。やるつもりがないのなら手を切るのだと、これはこちらからの最後通告だった。

「桜の書を継承《けいしょう》する者の夫になりたいのなら、その責任を果たしてください。人造魔術の犠牲《ぎせい》になった人たちを救えないというなら、あなたにその資格はないわ。なぜならわたしが絶対に許さないから」

彼に少しでも良心があるのなら。いや、いっそ気まぐれであってもいい。地下室の彼女たちを助けられるなら、理由はなんだっていいのだ。その後のことは自分がどうにかしてみせる。

これが最後の一押しだと思うと、知らず鬼気迫《ききせま》る表情になっていたかもしれない。有紗は一歩踏《ふ》み出した。

「さあ、どうなさるの？」

由希人は真顔になっている。黙《だま》り込んだ彼に代わり、傍《そば》にいた護衛が忌々《いまいま》しげに口を挟《はさ》んだ。

「生意気な。所詮《しょせん》は死ぬのを恐《おそ》れて話に乗っただけなのだろうが、小娘が」

有紗はじろりと男に目をやる。

「部外者は引っ込んでくださいます？　死ぬのが怖《こわ》くて何が悪いの？」

「何っ」

「死んだらすべてそこで終わりだわ。だから簡単には死にたくない。誇《ほこ》りを守るために死ぬより、恥《はじ》をさらしても生き延びて、それから誇りを取り戻す努力をする。そういう選択《せんたく》をしただけです」

一晩考えて考えて——そして出した結論だった。自分の無力さに押しつぶされそうで、死ぬのも怖くて。父の言葉、そして京四郎の言葉を何度も嚙《か》みしめて涙《なみだ》に暮れながら考えた末に、諦《あきら》めるのをやめた。自分には何もできないなんて思うこと自体が甘かったのだ。

自分を第一に考えろという言葉は枷《かせ》だと思っていた。だが最後はそれが心を決めさせた。

（そうよ、わたしはこうしたいのよ。どちらか一方じゃなくみんなを守るわ！）

桜の書も人質《ひとじち》の皆《みな》も、どちらも渡《わた》さない。そのために敵だろうが利用してやると。

由希人に人質を助けさせ、無事を確保したらそこで取り引きは強制終了《しゅうりょう》だ。桜の書は絶対に渡さない。自分は簡単には解放されないだろうが承知の上だ。世間から叩《たた》かれようと恥《は》ずかしい思いをしようと、なりふり構わず逃《に》げ出して糾弾《きゅうだん》してやる。

見据《みす》える有紗を黙って見ていた由希人が、くっ、と肩《かた》を揺《ゆ》らして笑った。

「……参ったね。本当に手放したくなくなってしまった」

手で口元を覆《おお》い、愉快《ゆかい》そうな目をこちらに向ける。

「気の強い女は嫌《きら》いだが、君はいいな。筋が通っていて面白《おもしろ》い。解毒薬だろうと何でも言うことを聞いてやりたくなる」

「他《ほか》のことには興味はありませんわ」

「つれないな。欲しいものをなんでもやると言っているのに」

「そう思うなら、あなたの計画を一旦《いったん》中止してください。何かの間違《まちが》いだとか弁明して、三日月党とまた合流しましょう。それで黎明の館に——」

「そんな余裕《よゆう》はないよ。すぐにこの場を離《はな》れるぞ」

護衛にそう言って、彼は踵《きびす》を返して行ってしまおうとする。有紗は夢中で追いすがった。

「待って！　まだ話は――」

由希人が振り返る。いきなり腕《うで》をねじるようにつかまれ、有紗は驚《おどろ》いて立ちすくんだ。

「困ったな。乱暴なことはしたくなかったのに」

「!?　――痛っ！」

そのまま後ろに手を回され、別の護衛に拘束《こうそく》されてしまった。手首にぎりぎりと縄《なわ》が食い込み、その痛みと荒々《あらあら》しさに血の気が引いた。

「君は元気がすぎる。このままどこかへ行かれちゃたまらない。東京に着くまでこうして繋《つな》いでおくとしよう」

先刻までの笑顔とは別人のように冷たい目をして、由希人が見下ろしている。

「構わないだろう？　僕の妻になると約束したんだから」

笑顔で塗《ぬ》り固めた仮面が剝《は》がれ落ちたような――。

豹変《ひょうへん》した彼を見上げ、有紗は青ざめつつも悟《さと》った。

彼が女性たちを憐《あわ》れに思ったのは噓《うそ》ではないのだろう。でもそれは〝優しさ〟ではなかった。

暴力で解決したり血で汚《よご》したりということに眉《まゆ》をひそめる階級の人間だというだけなのだ。

本当に憐れと思ったならいくらでも助ける機会はあったはず。里子だって家に帰すこともできたはずだ。でもそうしなかった。結局はそれが彼の真の心根なのだ。

記録映画の中で見た表情を信じたかった。そこに賭《か》けたかったのに、見誤った——。

どん、と後ろから護衛に押された。不意を衝《つ》かれたのとそんな扱《あつか》いをされたショックとで、よろよろと転びそうになった時だった。

轟音《ごうおん》とともに、客車の後ろの扉《とびら》が開いた。——いや、吹《ふ》っ飛んだ。

「——!?」

全員がぎょっとする中、扉のあった空間から突風《とっぷう》が吹き込んでくる。

嵐《あらし》のようなすさまじい風とともに、黒い影《かげ》が入ってきた。

マントと髪《かみ》がはためくのも構わず、ゆっくりと靴音《くつおと》を響《ひび》かせながら——。

「誰《だれ》だ、貴様は!?」

由希人の誰何《すいか》に、影が顔を上げる。

上から見下ろすようなまなざし。心なしか青く光って見える瞳《ひとみ》。渦巻《うずま》く風の中、不吉《ふきつ》なものを感じさせる黒ずくめのいでたち。

後ろ手に縛《しば》られた有紗と、その腕をつかんだ由希人を睥睨《へいげい》して——。

「お嬢様《じょうさま》の下僕だ」

相変わらず無表情に、京四郎はそう言った。

「……おまえか。機関車の前に飛び出したとかいう車の運転手は」

由希人はあからさまに不愉快な表情を浮《う》かべている。ただ、客車内に吹き荒《あ》れる風には動揺《どうよう》しているようにも見えた。

当の風を巻き起こしているであろう本人は、至って冷静な様子で答えた。

「大砲《たいほう》を調達する暇《ひま》がなかったのでね」

「ふっ。それで大砲代わりに自分で汽車を止めたと？　正気の沙汰《さた》じゃないな。そこまでして追いついてきたということは、目的は彼女か？」

「他にあるなら教えてもらいたい」

ポケットに手を突っ込んで気だるげに応じる京四郎を、じりじりと護衛たちが取り囲む。

だが彼らが銃《じゅう》を構えるより京四郎が動くのが早かった。立て続けに銃声が響き、護衛たちは次々にその場に倒《たお》れた。

床《ゆか》に転がってうめく護衛らを由希人は驚愕《きょうがく》して見回し、京四郎に目を戻《もど》す。憎々《にくにく》しげににらみつけていたが、ふと眉を寄せた。

「その顔……見覚えがある。確か烏丸侯爵《こうしゃく》の名代で夜会に来ていた……」

「……」

「そうだ……、烏丸朔の義理の弟だな？」

息を詰《つ》めるように見守っていた有紗は、ぎくっと身じろぎした。

（京四郎さんを知ってる？）

反応したのに気づかれたらしい。由希人は少し黙った後、ふっと口端《こうたん》をつり上げた。

「なるほど。おまえがお姫様《ひめさま》の騎士《きし》というわけか。こんなところまでわざわざご苦労なことだ」

「……きゃっ！」

肩を引き寄せられ、有紗はよろけた拍子《ひょうし》に由希人の胸に飛び込むようにしてぶつかった。すかさず由希人がそれを抱《だ》き留《と》める。

「しかし残念だったな。いや、ちょうどいいところに来たと言うべきか？　たった今、彼女に求婚《きゅうこん》して答えをもらうところだったんだ。親の決めた許嫁《いいなずけ》とはいえ、気持ちを確認《かくにん》しあうのは大事だろう？」

挑発《ちょうはつ》するかのように由希人は言ったが、京四郎は興味がなさそうな顔だ。

「外で全部聞いた。汽車の扉を開けるのに少し手こずったのでね」

急停車させてから扉が開くまで時間が空いたと思ったら、そんなことがあったらしい。どことなく不機嫌《ふきげん》そうに見えるのはその〝労働〟のせいだろうか。

「部外者に宣言することでもないが、彼女をとても気に入った。東京に戻ったら僕の妻にする。もちろん文句はないだろう？　彼女も承知の上のことだ」

彼を政府や軍の手先とでも思っているのか、由希人が勝ち誇ったように言い放つ。有紗の承諾《しょうだく》があるのだから手出し無用とでも言いたげに。

対する京四郎は、今にも聞き流してどこかへ行ってしまいそうなほど冷めた顔をしている。

「口説き文句にも気づかない子どもを口説いて楽しいか？　随分《ずいぶん》そっけないな。大事なお嬢さんじゃないのか？」

「大事といっても程度がある」

面倒《めんどう》くさそうに応じる彼を有紗ははらはらしながら見ていた。なぜなのか、彼は一度もこちらを見ようとしない。

「彼女と取り引きをしたんだ。桜の書を渡せば人質は全員帰す。ああ、人質というのは三日月党が攫《さら》ってきた娘《むすめ》たちのことだ。連続神隠《かみかく》し事件と言ったっけ？」

笑《え》みを向けて確認してきた由希人に、はっと有紗は我《われ》に返った。

「嘘です！　この人は人質のことなんて考えていません、桜の書だけが目的なんです！」

「それは誤解だと言ったろう？　まったく、血も涙《なみだ》もない男のように言ってくれる」

由希人は苦笑《くしよう》し、片手を上げた。

拳銃《けんじゆう》が握《にぎ》られていた。それが自分のこめかみに当てられるのを、有紗は目を見開いて見つめる。

護衛たちがやられたというのに焦《あせ》っていなかったのは、自身も武器を持っていたからだったのだ。

「桜の書を渡せ。持ってきたんだろう？」

見せつけるように銃口を軽く揺らし、由希人が微笑《びしよう》のままで言う。

「もちろん、その銃を捨ててからだ」

有紗は血の気の引く思いでその言葉を聞いていた。銃を向けられていることよりも、これから起こるであろうことのほうがよほど恐《おそ》ろしかった。

自分の身柄《みがら》と引き換《か》えに、人造魔術《まじゅつ》の奥義《おうぎ》書を要求される。最悪の事態がとうとう現実になってしまったのだ。

京四郎は身じろぎもせずこちらを見ていたが、おもむろに懐《ふところ》に手を入れた。

客車内に吹きすさんでいた風が、ふっと止《や》んだ。

「……渡《わた》すから、彼女を離せ」

由希人の顔に勝利の笑みが浮かぶ。

「武器を捨てろ」

京四郎は躊躇《ためら》いなく銃を放《ほう》りやった。足下《あしもと》に滑《すべ》ってきたそれを由希人が靴裏《くつうら》で止める。

「じゃあ、次は桜の書だ。そこの座席に置け」

京四郎が懐から取り出した冊子をこちらに掲《かか》げて見せた。たまらず有紗は叫《さけ》んだ。

「だめですっ！　京四郎さん、渡さないでください！」

「……」

「みんなが守ってきた大事なものでしょう⁉　こんな人に渡してはだめです！」

示された座席までゆっくりと近づいていった京四郎が、足を止める。

顔を向けた彼は、ようやく有紗をまっすぐに見た。

「悪いな、お嬢様。君より大事なものなどない」

彼の手を離《はな》れた冊子が、座席の上に落ちる。有紗は息を呑《の》んでそれを見ていた。

「……っ」

祖父が記し皆《みな》が命をかけて守った桜の書。それが今、敵の眼前に投げ出されている。気づくと涙があふれていた。頬《ほお》を伝っていくのを拭《ぬぐ》うこともできず、ただ見ているしかない。

（わたしのせいだわ。わたしの存在が、すべて悪いほうに向かわせてる……）

京四郎にあんな台詞《せりふ》を言わせたくなかった。言ってほしくなかった。だが彼は他《ほか》に選べなかったのだ。それもまた、自分のせい――。

「さっきまでと違《ちが》って素直《すなお》じゃないか。程度があるとか言ったのと同じ口とは思えないな」

揶揄《やゆ》するように言いながら、由希人がゆっくりと銃を構え直す。

「運んでくれてご苦労。これでお役御免《やくごめん》だ」

銃口は京四郎に向いている。桜の書も武器も手放した彼を始末するつもりだ。

見た瞬間《しゅんかん》、身体《からだ》が動いていた。有紗は渾身《こんしん》の力をこめて由希人に体当たりした。涙にくれる少女が攻撃《こうげき》してくるとは完全に予想外だったのだろう。よろめいた由希人とともに有紗は床に倒れ込んだ。

「――京四郎さん、逃《に》げてください！」

「この……っ」

怒《いか》りを帯びたうめきが耳元でしたと同時に、頭に激しい衝撃《しょうげき》があった。

「有紗！」

視界が白くなり、チカチカと明滅《めいめつ》する。なんとか目を開けようとしたが、鈍痛《どんつう》のせいか途切《とぎ》れ途切れにしか周りが見えない。

憎々しげに見下ろす由希人。銃を構えようとしている京四郎。桜の書が置かれた座席。

そして——黒いマントのような影。

「こいつ！　優《やさ》しくしてやればつけあがって、許さないぞ！　いい気になるな……っ」

怒鳴《どな》りながらこちらに銃口を向けた由希人が、ふいに前にのめった。

ゆっくり見えていた世界が急に勢いづいたように、彼が吹《ふ》っ飛んで床に転がる。

彼の背後にいたマント姿の若い男が、振《ふ》り上げていた足を下ろしながら毒づいた。

「許されないのは貴様だ。有紗に手をあげやがって……、地獄《じごく》で償《つぐな》わせてやる！」

朦朧《もうろう》としながらも見上げていた有紗は、目を瞠《みは》った。

（……お兄さま⁉）

似ているだけの別人ではない。紛《まぎ》れもない飛鳥井本人が、噛《か》みつきそうな顔をしてそこに立っていた。

京四郎だけでなく、続けて飛鳥井まで現れた。

やはりこれは夢だろうかとぼんやり考える有紗の耳に、剣呑《けんのん》なやりとりが飛び込んでくる。

「何をぐずぐずしてるんですか、有紗が殴《なぐ》られたのに！」

「君が邪魔《じゃま》したんだろう。あやうく一緒《いっしょ》に撃《う》ち殺すところだったぞ」

「やれば良かったんですよ！　有紗が縛《しば》られて捕《つか》まってるのに、よくもこんなのとのんびり会話できましたね！」

「別にのんびりはしていない。雑魚《ざこ》の分際でこんなことをしでかしたのだから、いかにして蜂《はち》の巣にしてやろうかと思案していたんだ。君さえ邪魔しなければ今頃《いまごろ》達成できていたんだが」

「はあ!?　邪魔邪魔って、自分がしくじったのを人のせいにしないでください！」

「まあまあ飛鳥井君。急に飛び出したらそりゃ京四郎さんも驚《おどろ》きますよ。一応打ち合わせしたじゃありませんか」

誰《だれ》かが仲裁《ちゅうさい》に入ったと思ったら、なんとこちらは伏見だ。慌《あわ》てて追ってきたのか軽く息を切らしているが、この場にそぐわないような温厚《おんこう》な笑みは相変わらずである。

よく見れば京四郎の持つ銃は先ほどのものと違っている。別のものを用意していたからあっさりと手放したということらしい。いやに冷静に見えたのは飛鳥井と伏見が潜《ひそ》んでいたからだったのだろう。つまりは初めからこの展開を計画していたのか――？

「それよりほら。喧嘩《けんか》している暇《ひま》があったら、有紗さんを助け起こしてあげたらどうです？」

はっとしたように京四郎と飛鳥井が視線を向けた。

先を争うようにして駆《か》けつけてくる二人を、有紗は目を凝《こ》らすように見ていた。

(信じられないけど……三人で助けに来てくださったの……？)

だが、二人の手が届きそうなほど近づいた時だった。

ガクン、と大きな揺《ゆ》れとともに、ゆっくりと列車が動き出したのだ。

何が起きたのかと誰もが動きを止めた時、突然《とつぜん》、銃声が響《ひび》いた。

京四郎たちの足下に銃弾《じゅうだん》がめり込んでいる。目の前でそれを見ていた有紗は、おそるおそる首を動かして振り向いた。

（ああ……っ！）

黒ずくめの長身の男がそこに立っていた。背後に陽炎《かげろう》のようなゆらめきを背負っている。

由希人の策略で置き去りにされたはずの朔だった。瞳《ひとみ》に浮《う》かぶのは今までよりもより暗い色――底知れない不気味さを感じ、有紗は青ざめた。

（そうだ……この人は自由自在に【闇《やみ》】を生み出せる。それを通って移動できるのよ。列車を切り離したくらいじゃ振り切れるはずがないんだわ……！）

京四郎は無言で朔を見ている。表情とは裏腹に、全身から闘気《とうき》のようなものが立ち上っているのがわかる。

飛鳥井の顔には激しい感情が浮かび、伏見も笑みを消して朔を見据《みす》えていた。

痛いほどの緊張感《きんちょうかん》の中、最初に言葉を発したのは、倒《たお》れていた由希人だった。

飛鳥井に蹴倒《けたお》されて派手に吹き飛んだ彼は、うめきながら身体を起こしたが、すぐに状況《じょうきょう》に気づいたらしい。列車がまた動き出したのと、朔がいるのを見て事態を察したようだった。

「……なるほど。君の人造魔術で動かしてるというわけだね？　烏丸君」

感心と警戒《けいかい》と半々といった様子で、なんとか笑みを浮かべようとしている。余裕《よゆう》を見せたいのだろうが、明らかに焦燥《しょうそう》していた。

（そういえば京四郎さんが仰《おっしゃ》ってたっけ。人造魔術というのは石炭みたいなものだとか……）

あれはあくまでも有紗にわかりやすくたとえてくれたのだろうが、こうして列車すら動かすことができるのだと思うと、まさに正しいたとえだったわけだ。

立ち上がろうとしながら、由希人が朔に手を上げてみせる。

「君は誤解しているかもしれないが、列車の連結を外したのはこいつらなんだ。今の今まで争っていたところでね、護衛が皆やられてしまって窮地《きゅうち》に陥《おちい》っていたんだ。君が来てくれて助かった――」

彼の掲げた手から、血しぶきが飛び散った。

由希人は何が起きたかわからないといった顔で固まったが、自身の手から噴《ふ》き出る血と銃口を向けた朔を交互《こうご》に見やり、一瞬《いっしゅん》おいて絶叫《ぜっきょう》した。

「うあああああっ！」

朔は間髪《かんはつ》を容《い》れず二発目を発砲《はっぽう》した。

膝《ひざ》を撃ち抜《ぬ》かれた由希人が悲鳴をあげてのたうちまわるのを、表情も変えず眺《なが》めている。

「貴様が桜の書を横取りしようと企《たくら》んでいることも、我々《われわれ》を利用したことも知っている」

「ちっ、違うんだ、僕はっ」

「失《う》せろ」

その一声が合図だったかのように、由希人の足下に【闇】が開いた。

瞬間、彼の姿は消えていた。まるで暗い穴に落ちたかのように。

朔の視線がちらりと動く。立て続けに【闇】がいくつも現れた。

少し離れて立っていた飛鳥井と伏見が、身構えるより早く足下《あしもと》を攫《さら》われた。【闇】がなくなった時、彼らもそこからいなくなっていた。

声をあげる間もなかった。あまりの早業《はやわざ》と容赦《ようしゃ》のなさに、有紗は慄然《りつぜん》として朔を見上げた。

(なんて人……)

京四郎を【闇】に落とさなかったのは、彼が魔弾銃《まだんじゅう》を持っているからだろう。あれの持ち主なら中から【闇】を壊《こわ》して脱出《だっしゅつ》することができる。

ではどうやって決着をつけるつもりなのか。想像しただけで背筋が冷えた。

(京四郎さん……!)

残された京四郎は銃を構え、朔を見据えている。さすがに表情が厳しかった。彼ですら阻止《そし》できなかったほどに朔の攻撃は一瞬のことだったのだ。

由希人との対峙《たいじ》は計画通りだったかもしれないが、この展開は想定外だろう。飛鳥井と伏見と共同戦線を張ることができなくなってしまったのだから。

「それが桜の書か」

朔が座席の上の冊子を一瞥《いちべつ》する。

「こちらへ寄越《よこ》せ」

京四郎は体勢を崩《くず》さないまま応じた。

「勝手に取れ。だが有紗には触《さわ》るな」

桜の書の置かれた座席は、双方《そうほう》のちょうど中間あたりにある。そして有紗もまた、その近くに倒れたままだった。

　どちらがどちらを取るにしろ、自分のいる場所まで来る必要がある。二人を近づけては駄目《だめ》だ。咄嗟《とっさ》にそう思い、必死に声を振り絞《しぼ》った。

「あなたが必要なのは桜の書じゃない、わたしなんでしょう？　アリスが復活したら真の人造魔術を生み出せる、そうですよね？　だったら桜の書はいらないはずだわ」

だから諦《あきら》めろと訴《うった》えたつもりだった。こんな駆け引きは意味がないだろう、と。

　しかし朔の答えは意外なものだった。

「アリスの人造魔術が復活すれば桜川の魔術は邪道《じゃどう》となる。邪道の魔術書はこの世に必要ない。真の人造魔術のためにここで始末する」

　有紗は目を見開き、声を呑《の》み込んだ。

　つまり朔は、桜の書を葬《ほうむ》るために捜《さが》し求めていたということなのか？

　利用するため手に入れようとする輩《やから》は論外だが、始末すると言われて黙《だま》っているわけにはいかない。祖父や父やたくさんの人たちの生きた証《あかし》でもあるのだ。

「京四郎さん、お願いです。それを持って逃《に》げてください。渡《わた》してはだめです」

　京四郎は真意をはかるようにじっと朔を見ていたが、やがて口を開いた。

「三日月党の理念と違《ちが》うようだが——まあいい。その代わり有紗には手を出すな」

「京四郎さん！」

「何度も言わせるな。君より大事なものはない」

そう言うと、彼は大股《おおまた》に桜の書に近づき、ためらいなく拾い上げて朔へと放《ほう》りやった。弧《こ》を描《えが》いて飛んだ冊子が朔の手に収まる。有紗は絶望的な気持ちでそれを見ていたが、彼が銃を構えたので、ぎくっとして振り向いた。

すぐ傍《そば》に京四郎がいた。有紗を助け起こそうと、身を屈《かが》めようとしている。

「きょ……っ！」

銃声が響き、京四郎がよろけた。

叫《さけ》ぼうとしていた有紗の耳に、立て続けに銃声が飛び込む。足をもつれさせたように京四郎が仰向《あおむ》けに倒れ込んだ。

「京四郎さんっ!!」

彼の身体《からだ》の下から血がしみ出している。これは夢ではないのだと嫌《いや》でも目に焼き付けられるような、禍々《まがまが》しい色だった。

ぐったりとした京四郎。服を、手を、床《ゆか》を、容赦なく染めていく赤い色――。

身体が硬直《こうちょく》して動けない。現実だと思いたくない。息が荒《あら》くなって溺《おぼ》れそうなくらい苦しい。歩いてきた朔が京四郎を一瞥し、有紗の腕《うで》をつかむ。引っ張られたが身体に力が入らず、立つことができない。それでも構わず引き起こされ、よろよろと立ち上がる。

由希人が倒れ、京四郎が倒れ、最終的に桜の書と有紗を手にしたのは朔になった。

（こんなことって……）

朔の肩越《かたご》しに、ゆらりと影《かげ》が立ち上る。そこに真っ暗な【闇】が出現したのを有紗は放心したように見ていた。

このまま【闇】に飲まれて連れ去られ、桜の書を葬られ、自分は殺される。最悪の結末だ。もう抵抗《ていこう》する気力もなかった。朔の手にした桜の書が涙《なみだ》でゆがんでいく。

（やっぱり、何もできなかった。京四郎さんまでこんな目に遭《あ》わせて……）

本物かどうか確認《かくにん》しようというのか、朔が無造作に桜の書を開く。感情のない目で文字を追っているようだったが――。

ひらり、と風に舞《ま》うように頁《ページ》がめくれた。

（……えっ？）

まるで見えない指がそうしたかのような動きに、思わず瞬《まばた》いた時、頁がものすごい勢いでめくれあがった。

有紗は悲鳴をあげて身をすくめた。

突風《とっぷう》とともに、そこから――桜の書の中から何かが飛び出してきたのだ。

黒い霧《きり》のようなそれがあたりに立ち込め、みるみるうちに客車内が薄暗《うすぐら》くなる。ところどころ稲妻《いなずま》のような光が走り、そのたびに座席が浮《う》かび上がった。

（……!?　違うわ、列車の中じゃない！）

覆《おお》い被《かぶ》さってくるかのような樹木の群れ。じめじめとした土の感触《かんしょく》。頬《ほお》を撫《な》でる風。不気味な鳴き声。葉擦《はず》れの音以外は聞こえない、気の遠くなりそうな深閑《しんかん》――。

いつのまにか有紗たちは、深く黒い森の中に立っていたのだ。

(もしかして、これが魔術!?)

思わず朔を見ると、彼もまた虚《きょ》を衝《つ》かれた様子で周囲を見ている。

その顔に初めて表情が浮かんでいた。驚《おどろ》きとかすかな喜びと、そして畏怖《いふ》が。

その目線がふと止まった。わずかに目が見開かれ――。

ドン、と低い音が響《ひび》き、朔の身体が後ろへ泳いだ。

彼に手を掴《つか》まれていた有紗は、その反動で尻餅《しりもち》をつく。痛みに顔をしかめたが、すぐさま首をねじって振《ふ》り返った。

(あっ……!)

倒《たお》れたはずの京四郎が、片膝《かたひざ》をついて銃《じゅう》を構えていた。

銃口から立ち上る白煙《はくえん》の向こうで、冷ややかな目が標的を見据《みす》えている。

「有紗に触るなと言ったはずだ」

どうっ、と朔が倒れこんだ。

胸を鮮血《せんけつ》が染めている。暗い空を見つめる目は見開かれ、何が起きたかわかっていないようだ。

朔の指が何かを求めるように地面を這《は》った。捜し当てた冊子をつかもうとしているのか――。

(桜の書! まだ諦めていないんだわ。取り戻《もど》さなくちゃ!)

有紗が腰《こし》を浮かせかけたのと同時に、京四郎が口を開いた。

「――――」

彼が呪文《じゅもん》のような文言を唱えた瞬間《しゅんかん》、桜の書が青い炎《ほのお》に包まれた。

「……!?」

愕然《がくぜん》と見つめる先で、みるみる炎は大きくなり――すぐに燃え尽《つ》きた。

黒い霧が消え、黒い森の風景も消える。部屋の明かりをつけたかのように光景が入れ替《か》わる。

気がつくと有紗は客車の床に座り込んでいた。

（……燃えちゃった……）

朔に奪《うば》われずに済んでよかったと思っていいのか。それとも――。

桜の書が自身の掌《てのひら》で消えたのを目の当《ま》たりにした朔は、どんな思いでいるのか。胸から流れる大量の血とそれを押さえる手の白さからして、思考ができているのかすらわからない。

ガクン、と衝撃《しょうげき》を受けるほどに汽車の速度が落ちた。

我《われ》に返って車窓のほうを見ようとした時、客車のあちこちに黒い空間が口を開けた。それは一瞬《いっしゅん》で消え失《う》せ、代わりに【闇《やみ》】に呑まれた人たちが倒れていた。

「朔がやられたせいで術が解けたんだろう。じきに列車も止まる」

振り仰ぐと、京四郎が傍に立っていた。有紗の視線に気づいてか、彼は静かに言った。

「急所を撃《う》った。もう助からない」

有紗は朔へと目を戻す。その事実をどう受け止めればいいのか、どう感じればいいのか、わからなかった。

京四郎が膝《ひざ》をつき、有紗の手首を縛《しば》っていた縄《なわ》をナイフで切ってくれる。血のにじむ傷跡《きずあと》を見て眉《まゆ》をよせた彼は、ハンカチを取り出してそこに巻いてくれた。

「他《ほか》に怪我《けが》は？」

「……大丈夫《だいじょうぶ》です。ありがとうございます……」

あまりにもいろんなことが立て続けに起こりすぎて、混乱でぼんやりしている。

たどたどしくもなんとか礼を言ったが、正面にいる京四郎の服に気づいて目をむいた。

「京四郎さんこそ！　そんな血まみれで……っ、けっ、怪我してるでしょう!?」

彼の背広もシャツの胸も真っ赤に染まっている。足下《あしもと》にも点々と血が滴《したた》っている。

そうだ、彼は撃たれたのだ。弾《たま》が命中したのも、血だまりが広がったのも見た。あれは幻《まぼろし》ではなかった。

「大丈夫なんですか、起きてていいんですかっ。どうして無事なんです!?」

取り乱す有紗を見て、ようやく彼も思い出したらしい。自身の身なりを見下ろし、ぼそりとつぶやいた。

「別に無事じゃない」

「えっ!?　で、ですよね、じゃあやっぱりお怪我を!?」

「備えをしていたから怪我はない。そこそこ痛みはあるが」

彼は胸板《むないた》を拳《こぶし》で軽くたたく。コンコンと硬質《こうしつ》な音がした。何か鉄板のようなものを入れていたということらしい。

「軍の装備を借りてきた。朔なら躊躇《ちゅうちょ》なく撃つだろうから」

やっと理解して安心しかけた有紗は、すぐに顔をこわばらせた。

備えていたということは、初めから撃たれる覚悟《かくご》だったということだろう。命はないものと思っていると鳥羽大佐《たいさ》に話していたことや、倒れた身体から血が広がっていく光景が甦《よみがえ》り、たまらない気持ちになる。

無事だった安堵《あんど》と彼へのもどかしさの反動で、思わず食ってかかった。

「何が備えですか！　撃たれるのをわかってて来たなんて、当たり所が悪かったらどうするつもりだったんですか⁉」

「朔ならまず間違《まちが》いなく心臓を狙《ねら》う。だからその周辺に装備と血袋《ちぶくろ》をつけた。もし外れても手足くらいなら動くのに問題はない」

「なん……っ、なんてこと――」

「朔を油断させるために必要だったんだ。結果的に成功したんだからどうでもいいだろう」

有紗は言葉を失った。

なんでもないような顔で彼は言うが、そんなことをさせたのは他でもない自分なのだ。

（京四郎さんはわたしを助けるために命をかけてくれたのよ。わたしが捕《つか》まらなければ、京四郎さんを命の危険にさらすことはなかった。桜の書が消えることもなかったんだわ）

彼を責める資格はない。ここまでしてくれた人に文句をつけるなんてとんでもないことだ。

（でもどうして？　どうしてそこまでするの？　自分の命が危なかったのに、どうでもいいなんて。わたしがそんなことをさせてるの……？）

「でも、わたしは……」

そんなことをしてほしいわけじゃない。そんなことは望んでいない。そう訴《うった》えたいのに言葉がそれ以上出てこない。

彼が有紗を守るのは使命感や負い目からなのだ。だとしたらきっと有紗の言葉は届かない。やめてと言っても受け入れられないのではないか。そう思ったら怖《こわ》くなってしまった。

（だから離《はな》れなくちゃいけなかったのに。こんなことになる前に……）

やはり傍《そば》にいてはいけないのだと突きつけられたようで、涙がこみあげてくる。それを堪《こら》えようとしたせいでもう何も言えなくなってしまった。

気まずい沈黙《ちんもく》をやぶったのは、誰《だれ》かのうめき声だった。

「あ……っ、いけない、助けないと」

「私が行こう」

腰をあげようとした有紗をすかさず京四郎が押しとどめた。ここで休んでいろというふうに手で示し、彼らのほうへと歩いて行く。

彼が飛鳥井を介抱《かいほう》しているのをほっとして見守っていると、物音がした。

「……！　京四郎さん！」

倒れていたはずの朔が身体《からだ》を引きずるようにして客車の後ろへ移動していたのだ。扉《とびら》のなくなったそこから飛び降りたのを、有紗は息を呑《の》んで見ていた。

客車の前方にいる京四郎を振り返ると、彼は硬《かた》い顔をしていた。

「構うな。あの身体では逃《に》げられない。後続の部隊に任せればいい」

「でも……」

別に朔を案じているわけではない。逃げられるのを恐《おそ》れているのとも違《ちが》う。あの状態を見ればぎ助からないのは明らかだった。なのに何がこんなに気に掛《か》かるのか――。

ぎくっ、として有紗は立ち上がった。

（解毒薬……！　まだあの人が持ってる！）

慌《あわ》ててあたりを見回す。撃たれた時に朔が落としてはいないかと捜《さが》したが見当たらない。

彼は撃たれた胸を手で押さえていた。あの時、妙《みょう》に片側が膨《ふく》らんでいる気がした。もしやあれが懐《ふところ》に忍《しの》ばせた解毒薬だったのかもしれない。

気づいた瞬間、駆《か》け出していた。扉のなくなった出口から外をのぞいてみる。

遠くに朔の後ろ姿があった。距離《きょり》はあるが追いつけなくはない。列車の速度はもう止まりそうなくらいゆるやかだ。

「――何をしている？」

京四郎の緊迫《きんぱく》した声が追ってくる。行動の意図を察したのだろうか。

一つ一つ確認《かくにん》していた有紗は、きゅっと唇《くちびる》を引き結び、振《ふ》り向いた。

「あの人は解毒薬を持っているんです。連続神隠《かみかく》し事件として騒《さわ》がれた方たちが、黎明の館の地下にいます。助けるにはそれが必要なんです」

「おい、よせ――」

「手に入れてきます！」

止めようとする声を振り切り、前に向き直ると、有紗は思い切って列車から飛び降りた。

いくら速度が落ちているとはいえ、まだ走行中の列車である。きれいに着地できるはずもなく、派手に地面に転がった。

「……いったぁ……」

それでもレールや枕木《まくらぎ》以外の障害物がなかったのは幸いだった。多少は足が痛むが、走れないということはない。

曇天《どんてん》の下、黒ずくめの姿が遠くの緑の木々に紛《まぎ》れそうになっている。有紗は目を凝《こ》らしながらそれに向かって走り出した。

しばらく行くと、地面に点々と血がついていた。それは線路から逸《そ》れ、盛り土を下りて平行する道路へ続いている。さらにはその向こうにある土手へと向かっていた。

（どこへ行くつもりなんだろう）

朔の姿はもうはっきり目視できる距離にあった。あれだけの深手を負っていればそう速くは走れまい。それでもどこかへ逃げようというのか。京四郎に捕まるのだけは嫌《いや》なのだろうか。

（そんなこと、絶対に許さないんだから。解毒薬を手に入れるまでは逃がさない。死なせるわけにもいかない）

懸命《けんめい》に後ろ姿を追いながら、有紗はいつからか気がついていた。

右手の指輪が――あれほど祈《いの》っても沈黙していた指輪が、赤く光っていることに。

（これがわたしのやるべきことなんだわ。今のわたしにならできるって指輪が言ってる）

魔術《まじゅつ》の犠牲《ぎせい》になった人を、魔術で悲しい思いをした人を救えという指輪の意志なのだ。

思い返せば今までもそうだった。黒鳥館では地下室の三人を。四ノ宮男爵邸《だんしゃくてい》では蒼生子を。

帝都ホテルでは菫子を。あれは単に魔術に反応していたわけではなかったのだ。そしてきっと、キネマで記録映画を見せたのも――。

土手をよじのぼると、眼下は崖《がけ》になっており、川のせせらぎが涼《すず》やかに聞こえてくる。

少し先に朔の姿があった。ふらつきながら歩く彼はかなり出血している様子だ。

「――有紗！」

大きな声が耳を貫《つらぬ》き、有紗は驚《おどろ》いて振り向いた。

土手を京四郎が上ってくるところだった。突然《とつぜん》の有紗の行動に動揺《どうよう》したのか、先ほどまでの冷静さがなくなっている。

もう少し詳細《しょうさい》を説明してから追うべきだったかと一瞬《いっしゅん》迷った時、視界の端《はし》で黒い影《かげ》がはためいた。

目を戻すと、朔が崖から落ちていくところだった。

足を踏《ふ》み外したのか自ら身を投げたのかはわからない。黒いマントがはためき――大きな水音がした。

（そんな！）

急いで駆け寄って崖下をのぞきこんだが、朔の姿はない。ぶくぶくと水面《みなも》が泡《あわ》だっているだけだ。流れは速くないが水の色からしてかなり深そうである。

有紗は青ざめながらそれを見つめたが、すぐに覚悟を決めた。

ここまで来て逃がすわけにはいかない。地下室の女性たちを助ける唯一《ゆいいつ》の手立てなのだ。

「有紗！　危ないからこっちへ来い」

走ってきた京四郎が叫《さけ》ぶ。

有紗はもう一度水面をのぞきこみ、ふぅと息をついてから彼を振り返った。

言いたいことはたくさんある。でも今言えるのは一つだけだ。言えば後悔《こうかい》すると思っていたけれど、ここで言わなかったらもっと後悔する。

「……京四郎さん」

京四郎が息を切らして見ている。彼でもそんなに焦《あせ》ることがあったのかと思い、申し訳ないような楽しいような気分で有紗は微笑《ほほえ》んだ。

「わたし、あなたのことが好きです」

京四郎が口を開きかけたが——。

有紗は振り切るように目をそらすと、崖から身を躍《おど》らせた。

水面に浮《う》かぶ光が、少しずつ遠くなっていく。

手を伸《の》ばしても届きそうにない。水底に引きずり込もうとする力に抗《あらが》う気力はもうなかった。ただ流れに身を任せているしかない。

あの時——撃《う》たれた上に桜の書が燃えたのを目《ま》の当たりにし、負けを悟《さと》った。しかしそれが理由で逃げ出したわけではない。

あの黒い森はアリスの祖国の風景だ。つまりあの魔術はアリスのものではなかったか？

あそこで発動したのは人造魔術ではなかった。西洋の魔術師だったアリスしか使えないはずの異国の魔術だ。

アリスは生きていた——その直感が、あの場から脱出《だっしゅつ》させたのだ。

確かめなければならない。生き延びて、彼女の消息を——。

ふと気がついた。水面のあたりから赤い光が伸びている。その光とともに誰《だれ》かがこちらに向かって下りてくる。

それはみるみるうちに近づいてきた。振り袖《そで》姿ではさぞ動きにくいだろうに、それをものともしていない。こちらの胸元《むなもと》をためらうように見たが、すぐさま手を伸ばしてくる。

何を捜《さが》しているのかとぼんやり思っているうちに、どうやらお目当てを見つけたらしい。懐から抜《ぬ》き取ったそれを握《にぎ》りしめ、視線を向けてきた。

意志の強いまなざし。射貫《いぬ》くようなそれはどんな感情から見つめてきたのだろう。

朔は手を伸ばし、彼女の腕《うで》をつかんだ。

誰かと思えば、なんのことはない。まさかこんなところで見つけるとは。

（アリス……）

彼女がもがいている。苦しげなその顔をどれほど見たかったことか。

ようやく捜し当てたのだ。離《はな》すものか。このまま共に水底まで連れていく――。

「――！」

ふいに、手をつかまれた。骨が軋《きし》みそうな圧がかかり、彼女の腕から引き剝《は》がされた。

彼女の身体を抱《だ》きかかえるようにして奪《うば》った男が、じっとこちらを見る。

ほんの短い間のことだった。それきり興味をなくしたように、彼女を抱いたまま水面へと向かっていく。

手を伸ばしたが、やはり届かなかった。

彼女は――彼女と男は光に向かって浮上《ふじょう》し、こちらは暗い底へと落ちていく。

（またか……。京助）

青年の頃《ころ》の光景が甦《よみがえ》る。

月の明るい夜に見た、弟とアリスの逢瀬《おうせ》。桜川博士の姿をしていたが、あれは間違《まちが》いなく彼女だった。自分すら知らない魔術の話を聞かせ、研究所にひそかに引き入れていた。

（またおまえに、アリスを奪われるのか――）

目を見開いているのに、もう、水面の光が見えない。

朔は一人、静かに水底へ沈《しず》んでいった。

月光を背にして立つその人は、冴《さ》え冴《ざ》えとした美貌《びぼう》を一片《いっぺん》も崩《くず》すことなく、有紗の首を絞《し》め上げた。

苦しくてもがいたが振りほどけない。みるみる目の前が暗くなっていく。

（大きいおにいちゃん……）

（たすけて……）

唐突《とうとつ》に、身体《からだ》が放《ほう》り出された。

床《ゆか》に倒《たお》れこんだ有紗を、〝大きいおにいちゃん〟は目を瞠《みは》って見ている。

とても驚いた顔をしていた。まるで、幽霊《ゆうれい》でも見たかのような。

――傍《そば》に、白い女の人がいた。

有紗を守るように屈《かが》み込み、〝大きいおにいちゃん〟を見ている。怖《こわ》い顔で、怒《おこ》ったように。

なぜなのか、有紗と〝大きいおにいちゃん〟以外の人には見えていないみたいだった。

「朔様？　いかがなさいました？」

怪訝《けげん》そうな誰かの声に、〝大きいおにいちゃん〟は、びくっとして後退《あとずさ》った。

「……行くぞ。その子どもは捨て置け。生きてはいまい」

声と足音が遠ざかり、聞こえなくなる。

額にひんやりとした感触《かんしょく》が当たり、有紗はぼうっと目をやった。

暗いのと、頭が痛くて気分が悪いのとでよく見えない。けれど白い女の人が悲しそうに見下ろしているのはわかった。

「死なせはしないわ。せめて、あなただけは……」

そよ風のようなささやきが耳をくすぐる。

「忘れないで。あなたのこと、いつも傍で見ているから――」

ぱちん、と頭の中で何かが弾《はじ》けた。


「有紗！」

大きな声と揺《ゆ》さぶられる感覚に、はっと意識が覚醒《かくせい》する。

身体が重くて動けない。頭の奥が熱いような、脈打つ感じがする。あの夜の夢――いや、記《き》憶《おく》がよみがえったせいだろうか。

有紗はゆっくりと瞼《まぶた》をあげた。

何もかも思い出していた。あの夜、何があったのか。誰が助けてくれたのか。

（……そうか。あの人が……）

右手の人差し指が熱い。

今も光り続けているのだろうか。ここにいると主張しているのだろうか。

ぼんやりしていると、頰《ほお》に温かなものが当たった。

見上げれば、京四郎がこちらをのぞき込んでいる。頰に当たったのは彼の掌《てのひら》らしい。

「……っ」

口を開こうとした途端《とたん》、激しく咳《せ》き込んだ。そのたびに水が口からこぼれてますますむせてしまう。

「相当水を飲んだな。さっきも吐《は》かせたんだが」

京四郎が身体を起こしてくれた。背中をさすってくれる彼に寄りかかり、有紗は懸命《けんめい》に息を整える。

「……思い出しました……」

黒鳥館で出会うより前の、遠い記憶。途切《とぎ》れ途切れにあるその中に、少年の頃の彼がいる。

今までは知らなかったはずの彼との思い出がある。

「おにいちゃん……」

背中をさする手が、止まった。

京四郎が息を呑《の》んで見下ろしている。どう反応していいかわからないのだろうか、視線が少し揺れた。

彼がずぶ濡《ぬ》れなのに今頃《いまごろ》気づき、有紗は細く息をつく。

「助けて……くれたんですか……?」

我《われ》に返ったように京四郎の表情が戻《もど》る。ぎろりとにらまれた。

「そんな恰好《かっこう》で入水したのを放っておけないだろうが。この鉄砲玉《てっぽうだま》が」

「はい……」

「……必ず追いつくと言っただろう」

叱《しか》られても仕方ないとうつむいた有紗は、驚《おどろ》いて顔をあげた。

基地の戦闘《せんとう》の最中、離ればなれになった時に、彼は最後にそう言ってくれた。信じてくれ、と。その言葉どおりに本当に追いついてきてくれたのだ。

車で列車を追い、進路を妨害《ぼうがい》して止めさせ、撃たれて血まみれになり、あげくに川に飛び込んで——何度も身体を張って約束を果たしてくれた。

(京四郎さん……)

申し訳なくて胸が苦しいのと、会えて嬉《うれ》しいのとで涙《なみだ》がにじんでくる。

けほけほと咳き込みながらすすり上げていると、京四郎はまた背中をさすってくれた。

「よほど大事なものを取りに行ったんだろう。あんな川の中にまで」

そう言って有紗の片手を取る。彼のハンカチが巻かれたその手に、しっかりと小瓶《こびん》を握りしめていることに有紗は初めて気づいた。あっと叫《さけ》び、思わずそれを胸に抱きしめる。

「よかった……!」

朔から奪うことができたのだ。これで地下室の彼女たちを助け出すことができる。

小瓶を胸に抱いて涙ぐむ有紗を、京四郎はじっと見ている。

やがて彼は視線を落とし、しばし考え込むように黙《だま》っていた。

「さっきの——飛び込む前の告白の件だが」

一拍《いっぱく》おいて、有紗ははじかれたように顔をあげた。

まさかこの状況《じょうきょう》でその件を持ち出されるとは思わなかった。しかもそんな冷静な声で。

「は……、はい。あれは、その……」

知らん顔でごまかされるのか、いつものように真顔でからかわれるのか。何も今そんなことを言わなくてもいいだろうに——と視線を泳がせながら目をやり、どきりとする。

思っていたののどれとも違《ちが》う表情がそこにあった。見たことのない苦しげなまなざしだった。

「私にとって君の存在は、好きだの嫌《きら》いだのという次元じゃない。いなくなったら生きていけないんだ」

眉《まゆ》を寄せて怒ったように言った彼は、そこで顔を伏《ふ》せた。落ち着こうとでもするかのように大きく息を吐き、また黙り込む。

「……あんなふうに、遺言《ゆいごん》みたいに言い置いて行くな。すぐ目の前で飛び込まれて、どれだけ肝《きも》が冷えたと思う？　言うならもっと平穏《へいおん》な時に言え」

そんな絞《しぼ》り出すような声を聞いたのは初めてだった。

下を向いているから表情はよく見えない。けれど、ひょっとして泣きそうになっているのかもしれない――そう思ってしまうほど、感情の揺れが伝わってくる。

自分が思うよりもずっと、彼にとてもつらい思いをさせたのだ。自分の行動のせいで――。それは有紗をひどく動揺《どうよう》させた。弁解する声も震《ふる》えてしまった。

「ごめんなさい……。あの状況じゃないと言えないと思ったんです。次に会えたら言おうと思っていて……。だけど、生きて戻れても申し訳なくて、顔を合わせられないし……」

目の前で桜の書が消えてしまった。そんな事態を引き起こした自分は、もう彼に会えなくなるかもしれない。だからその前に伝えようと思った。

だがそれはひどく勝手で自己満足な行為《こうい》だったのだ。彼をこんなにも動転させるほどに。

今さらそのことに気がついた。もし逆の立場だったら半狂乱《はんきょうらん》になっただろう。そう思ったら涙が止まらなくなってしまった。

（また京四郎さんを傷つけてしまった。怪我《けが》をさせただけじゃなく、心まで……）

泣き顔を見せたらまた気を遣《つか》わせてしまう。それが嫌《いや》で、うつむいて口元を覆《おお》った。泣き止《や》んでもう一度謝りたいのに、そう思うほど涙がとめどなくあふれてくる。

京四郎はそれを見ていたが、おもむろに有紗の片手をとった。

「そんなに泣くんじゃない」

「ご……めんなさ……」

ハンカチが巻かれた手首をそっと握《にぎ》られる。労《いたわ》るように包み込み、握ったままの手に彼は顔を寄せた。そのまま、ハンカチ越《ご》しに口づけられる。

言葉で何か言われるよりも、はるかに想《おも》いが伝わるような優《やさ》しい温《ぬく》もり。それでいて、直接触《ふ》れられたわけでもないのに熱い。

突然《とつぜん》のことに声も出ずにいると、京四郎が唇《くちびる》を離《はな》した。

しばらくどちらも何も言わなかった。川のせせらぎだけがその場に流れている。

「――君に恨《うら》まれるのではと、ずっと思っていた。君が子どもだった時から記憶を奪《うば》い続けてきたから」

やがて、ぽつりと京四郎がつぶやいた。少し疲《つか》れたように目線を落としている。

「君は指輪の契約《けいやく》の件を気に病《や》んでいるようだが、私はどうでもよかった。いつか痣《あざ》が全身にめぐって死ぬのだとしたら、それは長年の報《むく》いなんだろうと」

驚きで固まっていた有紗は、こくりと唾《つば》を呑んだ。やはりそれが彼の負い目だったのだろうか。

「だからいつも必死に守ってくれたんですか……？」

彼が無意識のようにかすかに首を横に振《ふ》る。必死だなんて思っていないとでもいうように。

己《おのれ》を顧《かえり》みるような沈黙《ちんもく》の後で返ってきた答えは、意外なものだった。

「……君の傍《そば》にいてもいい理由が欲しかったのかもしれないな」

有紗は瞬《まばた》いて彼を見つめ、真意を捜《さが》そうとした。理由が欲しかったのは自分だけだと思っていたのに――。

「今でも、命が惜《お》しくないと思っているんですか？」

京四郎がうつむいたままうなずく。何の気負いもない顔をして。

「君のためなら死んだって構わない」

まるで愛の言葉のような台詞《せりふ》。けれど別の意味で胸が苦しくなった。彼が本気で言っているのがわかってしまったから。

今まで何度こうして身体《からだ》を張ってくれたのだろう。さきほどの朔との対決のように、おそらくは命を落とす危険にも遭《あ》ってきたはずだ。なのになぜそんなに平然としているのか。

「……わたしは、それは嫌です。どうしてそんなことばっかり言うんですか？」

憤《いきどお》りに似た悲しさがこみ上げ、それをぶつけるように彼にしがみついた。

「わたしだって、記憶のことは気にしてません。京四郎さんがわたしを守るためにしてくださったことでしょ？　それなのに恨むなんて、するはずないじゃありませんか。京四郎さんがわたしのせいでいなくなったら……そっちのほうがつらいのに。やっと、また会えたのに……」

終わりのほうは震えて言葉にならなかった。流れ落ちる涙をぬぐいながら、懸命《けんめい》に嗚咽《おえつ》を堪《こら》える。

自分だって彼のことをとやかく言える身ではない。彼の目の前で川に飛び込んで、肝をつぶすようなことをしでかしたのだから。そのことで彼がどんなに悲しんだかを知った今、なおのこと訴《うった》えたかった。

（わたしも京四郎さんも、相手がいなくなったらつらいのは同じなのに。相手のためだって言いながら、余計に悲しませることをしてる……）

こんな簡単で大切なことに、なぜお互《たが》いが気づけなかったのだろう。

有紗のためなら死んでも構わないと、当然のように言う彼。それは違う、望んでいないのだと伝えなければならない。彼のためにも、自分のためにも。

「指輪のせいで京四郎さんが傷つくのが嫌だから、離れなくちゃと思ったこともあります。だけど、やっぱり無理です。どうしても京四郎さんの傍にいたいんですもの。京四郎さんの欲しい理由って、それじゃだめなんですか？」

言わずにおこうと、言ってはだめだと抑《おさ》えてきた気持ちが、堰《せき》を切ったようにあふれ出た。

「わたしのためを思うなら、生きて近くにいてほしいです。死ぬなんて言わないで。守らなくていいから傍にいてください。もう、離れるのは、嫌……」

今こうして生きて再会できたのは奇跡《きせき》なのだ。これがこの先も続くとは限らない。そのことに怯《おび》えながら想い続けるのは嫌だ。

京四郎は黙って受け止めていた。その視線が下に落ち、やがて目を瞑《つぶ》る。

大きく息をつくと、彼は噛《か》みしめるようにつぶやいた。

「――そうだな。もう二度と言わない」

濡《ぬ》れた頬《ほお》に触れられ、有紗は顔をあげる。

痛みを堪えるような顔をして京四郎が見つめていた。

「これからはずっと一緒《いっしょ》だ」

――一瞬《いっしゅん》、記憶《きおく》の中の〝おにいちゃん〟と重なった。

どんな恋《こい》の告白よりも、胸が熱く疼《うず》いていた。きっと子どもの頃《ころ》から焦《こ》がれ続けていた言葉だったのだろう。

今ならそれがわかる。お山の屋敷《やしき》で暮らしていた頃も、東京に移り住んでからも、ずっと彼のことを待っていたから。会いたくて会いたくてたまらなかったから。

迎《むか》えるように抱《だ》き寄せられ、有紗は泣きながら彼にすがりつく。

初めてのはずなのに、彼の腕《うで》の中は不思議なほど懐《なつ》かしくて、温かった。

第五幕　乙女《おとめ》と夕景の誓《ちか》い

それからしばらくの間、東京では危険思想の結社が摘発《てきはつ》されたという報でもちきりになった。陸軍の重要拠点《きょてん》を襲撃《しゅうげき》、破壊《はかい》したことが摘発の表向きの理由となっている。これにより三日月党は壊滅《かいめつ》したという。

何より人の口の端《は》に上ったのは、そこに大財閥《だいざいばつ》である時宮家が関与《かんよ》していたこと、そして数年前から連続して起きていた神隠《かみかく》し事件の被害者《ひがいしゃ》たちが発見されたことだった。近年にない大事件として各新聞社は連日記事を発表しており、どの新聞も売り上げがあがったというおまけまでついていた。

そんな中、有紗は陸軍の系列にある病院で休養を取っていた。

大きな怪我をしていたわけでもなく、数日もすると病室を出てもいいと許可が出たため、この日は早速《さっそく》、同じ病院に入院している孝介のもとを訪ねることにした。由希人の別荘《べっそう》で離ればなれになって以来、心配でならなかったし、たくさん話したいこともあったからだ。

朔の生んだ【闇《やみ》】の中に送られた孝介は、捜索《そうさく》していた軍によって黎明の館で発見された。当初は現地の病院にいたが、本人の希望もありこちらに転院してきたのが先日のこと。母や弟たちも面会に来たため、ゆっくりと話すのは今日が初めてだった。

「――母さんたちは知らないことも多いからな。二人のほうが話しやすいだろう」

小夜子と玲弥に買い物を頼《たの》んで見送ると、孝介は穏《おだ》やかな顔で切り出した。話しづらいことを言いに来たと察してくれたらしい。有紗は礼を言って表情をあらためた。

「わたしね、記憶が戻《もど》ったみたいなの。……十年前の事件の犯人は、烏丸朔だったわ」

公《おおやけ》にはあの事件の黒幕は明らかになっていない。当時あの場にいて生き残ったのは三人のみだが、京四郎は下手人を見ていないし、飛鳥井は表向き亡《な》くなったことになっているため証言のしようがないからだ。だが有紗は確かに見た。見知らぬ男たちの頭領として指示していたのも、自分の首を絞《し》めてきたのも思い出せる。あれは夢ではなかった。

孝介は驚《おどろ》いたように見つめてきたが、やがて真顔になった。

「そうか。……つらい思いをさせたな」

万感《ばんかん》のこもった声だった。有紗は目を伏《ふ》せ、頭《かぶり》を振る。

遠い記憶だけれどかすかに覚えている。朔もまた、有紗にとっては時々やってくる顔なじみのお兄ちゃんだった。京四郎ほど密な交流はなかったが、顔を合わせれば言葉を交《か》わしたし、土産物《みやげ》や菓子《かし》をくれたこともある。その彼から殺されかけたのだから、あのまま記憶が残っていたとしたらひどいショックを受けたことだろう。

(京四郎さんはそんなところでも守ってくれたんだわ)

あの時点では京四郎は下手人を知らなかったはずだが、記憶を消した判断は正しかったのだ。

そのことにあらためて感謝していた。

「お父さまも烏丸朔と面識があったんでしょう？　潜入《せんにゅう》していてあやしまれなかった？」

今さら心配になって訊《たず》ねると、孝介は安心させるように表情をゆるめた。

「面識どころか接点がなかったんだよ。向こうは烏丸家代表として研究所に入っていたが、私は京四郎さんのお世話係でほとんど離《はな》れにいたからね。彼も烏丸朔とはあまり近しくなかったようだし」

「近しくないって、仲が良くなかったの？」

「そういうわけじゃない。京四郎さんは一族の直系跡取《あとと》りの朔を尊敬して慕《した》っていたよ。朔も年長者としてよく面倒《めんどう》を見ていたと思う。ただ立場が違《ちが》いすぎてあまり交流はできなかったのではないかな。時々手紙のやりとりはしていたようだが、屋敷に来る時も別々だったからね」

（手紙……）

そういえば、と有紗は思い出す。黒鳥館で会った時、京四郎は兄から来た手紙を燃やしていた。もうこの世にいないからと、とても空虚《くうきょ》な目をして。

あの時の彼の心情はいかばかりだっただろう。当時はすでに犯罪人となった朔を追っていたはずだ。あれは兄を亡くした悲しみではなく、自分の知らない兄になってしまった喪失《そうしつ》と憤りの表情だったのかもしれない。

「……玲ちゃんも離れで暮らしていたのよね。京四郎さんのこと覚えてなかったのかしら」

気を取り直して話を変えると、孝介はなぜか複雑そうな顔になった。

「あの子には話してないんだが……。実は玲弥も記憶を消しているんだよ」

「玲ちゃんも？　えっ、どうして？」

事件の夜は玲弥は屋敷にいなかったはずだ。記憶を消す理由がわからない。

「あの日は……母さんが産気づいたのが夕方くらいだったかな。それでみんな浮《う》き足だっていたんだが、気づいたら玲弥がいなくなっていたんだ。有紗のことを捜《さが》していたから、ひょっとして山のお屋敷に戻ったんじゃないかと誰《だれ》かが言い出してね。もう夜なのにどこかに迷い込んだら大変だと慌《あわ》てていたら、ふらっと山のほうから歩いてきた」

「じゃあ、本当に山に行ってたの？」

孝介はなんとも言えない顔つきで顎《あご》を撫《な》でた。

「狐《きつね》にでも化かされたみたいにぼんやりして、お屋敷が燃えているって言うんだ。それでまさかと思って行ってみたが、もう遅《おそ》かった。おそらくは研究所や母屋《おもや》から資料なんかを盗《ぬす》んだ後で火をかけたんだろう。不穏《ふおん》な連中がうろついていて、とても近づける状態じゃなかった」

「……」

「なんとか目を盗んで有紗や千歳さんや……みんなを捜したんだがね。とにかく一人では無理だと、応援《おうえん》を呼ぶつもりで里へ下りてみたら、有紗を連れた京助さんがたどり着いたところだった。あちこち煤《すす》だらけで……必死で逃《に》げ出してきたんだろうと思ったよ」

有紗は思わず胸を押さえる。記憶を取り戻した今、忘れていた頃よりもはるかにつらい話。アリスに助けられ、京四郎に助けられ、自分は今日ここにいられるのだとあらためて感じた。

「里というのはだいぶお屋敷から遠いんでしょう？　玲ちゃんはどこまで上ったのかしら」

燃えているのが見えたくらいだから相応の距離《きょり》まで行ったのだろうか？

孝介が考え込むように目線を落とし、ぽつりと口を開く。

「実はな。玲弥はその時、桜の書を持って帰ってきたんだ」

有紗は一瞬間を置き、目を瞠《みは》った。

「どうして玲ちゃんが？　まさか本当にお屋敷まで戻ったっていうの？」

「いや、それはないだろう。あの時はまだ五歳かそこらだったし、一人では無理だ」

「そうよね……。でも、どうして桜の書を」

「憶測《おくそく》だが――玲弥は夜道で誰かに会ったのかもしれない。そして桜の書を渡《わた》された」

謎《なぞ》めいた言い方に、思わず息を詰《つ》める。

「誰に？　まさか、敵……」

言いかけて口をつぐむ。そんな親切な敵がいるわけがない。

もう数え切れないほど可能性を推理してきたのだろう。孝介がため息まじりに頭を振《ふ》った。

「わからない。もしくは山の中で拾ったかだ。偶然《ぐうぜん》誰かが置き忘れていたのを見つけたとかでね。本人は覚えていないと言うが、だいぶ様子がおかしかったところからして何かよからぬものを見たのかもしれない。それで念のために記憶を消すことになったんだ」

それは衝撃《しょうげき》的な話だった。あの品行方正な優等生の弟にそんな秘密があったなんて――。

（……あれ？　そういえば確かお兄さまが仰《おっしゃ》ってたわよね。あの夜、桜の書を持ち出したって。

でも気づいたらなくなってたとか……）

飛鳥井もあの夜、命からがら屋敷を脱出《だっしゅつ》したのだという。だが気づいた時には山の中で倒《たお》れており、持っていたはずの桜の書がいつの間にか消えていたと聞いたことがある。

飛鳥井のもとから消え、玲弥が持ち帰った桜の書。それを繋《つな》いだのは誰だったのだろう。

ふと、朔から助けてくれた白い影《かげ》のことが思い出された。

（ひょっとして、あの人が……）

「どうした？」

表情に気づいてか孝介が怪訝《けげん》そうに見つめている。有紗は少し迷ったが、首を横に振った。

「なんでもないわ。不思議な話だから驚いただけよ」

アリスのことを言わずにおこうと思った理由は、自分でもよくわからない。ただ、むやみに名を出してはいけないのではとなんとなく感じた。もし本当に彼女がやったことだとしたら、そこにはきっと神秘の力が働いている。それは広めないほうがいいように思ったのだ。

助けてくれたこと、守ってくれたこと。自分がわかっていればそれでいい。彼女も神格化されるのは望んでいないはずだ。

彼女に傾倒《けいとう》するあまり身を滅《ほろ》ぼした男のことが脳裏《のうり》をよぎったが、急いで振り払《はら》い、有紗はあらたまって父を見つめた。

「あのね、お父さま。実は、ご相談したいことがあるの――」

孝介としばらく話をしてから自分の病室に戻ると、ちょうど飛鳥井と伏見が連れ立ってやってきたところだった。

列車での再会以来、会うのは二度目だ。ただ前回は有紗は体調が思わしくなかったし、飛鳥井も怪我《けが》が完治しておらず治療《ちりよう》中だったため、ゆっくり話すことはできなかった。

「飛鳥井さん、怪我の具合はいかがですか？」

席を勧《すす》めて訊ねると、飛鳥井は気まずいような顔で笑った。

「大したことありませんよと言いたいんですが……。治っていないところにまた怪我して帰ってきたものだから、医者に連日叱《しか》られています」

「ええっ。大丈夫《だいじょうぶ》なんですか？」

「いやあ、相当おっかないですよ、あの先生。今日も少ししか自由時間をもらえませんでした」

冗談《じょうだん》めかして答える彼を有紗ははらはらしながら見つめた。そもそもその怪我の理由というのもおおまかにしか聞いていないのだ。

「もったいぶっていないで、早く教えてあげたらどうです？　君が裏で何をしていたのか、まだ有紗さんには話していないんでしょう？」

有紗の内心を察してか伏見が助け船を出してくれる。飛鳥井も気づいたのだろう、頭を掻《か》きながら「すみません」と一礼し、表情をあらためた。

「松小路のお屋敷《やしき》でお嬢《じょう》さん方に報告して、新聞社に戻る途中《とちゅう》のことです。とある政府の役人の屋敷から出てきた車に、見知った顔が乗っているのに出くわしたんです。その役人は、俺が十年前の事件に関《かか》わっているんじゃないかと目をつけていた人物でした。それでとても見逃《みのが》せなくて……。やっぱり繋がっていたのかと、かっとなってしまって」

「出てきたのは誰だったんですか？」

「時宮陽一郎です」

時宮由希人の父親であり、飛鳥井にとっては伯父《おじ》にあたる人物だ。思わず身を乗り出した有紗に、飛鳥井は淡々《たんたん》とその時のことを教えてくれた。

十年前の事件について何か手がかりはないか、うまくいけば本人に事情を問い詰めることができるかもしれない——その一心で時宮邸《てい》に侵入《しんにゅう》した飛鳥井は、しかし当主の部屋にたどりつく前に家人に見つかってしまった。盗賊《とうぞく》と間《ま》違《ちが》われて通報され、駆《か》けつけた警官に逮捕《たいほ》されて投獄《とうごく》されたという。それで連絡《れんらく》をしようにもできなかったらしい。

「投獄……って。そんな恐《おそ》ろしい目に遭《あ》ってらしたなんて……」

やっと事情がわかったものの、予想外のことに有紗は青ざめた。三日月党ではなく、よもや警察に捕《つか》まっていたとは。

飛鳥井が当てつけるように、ちらりと伏見を見る。

「まあね。態度が反抗的《はんこう》だからって痛めつけられたりね。警察って怖《こわ》いところですね」

「なんてこと……！　大丈夫なんですか⁉　そもそも飛鳥井さんも無茶《むちゃ》です！　かっとなったからってお屋敷に侵入するだなんて」

「大丈夫ですよ。侵入するのは慣れてますから」

「……慣れてる？」

きょとんとして見返すと、彼は少し慌てたように目をそらした。

「いえね、前々からいろんなあやしい人物を探《さぐ》っていたので。たまに屋敷に潜入《せんにゅう》したりね」

「……飛鳥井さんは、時宮財閥《ざいばつ》を前から疑っていたんですか……？」

飛鳥井の顔から笑《え》みが消えた。冷ややかな目でにらむように一点を見つめている。

「以前は違《ちが》いました。桜川家と時宮家の縁《えん》はとうに切れていると思っていたし……それに烏丸朔が特定の誰かと組んでいた形跡《けいせき》はなかった。覚えていますか、そんな話を二人でしたのを」

醍醐の新聞社に世話になっていた頃《ころ》のことだ。有紗がうなずくと、彼は厳しい顔のままため息をついた。

「時宮の車を見かけたのはその話をした直後のことでした。気になって当時のことをいろいろ思い返しながら歩いていた時だったんです。それで疑念がわいたというか……。桜川家に出入りしていたし研究所にも関わっていた。なのに十年前の事件後、何もなかったような顔でやり過ごしている。よく考えたらおかしいですよね。義理の弟だった人が殺され、血の繋がった甥《おい》も死に、研究所が襲《おそ》われたんですよ。先頭切って犯人捜しに乗り出してもいいはずなのに」

なぜそこに思い当たらなかったのかというように、飛鳥井は自嘲《じちょう》めいた表情になる。十年前は彼も幼かったから仕方の無いことなのだが、やはり悔《く》やまれるようだった。

「でも、政府や軍も時宮家を疑わなかったんでしょう？　だったら……」

「そうですね。少なくとも公《おおやけ》には追及《ついきゅう》されなかったようです。桜川家との姻戚《いんせき》関係は終了《しゅうりょう》したと見なされていたし、事件当時は研究所への出入りもなくなっていたので」

だが最大の理由は研究所の存在が世間に秘《ひ》されていたせいだろう。誰が黒幕だったにしろ、真相を表立って追及することはできなかったのだ。

事件後、時宮財閥はますます業績を伸《の》ばし、帝国屈指《ていこくくっし》の大財閥となった。おそらく研究所から盗み出した人造魔術《まじゅつ》の資料を利用したのではないかと飛鳥井は語った。

「けれど、研究所から持ち出した資料だけではおそらく限界があった。先の大戦の特需《とくじゅ》で重工業界隈《かいわい》は雨後の筍《たけのこ》のごとく企業《きぎょう》が乱立している。それらを出し抜《ぬ》くため、今度は桜の書に目をつけた」

「……同じようなことを時宮由希人も言っていました。時宮家の将来のために使うんだって」

思い出すと今でも腹立たしい。あの道楽息子《むすこ》も、重傷を負った上に陸軍から厳しい取り調べを受けてはさすがにへらへらもしていられないだろうが。

「ああ、あの飛鳥井君にそっくりの？　あの時は驚《おどろ》きましたよねえ」

伏見がのほほんと笑った途端《とたん》、飛鳥井の顔がカッと紅潮した。

「あいつ……！　よくも有紗に手をあげやがって！　こんな幼気《いたいけ》な女の子に暴力を振るい、食い物にしようとするとは、万死《ばんし》に値《あたい》する！　しかも求婚《きゅうこん》しただと？　地獄《じごく》に落ちろ！」

「あ……飛鳥井さん？」

「だいたいなんで俺があんな悪党と顔が似てなきゃならないんだ！　にやにやしやがって気色

の悪い！」

ここでは一応、兄妹《きょうだい》というのは秘密なのでは……いやそれにしても突然《とつぜん》の激怒《げきど》ぶりからして相当頭にきているようだ。

戸惑《とまど》いながらなだめようとする有紗の横で、伏見が笑いを堪《こら》えている。

「そんなに大きな声を出したらまた叱られますよ。君、胸の骨が折れているんですから」

「ええっ！　重傷じゃありませんか、もう怒《おこ》らないでください！」

「ほら、見張り番がお迎《むか》えに来ましたよ」

「え？　きゃあっ！」

つられて見れば、少し開いた扉《とびら》の隙間《すきま》から誰《だれ》かがじっとのぞいている。服装からして看護人のようだ。

飛鳥井も戸口を見て顔を引きつらせたが、諦《あきら》めたようにため息をついた。

「また来ます。——しっかり養生するんだよ」

有紗だけに聞こえるように小声で言うと、彼は戸口へと向かう。

足を引きずっているのは怪我の後遺症《こういしょう》だろう。こんな身体《からだ》で助けに来てくれたと思うと胸がいっぱいになる。

自分より多くのことを見、記憶《きおく》も持っている兄はどんな想《おも》いで生きてきたのか。事件が解決した今、どんな想いを抱《かか》えているのか。二人でたくさん話したいと思った。

お兄さま、と呼びかけたいのを堪え、有紗はその背中に言った。

「いつか一緒《いっしょ》に、甲州に行きましょうね」

少し間を置いて、飛鳥井が振《ふ》り返る。

彼は微笑《ほほえ》んでうなずくと、扉を開けて出て行った。


三日月党の壊滅《かいめつ》という一大事で軍は歓喜《かんき》に揺《ゆ》れ、士気が高まっている。ここぞとばかりに他《ほか》の結社の取り締《し》まりが始まり、どこも忙《せわ》しない。

そんな中、烏丸朔の死亡はひっそりと扱《あつか》われた。もともと公式には死んだ人間であり、烏丸家が始末をつけるという密約があったためだ。ただその報告は詳細《しょうさい》を求められ、京四郎は連日軍に召喚《しょうかん》されることになった。

ようやく今日になって一区切りがつき、有紗の見舞《みま》いに行くことを許された。これまでも何度か来たのだが、馨の苦情による妨害《ぼうがい》などがあり、対面することができなかったのだ。可愛《かわい》い姪《めい》を危険にさらしやがってという心情は理解できるし、まあ致《いた》し方ない。

しかし彼は取材で遠方へ出るとの情報を小夜子から入手している。すでに出立したはずだし今日は邪魔《じゃま》は入らないはずだ。

有紗が好きな菓子《かし》を手に病室へ向かっていると、壁《かべ》にかかった風景画が目に留まった。ちょうどあの日の川べりのような絵画だった。そう気づいてなんとなく足を止める。

『わたしのためを思うなら、生きて近くにいてほしいです』

『死ぬなんて言わないで。もう、離《はな》れるのは、嫌《いや》……』

涙《なみだ》にぬれた有紗の切々とした訴《うった》えがよみがえる。

あの時――彼女にそう言われた時、目が覚めたような心地《ここち》がした。命をかけて守らねばと、ただその一心で凝《こ》り固まっていた自分にも気づいた。

有紗を不幸にしたくない。暗い世界に巻き込みたくない。そんな自分の願望が、彼女を逆に追《お》い詰《つ》めていたのだ。あんなに泣きじゃくりながら言われてやっとそこに思い至るとは、我《われ》ながら情けない。

『君の命は有紗のために散らすものではないんだよ――』

博士にもそう言われたというのに、知らず知らず自身に枷《かせ》をはめていたのかもしれない。

本当はどうしたかったのか。もしあの事件がなかったら何が一番したかったのかと、少年の頃の自分に問いかけて――ようやく理解した。

有紗をずっと一人にしてきた。寂《さび》しい思いをさせてきた。時々泣いたり怒ったりしてそれを訴える彼女を、思い切り抱《だ》きしめて甘やかしてやりたかった。そして喜ぶ彼女の顔を見て、自分はここにいていいのだと――有紗と共にいてもいいのだと確信したかったのだ。

昔も今もその思いは変わらない。彼女が待っていたように、自分も彼女に会える日を待ち望んでいたのだから。

あの時伝えた言葉を、これからは一番に守っていく。

しかしまずは今日の機嫌《きげん》だ。見舞いにもこないことをどう思っているだろう。ずっと一緒だと言ったくせにと怒っているだろうか。

考えつつまた歩き出したところで、向こうから飛鳥井がやってくるのと行き合った。

浴衣《ゆかた》姿で足を引きずりながら浮《う》かない顔をしていた彼は、こちらに気づくと胡乱《うろん》な顔つきになる。嫌なやつが現れたと言わんばかりだ。

「──あいつはどうなりました？」

挨拶《あいさつ》もなくいきなり訊《き》かれ、仕方なく京四郎は立ち止まる。時宮由希人のことを言っているのは確かめるまでもなかった。

「牢屋《ろうや》に入っている。見物してくるか？」

「まさか。時間の無駄《むだ》だ」

吐《は》き捨てるように言って、同行している看護人をちらりと見た。

「……いつか一緒に甲州に行こうと有紗に言われましたよ」

声を低めて言ったのは、聞かれたくない話だからか。それとも気が進まないのか。

「行ってやればいい。喜ぶと思うぞ」

助言をしたつもりだったが、彼はむっとした顔になった。

「あなたに言われなくてもそうしますよ。二人だけでね」

いやに強調して言ってくる。どうも機嫌が良くないようだ。理由に心当たりがあったので気にせず続けた。

「時宮家の相続権の話は聞いたか？」

時宮一族は当主と跡取《あとと》りが逮捕《たいほ》され、縁者《えんじゃ》にも捜査《そうさ》の手が及《およ》んでいる。国家反逆罪と国家転《てん》覆《ぷく》疑いという大醜聞《だいしゅうぶん》を巻き起こしたことで、財閥《ざいばつ》は解体される方向で進んでいた。ではその莫《ばく》大《だい》な家業と財産をどうするかという問題が起きている。そんな中で、〝桜川家の長男〟という人物が取り沙汰《ざた》されることになった。

彼の生存がどこからか漏《も》れたということではなく、風説の域である。妹が生きていたのだから兄の行方《ゆくえ》も捜《さが》してみてはどうか。もし生きているのなら時宮家の財産を相続する権利があるのではないか——そんなことを言い出す者が出てきたのだ。

もちろん、彼がその桜川の長男だということを知る者はいないから進言してきた者もいないだろう。だが噂話《うわさばなし》は耳に入っているだろうし、そのことで考える時間もあったはずだ。

飛鳥井は視線を落としていたが、やがて顔をあげた。硬《かた》いけれどまっすぐな目だった。

「俺は桜川の人間でも時宮の人間でもない。飛鳥井勇馬《ゆうま》としてこれからも生きていきます」

京四郎は無言で見返す。彼ならばそう言うだろうと予想はしていた。そうとしか結論を出せないだろうとも。有紗以上に彼は重く複雑な運命を背負っている。

同情しかけたのがわかったわけはないだろうが、ふいにじろりとにらまれた。

「でもあの子の兄であるのは変わらないので。手を出したら承知しませんから」

「……」

「あと、怪人云々《かいじんうんぬん》についても言わないでくださいよ。時が来たら自分で話します」

しっかり釘《くぎ》を刺《さ》すと、それきり脇《わき》をすり抜けて行ってしまう。最初から最後まで愛想のかけらもない態度だった。

京四郎はしばし後ろ姿を見送ってから、病室のほうへ足を向けた。

今度こそたどり着けるかと思った矢先、有紗の病室の隣《となり》の扉が開いた。

孝介の病室であるそこから出てきたのは玲弥だ。案の定、こちらに気づいた彼が剣呑《けんのん》な表情を浮かべたので、仕方なく足を止める。

「……姉のお見舞いですか？」

なぜ誰も彼もが自分を見ると機嫌を損《そこ》ねたような顔をするのだろう——ひそかに思いながら京四郎はうなずいた。

「お姉さんは元気か」

「ええ、まあ。さっきまで父の部屋でみんなで話していたところです。家族水入らずで」

「それは何よりだな」

心からそう言ったのだが彼は気に入らなかったらしい。硬い顔つきで見据《みす》えてきた。

「お会いできたら申し上げたいことがあったんですが」

「何かな」

「……前にも言いましたけど、僕は有紗を本当の姉だと思っています。父が帰ってきて、やっと家族みんながそろったんです。もうどこにも行って欲しくありません。もちろん姉にもです。どこかへ連れて行こうとする人がいたら、身体を張ってでも止めたいと思っています」

「……」

「構いませんよね？　そうしても」

——よくわからないが、これは宣戦布告なのだろうか？

つい数日前に彼の叔父《おじ》からもそっくり同じことを言われたのを思い出しながら、京四郎はポケットに片手を突《つ》っ込んだ。

「いいんじゃないか。好きにすれば」

「……投げやりですね。もしかして本気に取っていないんですか？」

不満げに彼は言う。京四郎は数日前と同じ答えを返した。

「どこに住みたいか、誰《だれ》といたいか、すべては彼女が決めることだ。談判するなら私ではなくお姉さんにするんだな」

こう答えたら馨には『てめえ一乗寺の家に婿入《むこい》りするつもりだな!?』と胸《むな》ぐらをつかまれたものだったが、さすがというのか、玲弥はそうはしなかった。

驚《おどろ》いた顔で見つめてきた彼は、なぜか頰《ほお》を赤くした。表情はさらに非友好的になっている。

「そうか……。わかりましたよ。どうしてこんなにあなたのことが気にくわなかったのか」

「……」

「その態度だ。大人ぶって物わかりのいいことを言って煙《けむ》に巻こうとする。有紗のこともそうやって言いくるめてるんじゃないんですか？」

十も年下の少年から「大人ぶって」と責められても、どうなだめたらよいのか。

思案していると、ちょうど孝介の病室の扉《とびら》が開いた。

「玲弥ちゃん、どうかしたの？　――あら」

顔を見せたのは小夜子だ。京四郎に気づくと微笑《ほほえ》んで会釈《えしゃく》する。

「有紗ちゃんのお見舞《みま》いですの？」

「はい。よろしいですか？」

「もちろんですわ。どうぞお入りになって。――玲弥ちゃん、早く手を洗ってらっしゃいな。おやつの用意できてますよ」

おやつで場を収められそうになったのを察してか、玲弥が焦《あせ》った顔になる。

「お母さん、やっぱり僕はいいよ」

「何を言ってるの。お父さんのためにってあなたが選んだんでしょう。一緒《いっしょ》に食べようって楽しみにしていたじゃないの。ほら、行きますよ」

出てきた小夜子に背中を押され、玲弥が仕方なさそうに歩き出す。家族水入らずを強調していた手前、これ以上逆らえなかったのだろう。

小夜子が「ごゆっくり」と小さく笑って、彼を手洗い場に連行していった。

二人を見送り、京四郎はおもむろに病室のドアに向き直る。

有紗をめぐる男たちに散々嫌《いや》みを言われたが、ようやく見舞いにこぎつけられそうだ。

飛鳥井が出ていった後も、有紗はしばらく閉まった扉を見つめていた。

甲州に一緒に行こうという誘《さそ》いを、本当は口にするのを迷ったのだ。彼にとっては養父母が住む故郷だが、忌《い》まわしい記憶《きおく》の残る場所でもあるから。

「僕、お邪魔《じゃま》でしたかね」

伏見がすまなそうにつぶやいたので、はたと我《われ》に返る。建前上は飛鳥井と兄妹《きょうだい》であることは秘密だから思うように話ができなかったのだが、それを察したのかもしれない。

「そんなことありませんわ！　伏見さまにもいろいろとお話をお聞きしたかったですし……」

「……妹のこと、ですね？」

有紗は緊張《きんちょう》気味にうなずいた。

彼の妹はかつて三日月党によって攫《さら》われ、黎明の館の地下で眠《ねむ》らされていた女性たちの一人だった。軍によって館《やかた》が捜索《そうさく》され、彼女たちを発見したというところまでしか聞かされておらず、ずっと気になっていたのだ。

「幸いなことに命に別状はありません。解毒薬というんですか、それが効いたようで、無事に目を覚ましました。今は口も利《き》けるくらいに回復していますよ。ただ、やはり何年も強制的に眠らされていたわけですから、それがどう負担になっているのかはわからないところが多いですね。まずは身体《からだ》を動かす訓練をしないといけないようです」

「そうですか……」

解毒薬が効いたというのは嬉《うれ》しい報《しら》せだったが、その後のくだりを聞くと、はずんだ気持ちはすぐにしぼんだ。

伏見は淡々《たんたん》と教えてくれたが、彼の妹本人もその家族も、きっとてつもない苦しみの中にいることだろう。伏見家だけでなく、他《ほか》の被害《ひがい》女性たちも同じように。

無事に発見され救出されたからといって、そこで終わりではない。ここから始まることのほうが多いのかもしれない――。

「そうだ、お礼を言おうと思っていたんですよ。あの解毒薬、川に飛び込んで烏丸朔から奪《うば》い取ったとか。相変わらず勇ましいというか無茶《むちゃ》というか、驚かせてくれますねえ」

楽しげな様子が逆につらかった。有紗はたまらず頭を下げた。

「……申し訳ありません。本当に……」

「え。どうしました？　有紗さん？」

驚いたような声がしたが、顔が見られず、うつむいたまま唇《くちびる》を噛《か》む。

「烏丸朔は人造魔術《まじゅつ》を――わたしの祖父が開発したものを狙《ねら》って事を起こしたんです。もとをたどれば、責任はわたしの一族にあるんです。それなのに、無関係な妹さんを巻き込んでしまって……」

こんなふうにして一体どれだけの人を犠牲《ぎせい》にしてきたのだろう。そのたびに悲しくつらい思いを大勢の人たちが味わってきたのだ。

「それは違《ちが》いますよ。顔をお上げなさい」

伏見の真摯《しんし》な声が降ってくる。目を伏《ふ》せたまま動けずにいる有紗に、彼は続けた。

「思い違いをしてはいけません。国に貢献《こうけん》した開発者とそれを悪用するため奪おうとする輩《やから》、どちらが悪いかは明白でしょう？　詳《くわ》しくは知りませんが、人造魔術とやらは国民の生活の発展に役立っているものと聞いています。その素晴《すば》らしい力を否定するような言い方はいけない。国に尽力《じんりょく》してきたお祖父《じい》様を否定することになりますよ」

「そうですけれど、でも……」

「あなたには本当に感謝しているんです。妹が帰ってきたことで僕たち家族がどれほど救われたか。頭を下げられる理由がないのに、そんなことをされては悲しくなってしまいますよ」

やわらかく肩《かた》をたたく手に促《うなが》されて顔を上げると、伏見が微笑んで見つめていた。

「いなくなった頃《ころ》の妹は、今のあなたと同じ年頃《としごろ》でしてね。あなたが泣きそうな顔をしているのを見るのは忍《しの》びないんですよ。なんだか、妹が泣いているように思えてね」

穏《おだ》やかなまなざしを受け止めながら、有紗はこれまでのことを思い返していた。

「……だからいつも優《やさ》しくしてくださったんですね」

伏見がかすかに笑う。珍《めずら》しく照れたような笑《え》みだった。

「なんでも協力しますから、いつでも頼《たよ》っておいでなさい。もちろん、僕の権力の及《およ》ぶ範囲《はんい》内でお願いしないといけませんが」

悪戯《いたずら》っぽく付け加えて彼は片目をつぶってみせる。

彼の妹を巻き込んだこと、カフェでの一件で反発心を抱《いだ》いたこと、いろんなことに対する申し訳なさがこみあげた。同時に優しさがしみじみと伝わってきて、有紗は涙《なみだ》ぐみながらまた頭を下げた。

「ありがとうございます……！」

これからは彼や彼の家族、そして他の被害者家族にも向き合っていかなければ。それも桜川家の者の責務だと思うから。

扉がノックされたので、有紗は目元をぬぐってそちらを見た。

「はい、どうぞ」

静かな足音が入ってくる。現れた長身の影《かげ》を見て、我知らず頬が上気した。

「京四郎さん！」

今日も真っ黒ないでたちの京四郎が、こちらを見て小さくうなずく。彼なりの挨拶《あいさつ》のつもりらしい。

会うのは川から助けられたあの時以来だった。あの後駆《か》けつけた救助部隊によって有紗は治《ち》療《りょう》を受けることになり、引き離《はな》されてしまったのだ。東京の病院に移ってからも音沙汰《おとさた》がなかったので、よほど忙《いそが》しいのだろうと思っていた。

驚きと嬉しさで目を輝《かがや》かせている有紗を見やり、伏見がくすりと笑う。

「ではそろそろ失礼します。長居して申し訳ない」

「あ……、もうお帰りですの？　何もお構いできなくて」

慌《あわ》てて見上げた有紗に、伏見は気にするなというように手を振《ふ》ってみせた。

「いえいえ。お元気そうで安心しました。川から引き上げた時、かなり水を飲んでらしたと聞いたので心配していたんですよ。呼吸も止まってたそうじゃありませんか」

「ええ。泳ぎは得意なんですけれど、最後に手をつかまれて動けなくなってしまって……」

自分では覚えていないが、京四郎が医師に報告したのは聞いていた。治療上、溺《おぼ》れた状況《じょうきょう》を詳しく知る必要があったらしい。

「恐《おそ》ろしい目に遭《あ》いましたね。本当に無事でよかった。人工呼吸のおかげで息を吹《ふ》き返したんですからね。京四郎さんがいなかったらどうなっていたことか」

「本当に……、……え？」

目をぱちくりさせる有紗に、伏見が首をかしげてみせる。

「人工呼吸。知りませんか？　口移しで空気を送り込むんです。溺れた時に」

それくらいは知っている。小説で読んだことがあるし、近所の川で溺れた子どもに大人がやっていたのを見たこともある。

（口と口をくっつけてやる、あれよね？　……え？　わ、わたしに？　京四郎さんが……!?）

理屈《りくつ》はわかるのだが、なにぶん覚えていないから自分のこととして考えることができない。

もちろん京四郎からも何も聞いていないし完全なる初耳だ。

固まる有紗をよそに、伏見がにこやかに確かめてくれる。

「やったんでしょう？　京四郎さん」

壁《かべ》にもたれていた京四郎が、なんの感慨《かんがい》もない顔で答えた。

「あの場で他《ほか》に誰《だれ》がやれたと？」

「!!」

「ですね、確かに。ふふふ」

伏見はなぜか満足げに笑ったが、有紗は口を押さえたまま目をむいていた。

雷《かみなり》に打たれたようなショックとはこのことだ。京四郎が冗談《じょうだん》でそんなことを言うとは思えないから、間違いなく事実なのだろう。

急激に頬《ほお》が熱くなり、急いで顔を伏せた。どこを見たらいいかもわからなくて、おろおろと視線をさまよわせる。

（で、でも、これってお礼を言うべきことなのよね？　助けるためにしてくださったんだから。恥《は》ずかしがってるわたしのほうが変なのよね。……京四郎さんは、全然気にしていないみたいだし……）

ちらりと盗《ぬす》み見た限りでは、京四郎は相変わらず無表情で窓のほうを見ている。

一人で動揺《どうよう》している自分がますます恥ずかしくなり、どうしたものかと考えていると、伏見が帽子《ぼうし》で口元を隠《かく》しながら微笑《ほほえ》んだ。

「意地悪を言ってすみませんね。では、邪魔者は退散します。あ、列車を破壊《はかい》したの弁償《べんしょう》してくださいね～。こちらに苦情が来ていますので」

京四郎に向けてそう言うと、今度こそ部屋を出て行った。

扉《とびら》が閉まった途端《とたん》、しんと室内が静まり返る。

朗《ほが》らかな伏見がいなくなったのは痛い。京四郎はもともと無口だし、有紗は有紗でこの状況で饒舌《じょうぜつ》になれるはずもなく、もじもじと目を泳がせていた。

先に口を開いたのは意外にも京四郎のほうだった。

「すまないな。なかなか見舞《みま》いに来られずに」

どきっとして有紗は顔をあげる。京四郎が持っていた包みを棚《たな》に置いた。

「土産《みやげ》だ」

「……ありがとうございます……」

早くも会話が終わってしまった。

気まずさでますます赤面する有紗を、京四郎が怪訝《けげん》そうに見る。

「珍しく静かだな。まだ具合が悪いのか」

案じるような視線を感じ、有紗は詰《つ》まったが、ここは覚悟《かくご》を決めることにした。今後の自分の精神面のためにも、はっきりさせておいたほうがよさそうだ。

「さっきの伏見さまのお話……本当ですか？」

消え入りそうになりながらも訊《たず》ねると、京四郎は、そのことか、というような顔になった。

それから慣れた様子で腕《うで》組みをして目を閉じる。

「抗議《こうぎ》なら受け付ける」

「こ、抗議なんて、わたしは別に……」

いつもの罵声《ばせい》を聞く時の態勢に入ってしまった彼を前に、有紗はもごもごと口ごもる。さすがにその件で文句をつけるつもりはなかった。

「……別に、恥ずかしいのはわたしだけなんだなと思っただけです」

少し黙《だま》ってから京四郎が言った。

「私にも同じ反応をしろと？」

「そっ……そんな、めっそうもないですっ」

彼がそんな反応をするのを想像しようとしたが、できなかった。頭が拒絶《きょぜつ》したらしい。

気にしているのはやはり自分だけなのだ。とにかく落ち着こうと深呼吸したが、はたと思いついて腰《こし》を浮《う》かせた。

「ちょっと待ってください。そんなことをして、もしかして痣《あざ》が増えたんじゃありません？」

救命行為《こうい》とはいえ、指輪がどこまで厳しく監視《かんし》していたのかはわからない。今さら心配になってきてはらはらと見つめると、彼は思い返すようにしばし黙った。

「あの日の昼頃《ごろ》までは身体《からだ》半分覆《おお》われて死にそうだったんだが、そういえば急に消えたな」

「ええっ!?」

有紗が傷ついたり怪我《けが》をしたりすると彼の痣が増えてしまうのだ。あの日だけでも散々な目に遭ったから、身体半分覆われたというのも冗談とは思えない。

慌てて確かめてみると、彼の手首には一つだけ痣があった。最初に刻まれた呪《のろ》いの鎖《くさり》だ。

「でも、どうして……？」

　昼頃まではあったという痣が急に消えたのはなぜだろう。彼の要請《ようせい》に応じて罵声を浴びせた覚えもない。第一、あの後は軍や警察が駆けつけてきたので、それどころではなかった。

さあな、とさほど興味がなさそうに京四郎がつぶやく。

「よっぽど嬉《うれ》しいことがあったんだろう。それでお嬢様《じょうさま》が幸せになったからじゃないか？」

有紗はきょとんとして彼を見た。

確かにあの時は嬉しかった。また彼に会えて、一番欲しかった言葉をもらえて。あの気持ちを『幸せ』だと形容しても間違いではないだろう。

つまりはそれで心が満足したから、傷ついたぶんの痣が消えたということか。身体半分覆っていたという大量の痣が、たったそれだけのことで――？

京四郎は素知らぬ顔で湯飲みに茶を注いでいる。おそらくとっくに気づいていたのだろう。

自分の単純さに、有紗は顔から火が出そうな心地《ここち》になった。

（わたしの気分しだいで痣が増えたり減ったりするんだったわ……。ということは、わたしの今までの気持ちって全部京四郎さんに筒抜《つつぬ》けだったんじゃ⁉）

こんなふうに機嫌《きげん》の善し悪《あ》しや精神状態を把握《はあく》していたのだろうか。もしやそれに合わせて対応されてきたのか。

「……この契約《けいやく》って、主《あるじ》じゃなくて下僕のほうが主導権を握《にぎ》ってますよね……？」

恥ずかしさのあまり情けない顔つきになりながら言うと、彼は目をそらした。

「ふん」

「鼻で笑わないでくださいっ。ひどいっ、ずっと気づいてらしたんですか⁉　本当に意地悪ですね！　……でも、助けてくださってありがとうございましたっ」

動揺しながらもまだ礼を言っていなかったのを思い出して、半ば自棄《やけ》のように頭を下げる。

京四郎がまったく意に介《かい》していない様子なのが憎《にく》らしい。

ほら、と湯飲みを差し出され、有紗は頬をふくらませながら受け取った。

温かいお茶を飲むと、日常が戻《もど》ってきたような気がした。彼とこんな時間を持つのも久しぶりだ。

「あの……、京四郎さんは、これからどうするんですか？　お仕事とか……」

列車の弁償云々《うんぬん》の話を思い出して心配になりながら見ると、彼はいつもの顔で椅子《いす》に座りながら答えた。

「やることは今までと変わらない。胡乱《うろん》な結社は他《ほか》にも山ほどあるから」

「じゃあ、この先も機関のお仕事を？　できるんですか？　何か懲罰《ちょうばつ》みたいなものはないんですね？」

「懲罰？　なんのことだ」

京四郎が怪訝そうな顔で見る。身を乗り出していた有紗は、おずおずと答えた。

「つまり……、桜の書の件です。なくなったことで責任を問われるんじゃないかと……。あっ、わたしは気にしていませんけどね！　軍の偉《えら》い方とかはどう思うんだろうって、心配で」

あの件で彼が責められ、罰を受けるかもしれない。もしかしたらもう会えなくなるのではないか。それが気になっていた。その時は自分も一緒《いっしょ》に償《つぐな》おうと決めていた。もう会ってはいけないというのが〝罰〟なら、受け入れるしかない。それほど大切なものを守れなかったのだから──。

京四郎は思い出したように懐《ふところ》に手を入れると、ひょいと何かを取り出した。

「桜の書ならここにある」

「そうですか……はっ⁉」

深刻な空気が一瞬《いっしゅん》で消し飛んだ。有紗は目をむいてそれを見た。

少し古びた冊子。もとを知らないから確かめようがないが、これが本物の桜の書だというのだろうか。

差し出されたそれを受け取っていいのかもわからず、混乱して見つめることしかできない。

「で、でも、どうして？ 燃えたのは偽物《にせもの》だったんですか？」

「本物を燃やしてどうする」

「いや、まっ……そうですけど！ だって、あの時の態度を見たら本物だと思いますよ！ 現にあの人だって疑いもしてなかったでしょう？ それに、あの後……」

桜の書を手にした時、朔は訝《いぶか》ることなく持ち去ろうとしていた。京四郎が本物を持ってくるかどうか確信はなかったはずなのに疑わなかったのは、あの時に起こった現象のせいではないだろうか。

あれはきっと〝魔術《まじゅつ》〟だったと思う。桜の書から飛び出した不思議な力を目《ま》の当たりにしたから、有紗もあの時、本物だと信じたのだ。

「朔も実物は見たことがないはずだが、適当な偽物では見抜《みぬ》かれるからな。急遽《きゅうきょ》模写した」

「模写？　桜の書をですか？　でも、写したからって、あんな現象が起こったりするものなんですか？」

機械のように感情がなかった朔の、唯一《ゆいいつ》見せた隙《すき》があの時だった。彼を動揺させるだけの凄《すご》みがあったのだ。魔術を知らない有紗でさえ、そうに違《ちが》いないとわかるほどに。

京四郎は椅子の背に沈《しず》み込み、少し黙った。

「とある魔術師に助けてもらったんだ」

有紗は目を見開いて彼を見つめる。

（魔術師……）

そう呼ばれていたであろう人たちのことが頭に浮かぶ。だがそれは誰《だれ》なのかと訊《き》くよりも先に、違う質問が口から出ていた。

「……知ってたんですか？　アリスがわたしのお祖母《ばあ》さまだったって……」

いろいろ教えてくれた彼だが、それについては何も言わなかった。鳥羽大佐《たいさ》もアリスの名を出しても言及《げんきゅう》しなかった。今思えば不自然な気がしていた。

飛躍《ひやく》した問いに驚《おどろ》いたのかどうか、間を置いて彼は答えた。

「はっきりと聞いたことはない。ただ、一部で噂《うわさ》があったのは知っている。君の母上は日本人らしからぬ彫《ほ》りの深い顔立ちだったから、そこから空想する者もいたんだろう」

「じゃあ、秘密にされていた……？」

「知っていたのは、それこそ君の家族くらいだったんじゃないか。対外的には君の母上は桜川博士の研究仲間の令嬢《れいじょう》として嫁《とつ》いできた。その研究仲間というのがアリスの夫だったようだ。異国人との結婚《けっこん》というのでいろいろ支障があったのかもしれないな」

世情を思えばそれはありうる話だ。納得《なっとく》したが、また首をひねった。

「でも、どうしてあの人は孫だって知ってたのかしら」

家族しか知らなかったであろうことを、朔はどうやって知ったのだろう？

京四郎の目にかすかに陰《かげ》が差す。きっと彼もそれについては考えをめぐらせたはずだ。

「わからない。どうにかして調べたんだろうとしか言えないな。あるいは、知っている人間から聞き出したのか」

朔は研究所に出入りし、有紗の家族とも面識があった。それを聞く機会がまったくなかったわけではない。偶然《ぐうぜん》かどうか耳にしたことで、今回の企《たくら》みが生まれてしまったのか。

「……京四郎さん。前に、別荘《べっそう》で手紙を焼いてましたよね。お兄さんからもらったっていう。どうしてあの時、焼いてたんですか？」

急にそんなことを聞きたくなったのは、朔の最期《さいご》を思い出したからだった。手紙をやりとりするほどだったのに、なぜこんなにも道が分かたれたのか。ずっとそれが気になっていた。

意外な質問だったのか京四郎は戸惑《とまど》うような顔をしたが、すぐ表情を戻した。

「あれは全部、白紙だった」

「白紙……？　って、あの手紙の中身が？　でも、やりとりしてらしたんでしょう？」

「ああ。ずっとしまいこんでいたんだが、潜伏先《せんぷく》に手がかりはないかと久々に開けてみたら、書かれた字がすべて消えていた。最初からそういう術式で書かれたものだったんだろう。こうなることを見越《みこ》して、行方《ゆくえ》を捜《さが》されないために」

烏丸侯爵《こうしゃく》家の跡取《あとと》りだった朔は、反政府の組織を作り、国家犯罪者として手配されていた。公《おおやけ》には死亡したと偽《いつわ》り、烏丸家は彼を追っていた。その先鋒《せんぽう》が京四郎だった。行方を突《つ》き止められるのを恐《おそ》れた朔は、かつて京四郎に宛《あ》てた手紙から情報をすべて消した――。

過去にさかのぼってそうできるはずがないから、手紙を書いた時点で――つまりは二人がまだ親しい兄弟だった時点で、その術式を仕込んでいたことになる。その時から一連の企みを抱《いだ》いていなければできない行為《こうい》だ。

「そんな。京四郎さんにとっては大切な手紙だったんでしょう？　そんなの、ひどい」

信じられなくて声が震《ふる》えた。同時に、雪の野原で手紙を焼いていた彼の横顔を思い出した。

空虚《くうきょ》な暗い目をして手紙を火にくべていた京四郎。彼はあの時、兄の〝裏切り〟を知ったばかりだったのか――。

「他にどんな呪術《じゅじゅつ》がかけられているかわからないから東京では燃やせなかった。別荘で調べた結果なにもなかったから処分したんだが、君が突っ込んできたのには驚いたな」

「……ごめんなさい。なにも知らなくて……余計なことを言ってしまって」

傷ついていただろうに、あの時の自分はあさってなことを言って余計に嫌《いや》な思いをさせたのかもしれない。

たまらない気持ちになり、ぎゅっと目をつぶると、頭に手が乗せられた。

「そんな顔をしなくていい。朔は魔術に魅入《みい》られすぎた。それほどの魔力がこれにはあるということだ」

静かな声に、有紗は躊躇《ためら》いがちに目を開ける。差し出された冊子を見つめ、おそるおそる受け取った。

燃えてなくなってしまったと、一時は諦《あきら》めていた。そうなったことの責任をどう取っていくかとも考えていた。だから無事だったとわかってほっとしたのが正直なところだった。

けれどそれ以上に、あらためて感じるものがあった。

(やっぱり、守っていかなくちゃいけないものなんだわ。悪に染まる人をなくすためにも)

この世にあってはいけないものなのではと鳥羽大佐に話したこともある。でもこうして手にしたからにはそう考えるのはただの〝逃《に》げ〟だと思った。

三日月党に捕《つか》まってからも、列車の中でも、そして入院してからもずっと考えていたことがある。それはここ数日で一つの決意となって固まっていた。

「わたし……桜川の娘《むすめ》だとわかってから、自分に何ができるのか考えていました。とにかく魔術のことを知ろうと勉強もしましたけど、でもそれだけじゃだめなんですよね、きっと。知識があったからって今回みたいな事件を起こす人もいるし……。それに巻き込まれた人を助けようにも経験もないし。それがすごく歯がゆくて、悔《くや》しかったんです」

一連の事件の中で思ったことを、有紗はぽつぽつと語った。

孝介が地下室の女性たちを助けるために三日月党に残っていたこと。自分も父と思いは同じだった。それが人造魔術に関《かか》わる者の責務なのだと思う。

由希人のように戦争に利用しようと企む者はこれからも出てくるかもしれない。そういう者から桜の書を守りたい。守れる力がほしい。

そして、朔が持っていた解毒薬の件で苦戦したこと。自分にその知識があれば、人質《ひとじち》を助けるのに別の方法をとれたかもしれない。知らないということが悔しい。

でもその一方で、力と知識さえあればすべてうまくいくわけではないのもわかった。あれほどの魔術を操《あやつ》っていた朔が闇《やみ》に堕《お》ちたように、一歩間違《まちが》えれば危険なものなのだと。

人造魔術を作り出した者の子孫としても、これから扱《あつか》うことを目指す者としても、責任を持たなくてはならない。そのためには知識と力だけでなく、正しい見識が必要だと思う。

「だから……誰かを助けられる科学者になりたい。お祖父《じい》さまみたいに、『この人なら』と信《しん》頼《らい》されるような存在になりたくて、それで」

鳥羽大佐が祖父をどれほど尊敬していたか。必死に敵から守ろうとしてくれた久我たち。襲《しゅう》撃《げき》されて負傷した軍人たちが大勢いること。桜川博士の孫というだけでそこまでして守ってくれた。それに報《むく》いるにはどうすればいいか。代わりになれるはずもないけれど、博士の孫であることに恥《は》じない存在にならなければと思う。そんなふうに自分を高めたい――。

つたない語りを京四郎は黙《だま》ったまま聞いている。有紗は次の言葉を探して言いよどんだが、心を決め、顔をあげて言った。

「日本の魔術だけじゃなくて西洋のものも学んで、広い知識を持った科学者になれたらと思って……。そのために、外国へ行って勉強したいと思っているんです」

人造魔術は西洋では科学と呼ばれているという。そして彼の地には神秘の力である魔術もあるのだと。アリスが見ていたもの、人造魔術の元になったであろうものをこの目で見てみたい。京四郎がこちらを見た。どう思われるのだろうと怖《こわ》かったが、なんとか目をそらさず有紗は続けた。

「お父さまにはもう話しました。世情が不安だからと心配していましたけど、反対はされませんでした。政府の留学制度に応募《おうぼ》できるか調べてみるって……。そ、それで」

ふいに京四郎が腰《こし》を上げた。

無言のまま席を立った彼は窓辺へゆっくり歩いていく。有紗は口をつぐみ、それを目で追った。窓のほうを向いた彼が何を言うのだろうと思うと、胸が早鐘《はやがね》を打ち始める。

反対されるだろうか。その場合、どんなふうに説得したらいいのか。

——いや、そもそも関心があるのだろうか？　なぜ自分にそんな話をするんだと怪訝《けげん》な顔で言うのかもしれない。

（あれ？　わたしたちって、一体どんな関係なんだっけ？　なんとなく、京四郎さんに了解《りょうかい》をもらわないといけないような気がしていたけど……わたしの思い違《ちが》い？）

なんだか恥ずかしいのとうろたえるのとで顔を赤くしながら悩《なや》んでいると、京四郎が背を向けたまま口を開いた。

「いいんじゃないか？」

沈黙《ちんもく》の後の急な一言だったので、咄嗟《とっさ》に意味がわからなかった。戸惑いながら有紗は背中を見つめる。

「いいって……。そんな、あっさりと」

「別にあっさりじゃないが」

ポケットに手を入れ、彼は一つため息をつく。

「好きな女がそこまで言うなら、反対するわけにはいかんだろ」

なおも背中を見つめていた有紗は、一拍《いっぱく》置いてから目を見開いた。

――よく聞こえなかったが、何かすごいことを言われた気がする。

「は……はい？　今、なんと仰《おっしゃ》いました？」

聞き違いだろう。そうに決まっている。向こうを向いたままぼそぼそ言うから――そう自分に言い聞かせながらもしどろもどろになっていると、ようやく京四郎が振《ふ》り向いた。

「指輪の契約《けいやく》が結ばれて以降、君に対する好感度が上がっている気がする。言うはずのないことを口走ったりするつもりのないことをしたり」

不本意そうにまたため息をつき、有紗に目を向ける。

「すまんな。気色が悪くて」

「いいいいえいえいえいえいえっ！　そんな、めっそうもございませんっ」

そんなひんやりとした目つきで謝られてもどうしたらいいのか。

大慌《おおあわ》てで両手を振って否定しながら、有紗は自分の顔が恐ろしい勢いで熱くなるのを感じていた。

（聞き違いじゃなかったの？　す、好きな女って、わたしのこと……？）

まさしく京四郎の口から出そうにない言葉だ。彼は指輪の契約のせいにしていたけれど――とそこではたと気づいて、有紗は急いで頭を下げた。

「すみません！　そんなことまで言わせてしまって。でも気を遣《つか》っていただかなくても結構ですから」

少し間があって、怪訝そうな声が返ってきた。

「私が今まで気を遣ったことがあったか？」

「い、いえ、あんまりないですけど……。でも指輪の契約のせいで仕方なく仰ってるなら、そこまでしていただかなくてもいいので」

「なぜそんなことをする必要が？」

「なぜって……。あ、じゃあ、大人としての配慮《はいりょ》ですか？　十近くも年下の娘に想《おも》いを打ち明けられて、可哀相《かわいそう》だと思ってくださったとか？」

とうとう京四郎は眉《まゆ》を寄せたまま黙ってしまった。他《ほか》に理由が思いつかず有紗はますます焦《あせ》った。

「だって、いつも子ども扱いしてたじゃありませんか。七五三とか大福餅《だいふくもち》とか！　あんなこと言ってた人にそんなこと言われても、それは信じられませんよ」

思えば初対面からそうだった。先日の列車で再会した時すら子ども呼ばわりされたのを忘れてはいない。

この追及《ついきゅう》には虚《きょ》を衝《つ》かれたらしく彼は怯《ひる》んだような顔をしたが、やがてため息をついた。

「あれは、まじないだ」

「おまじない？」

「……君がいつの間にか子どもじゃなくなっていたから。自分を制するために、これは子どもなんだと言い聞かせていたんだ」

髪《かみ》をかきあげ、またため息をつく。言いたくないことを白状させられているとでもいうように。

「悪かった。……君を子どもだと思ったことは一度もない」

目をそらして言った彼は、ばつの悪いことを打ち明けたような顔をしていた。

初めて見るようなその表情がこれは本音だと物語っていて、有紗は動揺《どうよう》して目を泳がせる。

さすがに信じないわけにはいかないが、やっぱり信じられない。

「でも、他にいい人がいたでしょ？　京四郎さんは大人だし……。ほら、あの、ワカコさんという方とか」

京四郎が眉をひそめ、訝《いぶか》しげにこちらを見る。

「誰《だれ》だ？」

「誰って、わたしは知りませんけどっ。鳥羽大佐《たいさ》とのお話で出てきたでしょ」

知らないと言いつつ一度聞いただけの名をしっかり覚えている自分に赤面していると、考え込んでいた京四郎が、ああ、とつぶやいた。

「大佐の姪《めい》の令嬢《れいじょう》か。見合いを勧《すす》められたがとっくに断った。許嫁《いいなずけ》がいるから必要ないと」

有紗は驚《おどろ》いて彼を見つめる。

「許嫁？　だ、誰ですか？」

「君だろ」

「わたしっ？　でもそれは昔の話で……って京四郎さんも仰ってましたよね？」

「昔の縁談《えんだん》が君の足枷《あしかせ》になるんじゃないかと遠慮《えんりょ》したんだ。あの時はな」

そう言って彼はまた窓の外へと目を向ける。

「今は違うが」

彼の背中を見つめ、有紗はその台詞《せりふ》を頭の中で繰《く》り返した。

(今は違う？　今は遠慮してないということ？　今も許嫁と思ってる……？)

頬《ほお》がまた熱くなっていく。たぶんそうなのだろうけれど、言い回しが独特すぎて確信が持てない。といって確かめる勇気もない。

外の風景を眺《なが》めていた京四郎が、ふいに振り向いて手招きした。

頬を押さえていた有紗は、不思議に思いながらそちらへ向かったが、すぐに歓声《かんせい》をあげた。

「わぁ……」

病室の窓からは眼下に広がる東京の町並みが一望できた。それを彩《いろど》る橙色《だいだいいろ》の光も。

「綺麗《きれい》……！」

夕日が放つ最後の輝《かがや》きが、まぶしくも儚《はかな》くすべてを照らしている。

京四郎が見ていたのはこの光景だったのだ。有紗にも見せようと呼んでくれたのだろう。

「異国の夕日も、同じように綺麗だと思うぞ」

横顔のまま京四郎が言ったので、はっとして見上げる。

これからはずっと一緒《いっしょ》だと言ってくれた時、心から嬉《うれ》しかった。なのに自分はその手を離《はな》そうとしている。離れたくないのはもちろんだ。けれど――。

「本当に、行っていいんですか……？」

声に気弱なものが混じってしまったのだろうか。

京四郎がこちらに向き直る。躊躇《ためら》いも迷いもない、まっすぐな目だった。

「待っているから、安心して行ってこい」

穏《おだ》やかな声が背中を押してくれた気がした。

突然《とつぜん》打ち明けられて驚きや戸惑《とまど》いもあるだろうに。それを見せず、優《やさ》しく包んでくれる。

待っていると言われたのが嬉しくもあり、申し訳なくもあった。けれど必ずその想いに報《むく》いたいと思った。

有紗は彼を見つめ、にじんだ涙《なみだ》を急いでぬぐってからうなずいた。

「……はい。行ってきます」

黙《だま》ったまま差し出された手に、そっと自分の手を重ねる。

そのまま抱《だ》き寄せられても、もう恥《は》ずかしいだなんて思わなかった。

異国で夕景を見る時、今日という日を思い返すこともあるだろう。その時に寂《さび》しくならないように、しっかりと目に焼き付けておこう。この温《ぬく》もりも覚えておこう。

二人は寄り添《そ》ったまま、夕日が沈《しず》むまでそれを見つめていた。

終幕　春霞《はるがすみ》に描《えが》く未来

陸影《りくえい》が少しずつ近づいてくる。

人々は甲板《かんぱん》の手すりによりかかりながらそれを見ていた。どの顔にも安堵《あんど》や喜びの表情が浮《う》かんでいる。

客のほとんどは成年の男性だった。ちらほら見える女性はというと、夫らしき男性と連れ合った婦人であったり、父親に抱かれた幼子くらいだ。

そんな中で洋装の若い娘《むすめ》が一人でいたのは、良くも悪くも目を引いたのだろう。高揚《こうよう》と不安と半々のような表情で景色を眺めていた彼女に声をかけた者がいた。

「おい、そこの……そこの娘。こっちへ来て酌《しゃく》をしないか」

ダミ声の主は、甲板のベンチにいた壮年《そうねん》の紳士《しんし》である。赤らんだ顔と無駄《むだ》に大きな声からして酔《よ》いが回っているのは明らかだった。ご丁寧《ていねい》に傍《そば》のテーブルにはワインの瓶《びん》とグラスがある。部屋で呑《の》んでいたものの下船の前に甲板で呑み終《じま》いでもしようというところだろうか。

「こら、聞こえないのか。酌をしろと言っているんだ。早く来い」

苛立《いらだ》ったように指を突きつけてわめいているが、いきなり酔っ払《ぱら》いに絡《から》まれた方は戸惑うしかない。それが気に入らなかったらしく、痺《しび》れを切らしたように立ち上がって近づいてきた。

「来いと言っているだろうが。まったく、気のきかん娘だな。おまえのような妙齢《みようれい》の娘が一人で、こんな立派な船に乗るとは生意気だ。いいか、この船が無事航行できているのも、我が帝《てい》国《こく》が発展しておるのも、すべて我々《われわれ》のおかげなんだぞ」

「やっ……やめてくださいっ」

腕《うで》をわしづかみにされ、さすがに恐怖《きようふ》を覚えたが、周囲の人々は遠巻きにうかがうばかりで間に入る者はいない。それを知ってかどうか、酔っ払いの声はますます高くなる。

「わかったか、小娘。わかったのならさっさと酌をしろ。それくらいしか能がないん――」

「失礼しますわ。おじさま」

涼《すず》やかな声が割って入った。

同時に、娘を捕《と》らえている男の手を、白い手がそっと制する。

「まもなく港に着きましてよ。お酒はそのへんになさっては？」

にっこりと笑ったのは同じく洋装の若い娘だった。桜色の帽子《ぼうし》に飾《かざ》りの花とリボンが印象的である。突然の登場に二人が呆気《あつけ》にとられる中、しゃべる隙《すき》を与《あた》えるかとばかりに彼女は笑顔《えがお》で続けた。

「仰《おつしや》るとおり、帝国の発展は事業に邁進《まいしん》なさってこられた皆様《みなさま》のおかげです。こんなところでそのご貢献《こうけん》を無にするようなことをなさっては、おじさまの名折れではございませんか？」

「な……なんだおまえは。生意気な口をききおって、一体どこの……ひやぁっ！」

毒気を抜《ぬ》かれた様子だった男が、急に奇声《きせい》をあげて跳び上がった。冷たい冷たいと叫《さけ》びながら背中へ手を回している。

彼女は口元を押さえ、同情のまなざしになった。

「大変。おじさまの背中に鳥が……大きな声じゃ言えませんけれど、汚《よご》れものをまき散らしていきましたわ」

「何っ⁉ このわしに糞《ふん》をしたと⁉」

「ああ、なんてひどいお姿。早くお着替《きが》えになったほうがよろしいかと」

途端《とたん》に男は顔色を変え、わめきながら船室のほうへばたばた走って行った。

帽子の娘は白けた目つきになってそれを見送っている。

「生意気生意気って、馬鹿《ばか》の一つ覚えみたいに。あれで国の先端《せんたん》を行っているつもりなんて恥ずかしくないのかしら」

絡まれていた娘は、あっという間の出来事についていけず胸を押さえていたが、やがてはっと息を呑んだ。

「あなた……、まさか、有紗様ですの？」

風《ふ》が吹いて帽子のリボンがはためく。

飛ばされぬようそれを押さえながら、帽子の娘——有紗は笑顔でうなずいた。

「やっぱり、里子さまでしたのね！ そうではないかと思って来てみましたの」

「まあ……！ 本当に有紗様ですのね？ こんなところでお会いできるなんて！」

二人は手を取り合った。約二年半ぶりの再会が、よもや異国から帰る船の上だとは思いもしないことだった。

「あら、有紗様、それは？」

里子に訊《き》かれ、有紗は片手に持ったままだったワインの瓶を振《ふ》ってみせる。

「さっきのおじさまの襟口《えりぐち》に注いでさしあげました。お酌を所望《しょもう》だったようですから」

「それであんな悲鳴を……」

「たっぷりやりましたから、着替えや何やで時間がかかるでしょう。戻《もど》ってくる頃《ころ》には港に着いてますわ」

けろりとして瓶をテーブルに戻すのを、里子は唖《あ》然《ぜん》として見ている。そのうち耐《た》えきれず吹き出した。

「驚いた……！　てっきり鳥の糞だとばかり思っていましたのに」

「さすがにそれは都合良く用意できなくって」

「ああ、楽しい。やっぱりあなたは勇ましくて素《す》敵《てき》な方だわ」

「そんな。意地悪なおじさまに耐性《たいせい》があるだけですわ」

二人はしばし笑い合った。潮風に軽《かろ》やかに声が舞《ま》っていく。何十日もの船旅の最後に出会ったというのがまた気持ちを浮き立たせていた。

ひとしきり再会を喜び合うと、二人は手すりにもたれて向かい合った。

聞けば、里子は出航以来ずっと部屋に閉じこもっていたという。人目を気にしていたそうだが、今日港に着くので初めて甲板へ出たらしい。それが再会のきっかけとなったのだ。

「里子さまも留学なさっておいでてしたのね。いつからあちらに？」

有紗の問いに、里子が伏《ふ》し目がちにうなずく。

「あの後、すごい騒《さわ》ぎになったでしょう。しばらく身を潜《ひそ》めたほうがいいと両親が言うものですから……。政府の方の口利《くちき》きもあって、急なことでしたけれど、日本を離れることにしたのです。あの二月ほど後でしたかしら」

「そうでしたか……」

「あ、そんなお顔なさらないで。わたくしね、以前から英語の勉強をしてみたかったのです。ですからむしろ喜んで留学させていただきましたのよ。とてもよい経験になりました」

心から嬉しそうに言う彼女を、有紗は微笑《ほほえ》んで見つめた。あれからどうしていたのかと気になっていたものの、各人の将来もあるからと詳《くわ》しくは教えてもらえなかったのだ。彼女が有意義な日々を過ごせていたのなら何よりだった。

それから二人は、港に着くまでおしゃべりに花を咲《さ》かせた。互《たが》いに政府からの世話役は一緒《いっしょ》に乗船していたものの年配の男性だったので、女子同士の会話に飢《う》えていたのだ。有紗が科学と魔術《まじゅつ》の勉強をしていたと打ち明けると、里子は驚《おどろ》きつつも感心したようだった。

やがて船が港に入った。汽笛が鳴り響《ひび》く中、ゆっくりと接岸する。迎《むか》えの人々だろう、あちらこちらで手を振っているのが見えた。

岸を見下ろしながら里子が名残惜《なごりお》しげに言う。

「せっかくお会いできたのだから、もっともっとお話ししたかったわ。でも、あいにく迎えが来ているのです」

「また機会はありますわ。お迎えはご家族が？」

すると彼女は少し頬《ほお》を赤らめた。

「実は、許嫁《いいなずけ》が。もうあそこに来ていますの」

「あ、あの方？　優《やさ》しそうで素敵な方ですわね！」

大きく手を振っている男性を見つめ、里子ははにかんだ。

「以前婚約《こんやく》していた方で、わたくしが失踪《しっそう》している間も帰るのを待ってくださっていたのです。すぐに結婚するという話もあったのですが、君が行きたいのなら行くべきだと留学を後押ししてくださって。帰ってくるのを待っているからって……」

相手の男性にも長くつらい年月だっただろう。それを経ての再会だと思うとこみ上げるものがある。有紗は何度もうなずいた。

「素晴らしい方ですのね」

自分にも、待っていると言ってくれた人がいた。その人が待つ国へ、こうして帰ってきた。出立してから二年半、手紙のやりとりはしていたが、何せ距離《きょり》が遠すぎた。毎日写真を眺《なが》めてはいたけれど、会いたいと思った夜は数え切れない。

（迎えに行くとは言ってくださったけど、本当に来てらっしゃるかしら？）

甲板《かんぱん》に世話役が上がってきたのが見えた。下船するように促《うなが》しにきたのだろう。里子のほうも同じだったようで、世話役らしい男性が来るのを残念そうに見ている。

有紗としても名残惜しいのは同じだったが、許嫁との再会を邪魔《じゃま》してまで交友を深めたいとは思っていない。それに、会える機会はこれからいくらでもあるはずだ。

「里子さま。わたしはこれから、もっと研究を深めて国に貢献できるよう努めたいと思っています。でもその合間に、よろしければ会っておしゃべりしていただけますか？」

あらたまった言い方に驚いたのか、里子は瞬《まばた》き、嬉《うれ》しそうに笑った。

「もちろんですわ！　お役に立てるかわかりませんけれど、わたくしでよければいつでもお声がけください。有紗様の研究に語学でお力添《ちからぞ》えいたします。もちろん、おしゃべりもね」

二人はどちらからともなく握手《あくしゅ》をし、見つめ合った。

「お互いに頑張《がんば》りましょうね」

「ええ。大和撫子《やまとなでしこ》の本領を見せてやりましょう」

学んだことは違《ちが》うけれど、彼女は同志だ。

世話役とともに甲板を下りていく里子を見送りながら、有紗は心が奮い立つのを感じていた。

迎えが来ているからと、下船したところで世話役とは別れた。すんなり一人にしてくれたところからして、政府のほうにも連絡《れんらく》が行っていたのかもしれない。

帰国した人と迎えの人であたりはごった返している。あちらこちらで再会の歓声《かんせい》が上がる中、有紗は旅行鞄《りょこうかばん》を手にきょろきょろ見回した。

（ええと。どこにいらっしゃるんだろ……）

到着《とうちゃく》する頃に行くと手紙には書いてあったけれど、思えば待ち合わせ場所などは決めていなかったのだ。しばらく人波の中を捜《さが》してみたが見つけられず、諦《あきら》めて歩き出した。

（離《はな》れたところのほうが見つけやすいかもしれないし、どこか目立ちそうなところを探そう）

今日のいでたちは、淡《あわ》い藤色《ふじいろ》のワンピースに桜色の帽子、それと揃《そろ》いの外套《がいとう》。旅行鞄と靴《くつ》以外は京四郎から贈《おく》られたものだ。誕生祝いとして届いたそれらを着て帰国しようとその時から決めていた。

人混《ひとご》みを抜け、迎えらしき車が停《と》まっているあたりまで来た時、懐《なつ》かしい声が飛んできた。

「――あっ、いた。あそこだ」

「おっ。おーい、有紗！」

驚いてそちらを見た有紗は、目を丸くした。

「馨叔父《おじ》さま！　飛鳥井さんも！」

二人が先を争うように駆《か》けてくる。意外な組み合わせだが、一様に笑顔《えがお》だ。

「捜したぞ！　おまえ、綺麗《きれい》になったな！」

「来てくださったのね！　嬉しい！」

「当たり前だろ！　お帰り、俺のお姫様《ひめさま》！」

抱《だ》き上げてくるくる回る交流も久しぶりだ。叔父の腕《うで》から下りると、有紗は頰をそめて飛鳥井を見た。彼もまぶしげに笑っている。

「お帰りなさい。元気そうですね」

「ええ、おかげさまで。飛鳥井さんは？」

「もちろん元気ですよ。人目がなかったら俺もくるくるやりたいくらいです」

ちらりと馨に目をやりながら彼は言う。有紗はにこにこしながら二人を見た。

「でもびっくりした。お二人で迎えにきてくださったなんて。そんなに仲良しでした？」

「別に一緒に来たわけじゃないけどな」

「たまたまここで鉢合《はちあ》わせしたんです」

異口同音に言った二人は、一瞬《いっしゅん》間を置き、互いに目をやる。

「手癖《てくせ》の悪いのが抜《ぬ》け駆けしやしないかと早めに来たんだが、さらに早く来てるとはな」

「六条さんこそ、俺が先に彼女を見つけたのにまるで自分の手柄《てがら》みたいに勝手に声をかけて、抜け駆けじゃないですか？」

（……ん？　な、なんか、けんか腰《ごし》に見えるけど……気のせいかしら？）

戸惑《とまど》う有紗をよそに、二人はみるみる険悪な空気になっていく。

とうとう建前もどうでもよくなったのか、彼らは堂々とにらみ合った。

「なんだ？　君も有紗を狙《ねら》ってる口か？」

「狙ってるやつらを妨害《ぼうがい》するために来たんですよ」

「そりゃあ気が合うね。しかし有紗は今から俺と飯食いに行くんだ。残念だったな」

「あなたはいつでも彼女と会えるでしょう。俺は学業と書生の用事で忙《いそが》しいんです。今日はなんとか休みをいただいて来てるんですから、譲《ゆず》ってください」

「何？　用意周到《よういしゅうとう》に都合つけてきたのか。やっぱり狙ってやがるんだな！」

「あなたこそ叔父さん面《づら》して可愛《かわい》い女学生を連れ回すなんて、ちょっと不埒《ふらち》じゃないかなぁ」

「ああ？　俺は有紗がこーんなにちびの頃《ころ》から知ってるんだぞ？」

「俺だってそうですけど？」

鼻先がくっつきそうなくらいに顔を近づけて威嚇《いかく》し合っているので、有紗はうろたえた。なぜこの二人が喧嘩《けんか》しているのかわけがわからない。今まではろくに接点もなかったはずだ。

このままでは摑《つか》み合いに発展しそうだ。さすがにまずいと思って止めようとした時だった。

「二人とも、ちょっと落ち着いて――」

ふいに背後から肩《かた》を抱かれた。

驚く間もなく、くるりと反転させられる。そのまますたすたとその場から離脱《りだつ》させられ、するりと旅行鞄まで取り上げられた。あざやかとしか言いようがない流れるような早業《はやわざ》だった。

「――おかえり」

涼《すず》しい声が降ってきたところで、はっと我《われ》に返って振《ふ》り仰《あお》ぐ。

帽子《ぼうし》をかぶった横顔を見上げ、思わず声がはずんだ。

「京四郎さん！」

二年半ぶりのはずなのに、まるで昨日も会ったかのように表情の変わらない彼は、ちらりと背後へ目をやった。

「世話役と話をしていて出遅《でおく》れたと思ったんだが、ちょうど良かった。今のうちに行くぞ」

背後では馨と飛鳥井がまだ言い争っている。白熱しすぎて有紗がいなくなったことにも気づいていないようだ。

「でも、せっかく来てくれたのに」

「そのうち気づいたら家に来るさ。付き合っていたら日が暮れる」

そっけなく言った彼はまったく足を止める気配がない。つられて歩きながら有紗はあたふたと後ろを振り返り、心の中で手を合わせた。喧嘩中の二人が京四郎を見たらますます事態が悪化しそうだし、ここは立ち去るのが正解かもしれない。

「車は向こうだ」

抱き寄せた手を離し、京四郎が目線で示す。彼に遅れないようついていきながら、有紗は横顔を盗《ぬす》み見た。

相変わらず綺麗な顔立ちだ。久しぶりに見たのに少しも変わっていないように思える。

それにしても、二年半ぶりに好きな人に会った時というのは一体どう振る舞《ま》ったらいいのだろう――と考えていると、当の彼が口を開いた。

「なんだ。じろじろ見て」

見とれていたことにとっくに気づいていたらしい。有紗はどぎまぎしながら、ごまかそうと言葉を探す。

「いえっ、ちょっと気になって……。そうだ、わたしがいなかった間、痣《あざ》はどうでした？」

結局、二人の間の指輪の契約《けいやく》は解除できないまま、今も鎖《くさり》は繋《つな》がっているのだ。傍《そば》にいない分、確かめられないのが不安で、あちらでもかなり気を遣《つか》って生活したつもりだったのだが。

「別になんとも。概《おおむ》ね楽しい留学生活だったようだな」

「え。ええ、そうですね。おかげさまで……」

見るもの聞くもの知らないことばかりで刺激《しげき》的だったし、それを学んでいくのはとても心が沸《わ》き立つことではあった。政府の世話役がすべて取り仕切ってくれたので生活で不便をしたこともなく、東洋人だからと嫌《いや》な対応をする人はいたがさほど困ったこともない。恵《めぐ》まれた時間を過ごせたと思っている。

ただ一つ挙げるとしたら、家や家族が恋《こい》しくなる病に度々襲《たびたびおそ》われたことくらいだ。異国にたった一人でいるのだとはたと気がつく時があって、一度そうなると妙《みょう》に心細くなってしまう。みんなに会いたくて気持ちが沈《しず》んで、どうしようもなくなる。まあそれも二日もしたら不思議と治ってしまうのだけれど。

もちろん、会いたいと思う人の中には彼も含《ふく》まれていたわけで――その人が隣《となり》にいるということがまだ夢のように感じられていた。

(京四郎さんも、少しは寂《さび》しいと思ってくれてたのかな……)

届いた手紙はいつも、長くもなく短くもなく、近況報告《きんきょうほうこく》や有紗の問いへの答えが主だった。

さっぱりした文面が彼らしくもあり、物足りなくもあった。もちろん手紙をくれるだけでも嬉《うれ》しいことだったのだが。

黙《だま》り込んだ有紗を京四郎は一瞥《いちべつ》し、ふと思い出したように言った。

「そういえば、たまに痣が痛む時があった。そういう時、決まってしばらくして君から長い手紙がきたから寂しがっているんだろうと予想していたんだが」

有紗は瞬《まばた》きした。京四郎が淡々《たんたん》と視線をくれる。

「当たったか?」

一瞬置いて、有紗は赤面した。異国の空の下で寂しいと思っただけで痣が痛んでいたとは。

(やっぱりこの契約って、主《あるじ》より下僕のほうに主導権があるわよね……!?)

どんなに遠く離れていても心理状態を察せられてしまうというのは、喜んでいいのか嘆《なげ》いていいのか。

「……そうですよ。会いたくなる時だってありますよ。乙女《おとめ》なんですから」

拗《す》ねたい気分になってぼそぼそと言うと、しばし間があった。

ふっと吐息《といき》の漏《も》れる気配がして、見上げると、彼の口元が笑っていた。

珍《めずら》しい表情に驚《おどろ》き、いろんな意味で有紗はまた頰《ほお》を赤らめる。

「これからいくらでも会えるさ。離れていた間のことを全部話せばいい」

確かにそうだ。これからはずっと一緒《いっしょ》にいられる——はずだ。

何から話そう? 話したいことがありすぎて、なんだかふわふわした心地《ここち》がする。

「あの。わたしが帰ってきて、ちょっとは嬉しいと思ってくださってます？」

「もちろん。大歓迎《だいかんげい》している」

先刻の微笑《びしょう》はどこへやら、彼は完全な無表情で遠くを見ている。心なしか台詞《せりふ》も棒読みだ。

もしやという思いがこみあげ、有紗はたじろいだ。

留学すると決めて出て行ったのは自分なので、責める筋合いはないとは思うけれど――。

「わたしがいない間、寂しいなとか早く会いたいなとか思ったりしました？」

「毎日寂しさで眠《ねむ》れなかったし、帰る日を指折り数えていた」

「わ、わたしの手紙、ちゃんと読んでました？　楽しみに待ったりしてましたか？」

「毎朝読むのを日課にしていたし、毎晩枕元《まくらもと》に置いて寝《ね》ていたよ」

「もうっ。全然心がこもってないですっ！」

やっぱりからかわれているのだ。ついつい以前のようにきぃっと怒《おこ》ってしまったが、京四郎は「そうかね」と気にした様子もない。

「君が帰ってきた途端《とたん》、痣の動向が活発になりそうだな」

「まっ。わたしのせいみたいに仰《おっしゃ》いますけど、京四郎さんのお口のせいのほうが断然多いと思いますよ！　いえ、その、始まりはわたしのせいですけど……」

「気にするな。むしろ望むところだ」

「気にしますよ！　結局呪《のろ》いは解けてないんですから、いつか痣が全身にめぐって……っていう日が来るかもしれないんですよ。向こうにいた時だってずっと心配で、すごく気を遣ってたんですからね。お祖母《ばあ》さまの魔術《まじゅつ》を知ってる人にも訊《たず》ねてみましたけど、手がかりはありませんでしたし……」

自分の気分しだいで彼の痣が痛んだり増えたりするのだと思うと、神経を尖《とが》らせずにはいられない。現に、寂しいと思っただけで痣が痛んだという。幸せな状態でいれば増えることはないようだが、それもいつまで続くのか、まだわからないことのほうが多いのだ。

気を揉《も》む有紗と裏腹に京四郎は平然としている。些末《さまつ》なことだと思っているかのように。

「君はまた怒るかもしれないが、博士に指輪の片割れを譲られた時からそういう覚悟《かくご》はしている。魔術によって作られたものなのだから相応の代償《だいしょう》は払《はら》ってしかるべきだと。西洋魔術を学んできたならその理屈《りくつ》はわかるだろう？」

「それは……、で、でも、そもそもそんな危険なものを譲るなんて」

「もしかしたら前提が間違《まちが》っているのかもしれない。魔術のかかった指輪だから危険だとか、いつか呪いの鎖が身体《からだ》にめぐって死ぬとか、単なる伝説なんじゃないか」

有紗は驚いて彼の横顔を見つめた。そんな楽観的なことを言う人とは思っていなかったのだ。

「その証拠《しょうこ》に、近頃《ちかごろ》すこぶる体調がいい」

「……そんな理由ですかっ？　でもお顔の色は相変わらず白いですけど……」

京四郎は「それは生まれつきだ」と有紗を一瞥し、また前方へ目を戻《もど》す。

「私はそれほど不吉《ふきつ》な代物《しろもの》とは思っていないがね。この指輪がなければ今こうして並んで歩いていることもおそらくなかったろう。だから意外と気に入っている」

さらりと言われた言葉に、有紗は虚《きょ》を衝《つ》かれた思いで口をつぐんだ。

前を見たまま、彼は静かに続ける。

「だがもし君が呪いをどうしても解きたいのであれば、これからいくらでも方法を探してやる。だからもう気に病《や》むな」

有紗は何か言おうとしたが、胸がいっぱいになってしまい、黙ってうなずいた。

彼の言ったように、この指輪がなければこんな関係は生まれていなかったはずだ。幼い日に別れたまま彼のことを思い出すこともなかったかもしれない。今となっては考えられない話だ。離《はな》れていた縁《えん》を再び結んでくれたのだと思うと、不吉どころか幸運の指輪なのかもしれない。

「京四郎さんの身体に支障がないとわかったなら……このままでもいいですけど……」

呪いの契約ではなく、二人をつなぐ絆《きずな》だと思える日がいつか来ればいい。彼の言葉で初めてそう思えた。

京四郎が軽く右手を掲《かか》げる。手首の鎖の痣は一つだけだった。

「しかし、これがうんともすんとも言わないとかえって心配になる。そんなに綺麗《きれい》になって帰ってくるから、中身まで別人みたいになったんじゃないかと思ったよ」

遠慮《えんりょ》がちに指輪を見つめていた有紗は、思わず頬に手をやった。

「え……。そんなに変わりました？」

「ああ。眩《まぶ》しくて直視できないほどに」

「直視できないって、見てないということですか？　またからかってますね!?　ええ、変わりましたとも。あれから二年半経《た》ったんですからね、多少は成長したつもりですっ」

「欧州《おうしゅう》の荒波《あらなみ》に揉まれて研鑽《けんさん》してきたことだしな」

またもきーっと言い返してしまったが、その言葉に我《われ》に返る。

「あの……もしかして、怒ってらっしゃいます？　一人で決めて留学したこと……」

いまだに後ろめたさを捨てきれなくて躊躇《ためら》いがちに訊《き》くと、彼はふんと鼻を鳴らした。

「そんなに度量の狭《せま》い人間に見られているとは心外な」

「そ、そんなこと思ってませんけど、でも」

「遊びに行ったわけじゃないだろ。負い目を感じる必要はない。胸を張っていればいい」

淡々とした言葉に、有紗は意表をつかれ、表情をあらためた。

「……はい。できることは全部勉強してきました。お祖母さまが所属していた機関にも行かせてもらいました」

人造魔術と呼ばれる力が完全に「科学」と認識《にんしき》されるようになる日は、そう遠くない気がしていた。アリスがもたらしたという異国の魔術もまもなく消えてしまうだろう。文明の花開いたこの帝国《ていこく》ではきっと生き続けられない力なのだ。それを踏《ふ》まえた上で、消えゆく魔術のことも学問として学んできた。

「これからもっと勉強して、桜の書を守れるように頑張《がんば》ります。お祖父《じい》さまやお祖母さまのようにはなれないかもしれませんけど、わたしなりの科学者を目指そうって」

京四郎は黙って聞いている。前を向いたまま視線もくれないが、ちゃんと受け止めてくれているのは表情でわかった。有紗が本気で話すことを、彼はまぜっかえしたりしない。

そこではたと思いだし、有紗は目を輝《かがや》かせて彼を見上げた。

「そうだわ。さっき、船で鳴海里子さまとお会いしたんです。覚えてらっしゃいます？」

「ああ。三日月党に捕《つか》まっていた、あの」

「そうそう！　里子さまも留学してらっしゃったんですって。奇遇《きぐう》ですよね。これからお互《たが》いの得意分野で協力し合ったりもできるのかしらって、──！」

はしゃぎすぎて注意が散漫《さんまん》になっていたらしく、前から来た紳士《しんし》とぶつかりそうになった。思わず身をすくめたが、寸前で肩《かた》を抱《だ》かれ引き寄せられる。

謝ろうと急いで見上げると、京四郎が呆《あき》れ顔をしていた。

「そんなに張り切って、まだ勉強し足りないか。熱心だな」

「う……、それはそうですよ。京四郎さんや他《ほか》にも詳《くわ》しい方たちに比べたら、わたしなんてたかが二年ちょっと勉強しただけなんですから。まだまだこれからです。いけませんか？」

「別にいけなくはない」

そっけなく言って、京四郎は視線を前へと戻す。

「が、あまり年寄りを待たせないでくれ。立派な科学者になった君をよぼよぼの爺《じじい》が迎《むか》えに行くのは外聞が悪い」

有紗はきょとんとして彼を見つめる。よぼよぼの爺というのが何を指すのかわからずしばし考えてしまったが、はっと気づいて慌《あわ》てて言った。

「いやだわ、京四郎さんったら。心配なさらなくても充分《じゅうぶん》お若いですよ！　九つしか変わらないのによぼよぼだなんて」

真面目《まじめ》に言われた気配を感じたため、取りなそうと思ったのだが、彼は気に入らなかったらしい。仏頂面《ぶっちょうづら》で見られてしまった。

「……口説き文句に気づかないところは変わってないな」

「え？　口説き？」

どこにそんな台詞があっただろうかと有紗は頰《ほお》に手を当てて考え込む。わからなすぎて、またからかわれたのかと思っていると、ため息が落ちてきた。

「道々説明してやる」

見上げた彼の口元には、苦笑《くしょう》気味の笑《え》みが浮《う》かんでいた。

「行くぞ」

一瞬《いっしゅん》のその笑みのまぶしさに、有紗はどぎまぎしながらうなずいた。

二年半前は緊張《きんちょう》と不安の中で見ていた景色が、春霞《はるがすみ》にかすんでいる。

異国と祖国の空気が混じる港を二人で歩きながら――。

今度は、京四郎は抱き寄せた手を離さなかった。

あとがき

こんにちは。清家未森《せいけみもり》です。

ようやく……本当にようやく、桜乙女《さくらおとめ》の最終巻をお届けできることになりました。

前巻が発売されてから実に六年もの歳月が経ってしまいました。

もうそんなに経つのかと驚《おどろ》くとともに、時の流れの早さにちょっと動揺《どうよう》しております。

続きを待ってくださっていた皆様《みなさま》、長らくお待たせしてしまって申し訳ありません。

六年経っても続きを手に取ってくださって、こんなにありがたいことはないです。


さて、本作も今回で終わりを迎《むか》えました。楽しんでいただけたでしょうか？

前巻のラストがあんな展開だったので、もう少し早く続きをお届けしたかったという気持ちはもちろんあるのですが、それでも作者としてはほっとしている部分も大きいです。

あと一冊で終わるのに、その一冊はいつ完成するんだ？　というのがずっとあったので。

あのまま雨の夜の路地裏で京四郎《きょうしろう》は倒《たお》れたままなのか……有紗《ありさ》も心配しっぱなしで……というのも気になっていたので、二人にもごめんねと言いたいです。

最後になりましたが、謝辞を。

ねぎしきょうこ先生。美しくて可愛《かわい》らしい大正ロマンイラストに、毎回励《はげ》まされていました。最後までご迷惑《めいわく》をおかけして申し訳ありませんでした。ありがとうございました。

担当様。なかなか進まない原稿《げんこう》に粘《ねば》りづよくお付き合いいただき、ようやく完成にこぎつけられました。本当に担当様のおかげです。ありがとうございました。

刊行にご尽力《じんりょく》くださった関係者の皆様、大変お世話になりました。

そして読者の皆様。六年お待ちいただいた最終巻が、皆様の納得《なっとく》のいくものになったかなぁとどきどきしていますが、何より、読んでくださったことに心から感謝しております。

桜乙女と黒侯爵《くろこうしゃく》シリーズはここで終わりますが、またいつか、どこかでお目にかかれたら嬉《うれ》しく思います。

皆様、長い間ありがとうございました！

清家　未森

「桜乙女と黒侯爵 桜色の未来の約束」の感想をお寄せください。
おたよりのあて先
〒102-8177 東京都千代田区富士見2-13-3
株式会社KADOKAWA 角川ビーンズ文庫編集部気付
「清家未森」先生・「ねぎしきょうこ」先生
また、編集部へのご意見ご希望は、同じ住所で「ビーンズ文庫編集部」
までお寄せください。

桜《さくら》乙女《おとめ》と黒侯爵《くろこうしやく》 桜色《さくらいろ》の未来《みらい》の約束《やくそく》

清家《せいけ》未森《みもり》

角川ビーンズ文庫 23175

令和4年5月1日 初版発行

発行者――青柳昌行
発 行――株式会社KADOKAWA
〒102-8177 東京都千代田区富士見2-13-3
電話 0570-002-301(ナビダイヤル)
印刷所――株式会社暁印刷
製本所――本間製本株式会社
装幀者――micro fish

ISBN978-4-04-106534-1 C0193 定価はカバーに表示してあります。

角川ビーンズ小説大賞
原稿募集中!
君の"物語"がここから始まる!
角川ビーンズ小説大賞がパワーアップ!
https://beans.kadokawa.co.jp
詳細は公式サイトでチェック!!!
【一般部門】&【WEBテーマ部門】
賞金 大賞100万円
優秀賞30万円
他副賞
締切 3月31日
発表 9月発表(予定)
イラスト/紫 真依